知默스님
단오 부채전

작업실 선불장選佛場 단오 부채전을 준비하면서

보살菩薩의 서원誓願 큰 바다가 만약 만족해버린다면, 수많은 냇물은 반드시 거꾸로 흘러갈 것이다. 한지에 수묵 53×37㎝ 2548년

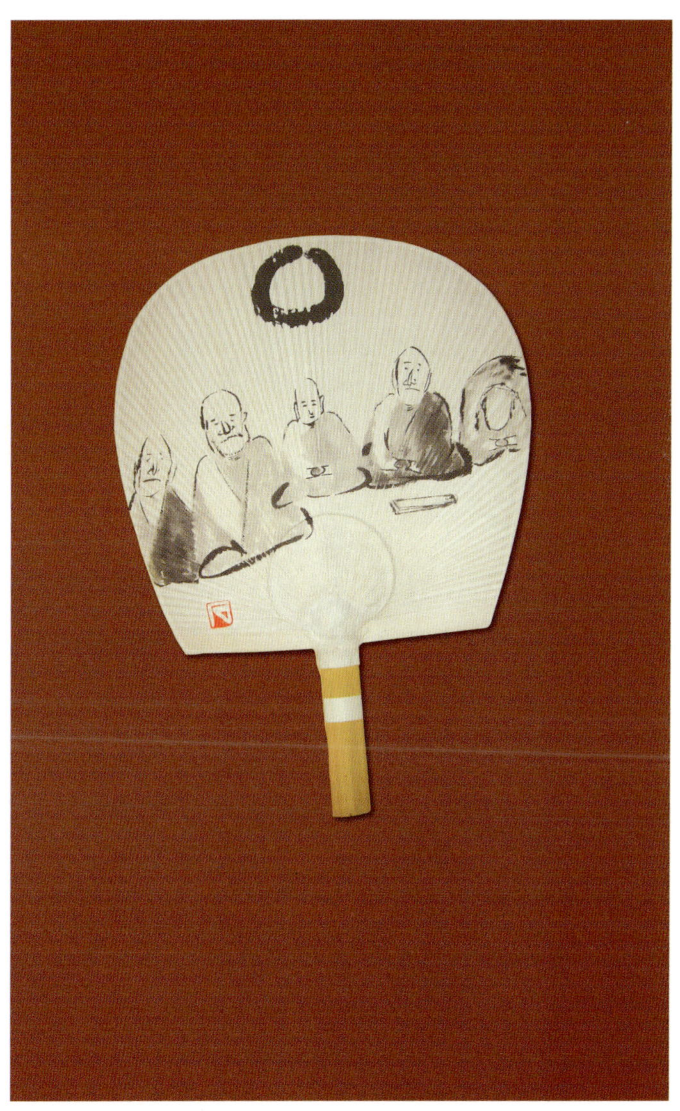

칠불암七佛庵 아亞자 선방 안의 모습. 각양각색의 자세로 정진하
고 있다. 한지에 수묵 53×37㎝ 2548년

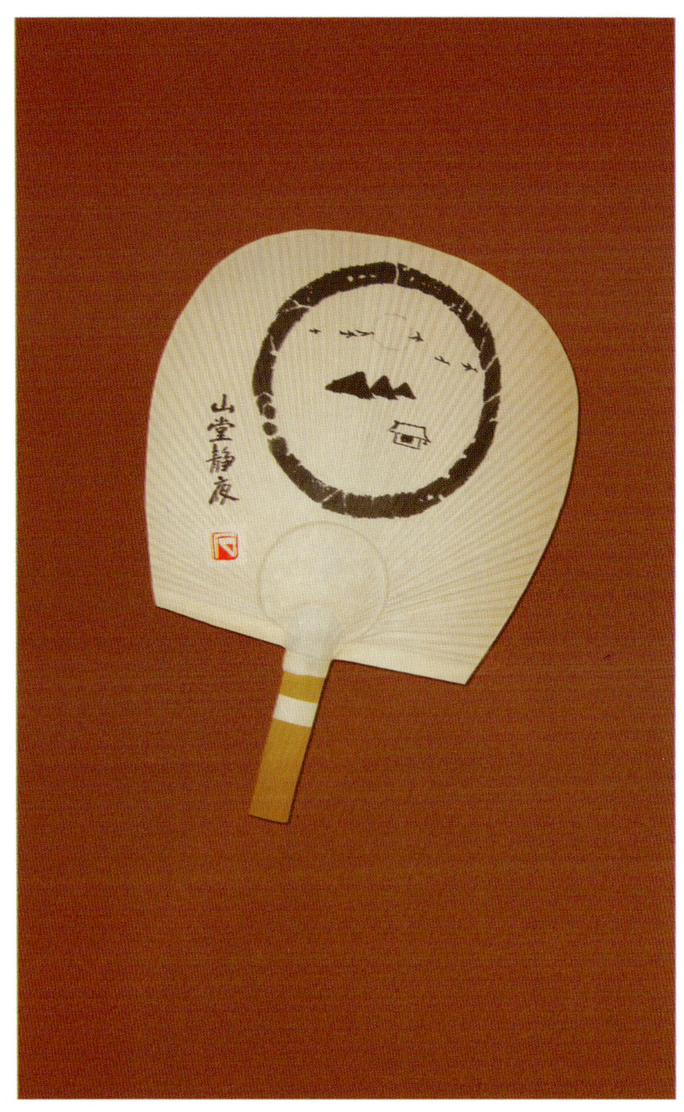

산당정야山堂靜夜 고요한 가을 밤 산사에 홀연 찬 기러기 울음소리.
한지에 수묵 53×37㎝ 2548년

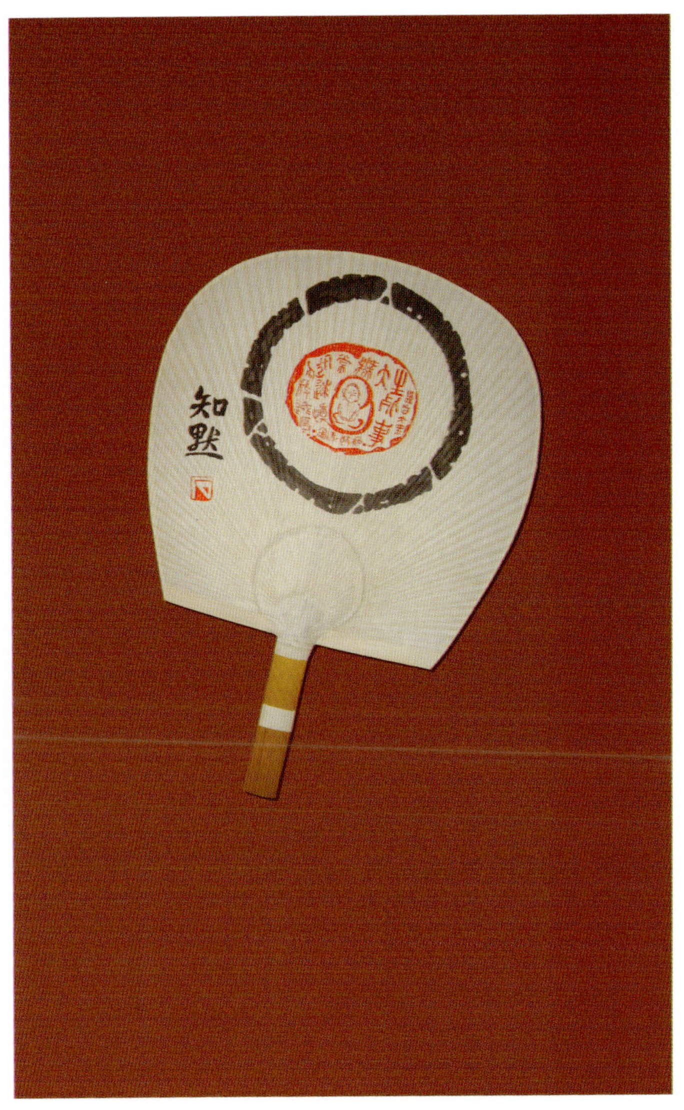

근백대중謹白大衆 삼가 대중에게 고합니다. 생사의 일이 무엇보다
중요합니다. 한지에 수묵 53×37㎝ 2548년

해로은海老隱 마음을 관찰하는 한 일이 백천가지 일을 다 해결한다.
한지에 수묵 53×37㎝ 2548년

얻었다 한들 본래 있었던 것.
없었다 한들 본래 없었던 것.
얻으면 좋아하고 잃으면 싫어하는 게 인지상정이나, 본질의 입장에서 보면 얻고 얻음이 다 지난밤 꿈 속 일이나 다름이 없다고 옛사람은 말한다.
본래 가져온 것이 없었으니 잃은 게 아니고, 얻더라도 내 뜻으로 전생에 정해진 게 그냥 온 것이라면 본래 있었던 것이니 새삼스러운 게 없다는 생각이다.

노스님의 젊음

老少

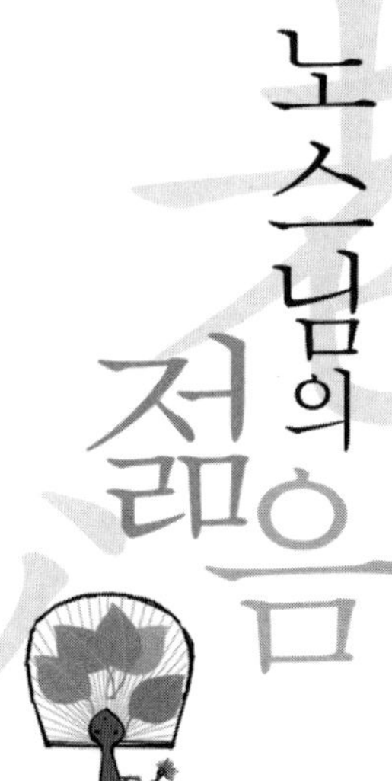

우리출판사

노스님의 젊음

초판 인쇄 / 2004년 8월 3일
초판 2 쇄 / 2004년 11월 27일

저　자 / 지　묵
펴낸이 / 김 동 금
펴낸곳 / 우리출판사

· 주　소 / 서울특별시 서대문구 충정로 3가 1-38
· 등　록 / 1988년 1월 21일 제9-139호
· 전　화 / (02)313-5047 · 5056
· 팩　스 / (02)393-9696
· 메　일 / woribook@chollian.net

ISBN 89-7561-212-0　03810

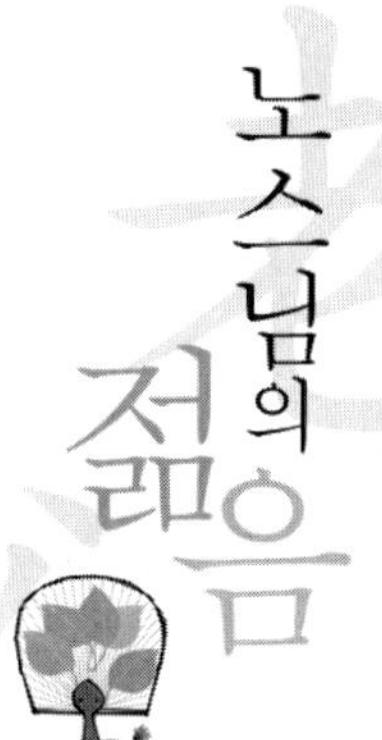

노스님의 젊음

장맛비가 오는 밤에

인적이 끊어진 밤, 이른 새벽이다. 차 창밖에는 빗소리와 개울물소리가 높다.

'날씨가 참 안 됐어. 노숙자들은 이 비 오는 밤에 어찌 지내지?

문득 이런 생각이 든다. 이렇게 말하면 혹 자선가나 불보살로 오해할는지 모른다. 그게 아니고 그저 내가 어느 배낭 여행길에 다리 밑에서 비를 피해 밤을 새운 일이 기억에 떠올라 잠시 생각해 볼 따름이다.

그때 흙탕물이 콸콸 흐르는 다리 밑 개울물이 코앞에 있었다. 밤 새 잠 못 자고 그렇게 날을 새웠다.

큰물이 불어 언제 떠내려갈지 모르는 급박한 상황이었지만 쉽게 다리 밑을 떠날 수도 없었다. 비를 피할 수 있는 의지 처는 오직 다리 밑밖에 없었으니까.

그때 나는 삶과 죽음을 눈앞에 둔 심정이었다. 이승을 이렇게 떠날 수도 있다는 절박감이 나를 욱 조여 왔다. 그렇다, 모든 것은 이렇게 마무리 될 수도 있는 것이다. 선한 사람이나 악한 사람이나 죽음으로 하나가 되는 이치를 뼈저리게 느꼈다.

이후로 나는 그 비 오는 밤을 기억할 때마다 차라리 평온해지는 기분이었다. 왜냐하면 막다른 골목에 서서 오히려 홀가분해지기 때문이다.

이번 여름 장마는 일찍 찾아온 것 같다. 한밤중에 글을 쓰다 말고 문득 노숙자를 생각하는 것은 이런 이유 때문이다.

여기에 부채 그림을 실은 것은 단오 부채전의 지상전紙上展을 겸하려는 뜻에서이다. 작년에 이어 올해도 단오 부채전을 열었다. 기회가 닿는 대로 단오 부채 연구회의 후원으로 단오 부채전은 계속될 것이다.

여기 모은 글은 불교계 신문에 연재한 것들이며, 봄부터 KBS 사회교육 방송 ‘종교와 인생’ 시간에 북한 동포에게 이야기해 오고 있는 내용들이다.

조금씩 쌓인 책이 열 권을 넘겨 열 다섯 권으로 헤아려진다. 그만 써야지, 하면서도 오늘도 글을 쓰는 일을 멈추지 못한다. 밤 비 소리에 홀연 떠오르는 상념을 어쩌지 못하기 때문이다.

모두 편안한 밤이 되시길.
모두 깨달음을 이루시길.
모두 자비심이 넘치시길.

불기 2548년 8월　일

글 쓴 이

제2장 소를 찾는 나그네

제3장 불교가 좋아

제4장 인연 따라 마음 따라

1
옛 거울

주지실에서 잔 객승

청우 스님은 자비 그대로였다. 안면이 있는 처지도 아닌 처음 본 객승에게 주지실을 내주고는 스스로 객실로 잠자리를 옮겼다.

청우 스님의 법명이 정확한지 모르겠다. 청우란 이름은 세월이 수삼 년 지나서 생각해 낸 이름이기 때문이다.

지금부터 십 수년 전의 일이다. 경상북도 문경시 희양산 봉암사로 가는 길목에서 초행길에 날이 저물어서 무턱대고 찾아 나선 가까운 절이었다. 나이는 40대이고 선방 수좌였다는 것밖에 기억이 나질 않는다. 절 이름 역시 모르겠다.

무심하게도 자비의 주인공을 오래 간직하지 못한 내 자신이 우습다. 허나, 자비심의 따뜻함만은 늘 잊지 않고 있다. 나도 언젠가는 저렇게 객을 대접할 날이 있겠지 하고 그날부터 마음먹은 것이다.

그날은 선방에 가을 산철 방부를 드리려고 나선 길이었다. 걸망도 북통만큼 컸다. 그냥 구산선문의 하나라는 이름만 듣고 봉암사로 가는 길이었다. 교통이 불편하여 곧 날이 저물자, 아무데서나 하룻밤 의지할 양으로 인근 마을 가까운 절을 찾아간 것이다.

크기가 한 평 남짓 되는 주지실에는 축원 카드가 꽂힌 주소함이 놓여 있고 전화통 등 보통 주지실과 다름이 없는 방이었다. 온돌방이 따뜻해서 좋았다.

아직 추위가 오기는 멀었어도 밤중에는 가벼운 한기를 느낄 정도였다.

주지 스님이 저녁을 차려 주고 자기는 따로 잘 데가 있다고 하면서 가만히 자리를 떴다.

사실 낮 동안 좀 피곤하고 따뜻한 자리를 떠나기 싫은 차에 잘 되었다는 생각이 들어 곧 잠에 빠져들었다. 이런 때에는 코까지 골고 자는 습관이 있었다.

주지실의 깨끗한 이부자리가 나를 왕궁의 용상 보료로 여기게 하였다. 어떤 객실은 사람이 잘 안 쓰는 방인지라 왠지 서먹한 반면, 역시 사람 냄새가 밴 주지실 방이 좋았다.

"스님, 편히 주무셨습니까?"

다음날 아침에 주지 스님이 인사를 건네 나도 인사말을 하였다.

"네, 덕분에 잘 잤습니다. 참, 편한 잠자립니다."

예불 때에는 몰랐다. 아침을 먹고 나서야 주지 스님이 객실에서 자고 나온 사실을 알았다. 객실은 주지실과는 좀 떨어진 방인데, 방문을 연 순간 흙 냄새가 물씬 풍기고 습한 기운이 역력했다. 세상에, 이런 객실에서 주지 스님이 잤다니!

차를 마시고 떠날 때였다. 옛사람들이 도량에서 처음 나그네를 만나면 여불대접如佛待接하여 우선 걸망부터 빼앗듯이 건네받고 객실로 안내하여 모시고 마지막 떠날 때에는 노자를 챙겨 보낸 미풍 그대로였다.

한 스님의 법문이 생각난다.

"종교는 한마디로 사랑의 실천이다. 이웃과 사랑을 나누는 일이다. 보살행, 자비행은 깨달은 후에 오는 것이 아니다. 순간순간 하루하루 익혀 가는 정진이다."

시심마

　시심마(是甚麼, 이뭣꼬) 붓글씨 한 폭이 지금 눈앞에 있다. 글씨를 쓰신 스님은 구산九山 큰스님. 조계산 삼일암에서 방장 화상으로 기거하실 때에 많이 쓰신 글씨는 시심마(是甚麼, 이뭣꼬), 불佛, 정혜쌍수定慧雙修, 인忍, 인심도무(因甚道無, 무슨 까닭에 무라고 말씀하셨을까) 등 스님이 자주 하신 법문 내용들이다.

　그동안 강산이 세 번쯤 변한 세월이 흘렀다. 구산 스님으로부터 처음 시심마是甚麼 글씨를 받은 때는 화두 공부를 시작할 그 무렵이다. 세 번째에 삼일암에 가서 화두를 받았는데 그럴 만한 내력이 있다. 그것은 초심자 마음에 신심, 의심, 용맹심을 크게 일으켜 주시려는 옛사람의 방편임을 한참 지나서야 알았다. 짐짓 구산 스님은 첫 번째, 두 번째 참배를 헛걸음시킨 것이다.

　가사 장삼을 수하고 첫 번째 삼일암에 갔을 때였다.

　까닭 없이 구산 스님은 한 번 쳐다보고는 그냥 묵묵히 계셨다.

　"스님, 화두를 타러 왔습니다."

　이 말씀을 드린 외에 나 역시 한동안 말없이 그렇게 앉아 있다가 삼일암에서 물러 나왔다.

　"……?"

　"내일 다시 와라."

　오직 이 말씀뿐이었다.

　두 번째에는 대꾸도 않고 그냥 손짓으로 가라고 하셨다.

　"왜 스님은 가라고 하실까? 대개 화두를 타러 왔다고 하면 모두에게 한번에 잘 일러 주셨는데……."

밤중에 잠이 깨었다가 문득 이 생각이 떠올랐다.

"왜 스님은 일러 주지 않으실까?"

나는 세 번째 삼일암에 갈 때까지 스님께 궁금했다. 처음 화두를 타는 입장에서 별별 생각이 다 들고, 끝내는 다시 삼일암에 가지 말까 하는 생각이 들었다.

세 번째였다.

"말해! 이놈아, 어서 대답하라니까!"

화두를 일러 주자마자 전광석화 같은 구산 스님의 호령이시다.

그러나 나에게 대답이 있을 리 없다. 다만 눈앞에 불꽃이 번쩍 튕기는 그런 순간이었다.

시심마 글씨를 보면서 어렵게 화두를 일러 주는 선가의 가풍을 생각한다.

지금 송광사 박물관에 진열된, 효봉 노스님이 친히 세필細筆로 쓰신 법보法譜에는 제1대 마하가섭摩訶迦葉에서 제78대 효봉학눌曉峰學訥까지 게송이 순서대로 적혀 있는데, 그 다음은 제79대 구산수련九山秀蓮일 것이다.

시심마是甚麼 글씨를 써 주면서, 구산 스님처럼 전광석화같이 사자후하는 선가의 미더운 가풍이 오늘 따라 더욱 절실하다.

노스님의 젊음

진허震虛 노스님은 젊은 세대가 마음에 들지 않는 때가 있었다. 경거망동해 보이는 젊은 사람들을 당최 이해할 수가 없었던 것이다.

해인사에서 지낼 때에 진허 노스님을 간혹 뵙곤 하였다.

그 무렵 노스님이 한 절 주지 스님이셨는데, 우리 젊은 세대가 가까이 하기 어려운 왕따 노스님이셨고 어디에 정이라고는 붙일 데가 없는 아주 냉정한 노스님이셨다.

옛말에, 법이 있는 스승은 법으로 제자를 다스리고 법이 없는 스승은 인정으로 거둔다고 하였지만 노스님은 이쪽도 저쪽도 아니었다.

수삼 년 지나서 다시 뵈었을 때에는 달라 보였다. 경전과 어록에 전거를 두고 말씀하면서도 눈에 띄게 달라진 모습이었다. 원인은 희한했다. 노스님이 한차례 소유所有를 누구 손에 몽땅 잃었다는 말을 들었는데 소유를 잃고 얻은 교훈이 무소유無所有였다.

당시 노스님이 젊은 사람에게 이끌려 따라간 것이긴 하지만, 처음으로 노래방에 가서 노래를 부르고 이웃과 함께 유쾌한 시간을 보내셨다. 이후 눈에 띄게 젊어진 노스님의 모습을 뵐 수가 있었다.

중국 당나라 때의 일이다. 요즘 로또 복권의 마니아들이 깜짝 놀랄 만한 일화다.

큰 부자인 방龐 거사가 홀연 딸 영조와 함께 동정호 깊은 물속에 금은 보화를 몽땅 내다 버렸을 때였다.

"아니, 그 좋은 걸 왜 버립니까?"

"저런, 미친 사람 보게. 목숨보다 귀한 금은보배를 버리다니!"

사람들이 혀를 차면서 아까워했다.

"가난한 우리에게 주면 얼마나 좋아요?"

욕심에 들뜬 중생들이 무소유의 큰 선지식을 미친 사람 취급 하였다.

이때 방 거사는 흔들림 없는 자세로 대답하였다.

"재물은 바로 독毒이오. 나한테 독이 되는데 왜 남한테 죽으라고 줍니까?"

그는 소유所有를 버리고 그대로 산속으로 들어갔다. 생계는 방 거사가 만든 산죽山竹 복조리를 딸 영조가 내다 파는 것으로 근근이 살아갔다.

마음의 보물을 캐 낸 사람, 방 거사 부녀에게 필요한 것은 아주 적은 소유였다.

옛사람은 이렇게 말하였다.

"누구나 육신의 법당에 마음의 자성 법신불自性 法身佛을 갖추었으니, 소유로써 이 이상 부족함이 없다."

노스님의 좋은 선지식은 엉뚱한 사람인 셈이다. 누구나 소유를 잃었을 때에 황당해 하겠지만, 노스님이 뒤늦게나마 마음의 문을 연 것은 무소유의 출가 정신이 남아 있었던 탓이리라.

노스님은 요즘도 젊은 사람들과 편하게 어울려 지내면서 유쾌한 웃음을 터뜨려 퍽 젊어 보이신다.

일소일소一笑一少 한 번 웃으면 한 번 젊어지고

일노일로一怒一老 한 번 화내면 한 번 늙어진다.

우리 아름답게 늙어요

미운 소리, 우는 소리
헐뜯는 소리,
그리고 군소릴랑 하지 말고
조심조심 일러 주며 설치지 마소
알고도 모른 척, 어수룩하고
그렇게 사는 것이 편하다오.

이기려 하지 마소, 저 주시구려
아무리 많은 돈을 가졌다고 해도
죽으면 가져 갈 수 없는 것
많은 돈 남겨
자식들 싸움하게 만들지 말고
살아 있는 동안 많이 뿌려서
산더미 같은 덕을 쌓으시구려.

언제나 감사함을 잊지 말고
언제 어디서나 고마워해요
그렇지만 그것은 겉 이야기
정말로 돈은 놓치지 말고
죽을 때까지 꼭 잡아야 하오.

옛 친구를 만나면 술 한잔 사 주고
손주 보면 용돈 한 푼 줄 수 있어야
늘그막에 내 몸을 돌보고
모두가 받들어 줄 것이 아니겠소
빈손, 공치사일랑 아무 소용이 없소
우리끼리 말이지만 사실이라오.

옛날 일들일랑 모두 다 잊고
잘난 체 일랑 하지 마소
우리들의 시대는 다 지나갔으니
아무리 버티려고 애를 써 봐도
이 몸이 마음대로 되지를 않소
그대는 뜨는 해, 나는 지는 해
그런 마음으로 지내시구려
자식은 노후 보험이 아니라오
무엇을 해 주길 바라지 마오
고집하지 말고, 시샘도 하질 마소
당황하지 마소, 성급하지 마소
뛰지 말고 넘어지지 마소.

감기도 걸리지 말구려
수중에 가진 돈 없고
내 한 몸 아플 작시면
그 누가 제 몸처럼 날 돌볼까.

아프면 안 되오
멍청하면 안 되오
속옷일랑 날마다 갈아입고
날마다 샤워도 하고
한 살 더 먹으면 밥 한술 줄여서
적게 먹고 많이 움직이시구려.

듣기는 많이 하고
말을 적게 하소
어차피 삶은 환상이라지만
그래도
오래오래 사시구려.

은행나무 그림자

요즘 은행나무 잎이 한창 환상적인 거리를 빚어내서 홀연 '은행나무의 환상'이란 법문을 생각해 보았다.

만공滿空 스님은 말씀하신다.

"인생은 자기 업신業身의 반영反映인 이 몽환夢幻 세계를 실상實相으로 알고 울고 웃고 하는 것이 마치 은행나무가 물에 비치는 제 그림자를 이성異性으로 감응感應하여 열매를 맺은 것과 같느니라."

은행나무는 암수가 서로 마주 보고 있어야 열매를 맺는다. 그러나 물가에 선 한 그루의 은행나무는 제 그림자를 이성으로 여기고 열매를 맺는다는 환상적인 이야기.

은행나무가 제가 마음속에서 만든 이성의 모습을 찾듯이, 사람 역시 어려서부터 좋아하는 타입의 이성을 제 스스로 만들어서 그 타입에 반만 맞아도 이상적인 이성으로 여겨 홀딱 반하고 마는 것이 우리네 중생살이다.

몇 가지 타입을 살펴보면, 어머니 같은 타입의 이성, 혹은 아버지 같은 타입의 이성, 선생님 같은 타입의 이성, 누나 형님과 같은 타입 등의 이성이다.

또한 이상적인 이성은 영화나 소설 속에서도 나온다. 제가 좋아하는 인물에게 마음이 쏠려 스스로 설정해 만든다. 예컨대 업이란 이렇게 쌓여서, 나와 나의 이상적인 인물을 만들어 그런 타입에 매달리는 것이다.

이상적인 이성의 경우, 모두가 다 온전하지 않아도 절반, 혹은 그 절반의 절반만 닮아도 매달리는 요건이 된다.

부처님은 어리석은 우리 중생이 환상 속에서 괴로워하는 것을 보시고 불교 핵심을 말씀하신다.

"괴로움을 모르고, 괴로움의 원인을 모르며, 괴로움의 그침을 모르고, 괴로움을 그치게 하는 길도 모르는 사람들."

만일 신심 있는 불자가 있어 관세음보살과 지장보살, 아미타불, 약사여래를 모시고 기도 정진을 한다면 사정이 달라진다. 이상적인 인물은 불보살님과 같은 자비심이 넉넉한 성인 쪽으로 기운다. 이런 시기가 오면 온갖 성형 수술 등으로 꾸며진 미남미녀는 안중에서 사라진다. 선풍기나 에어컨 바람을 쐬다가 너른 들판에서 불어오는 시원한 바람 한줄기에 마음이 탁 트이는 것과 같은 이치다.

부처님의 가르침은 중생이 환상으로 만든 세계에서 곧바로 깨어나 참 나의 세계에 눈을 뜨도록 하는 것이 요점이다.

이와는 달리 신심이 없는 불자가 점을 치는 집에 들락거리고 운명론에 빠지며, 이웃을 돌아보지 않고 혼자만의 욕심과 이익을 위해 나설 때 이상적인 인물은 바로 권력자와 부유층 등 유루有漏의 복을 취한 사람 쪽으로 기운다.

이처럼 행복과 불행은 밖에서 누가 정해 주지 않으며, 무루無漏의 복이냐, 유루有漏의 복이냐, 하는 선택은 오로지 자기 마음에 달려 있다.

처음 시작하는 불자일수록 유무有無에 치우침이 없는 바른 견해를 가르치는 선지식을 만나, 조심스럽게 한 발씩 떼어 놓는 일이 중요하다.

스님은 부처님

화방산 기슭에 오백 나한 봉안식이 있는 날이다. 미륵전 앞 대형 괘불대 앞에는 봉안 법회 단상이 마련되어 있었다.

그날, 법사로 초청되어 이제 막 마무리한 영산재에 이어서 주지 스님의 안내를 받고 단상 앞에 서 있었다.

법회에 앞서 주지 스님이 잠시 안내 말씀을 전하였다. 그의 얼굴 모습은 바짝 말랐다. 밥을 며칠 먹지 못하여 주지 스님은 단식 중인 사람과도 같이 얼굴빛은 윤기를 잃었고 눈만 퀭하게 커 보였다. 원인은 불사를 앞두고 몹시 긴장한 탓이다.

주위 도량에는 이번에 석조 오백 나한상을 배경으로 청중이 모여 있었다. 홀연 안내 말씀을 전하는 주지 스님의 목소리가 귓전에 또렷하였다.

주지 스님의 목소리는 놀라웠다. 바짝 마른 체구인데도 불구하고 새어 나오는 목소리에는 힘이 실려 사람들을 감동시켰다. 여기저기서 감탄의 소리가 들렸다.

"주지 스님은 부처님이시지요."

"주지 스님은 있는 것을 다 주어요. 모두에게요."

나는 잠시 생각해 보았다.

'무엇이 저 강한 힘을 내게 할까?'

알고 보면 그는 행자 시절도 제대로 하지 못하였기 때문에 변변치 못하다고 할 것이다. 큰절에서 행자 기간을 잘 보낸 스님이, 3천 위의와 8만 세행을 표준 삼아 평한다면 변변치 못하다는 이야기다.

헌데 불자들은 부처님과 한 몸으로 여긴다. 그는 기도 일념으로 생활하면서 생긴 것들을 모조리 아픈 사람, 가난한 사람, 인연 닿는 사람들에게 보시해 왔기 때문이다. 물욕이 없는 스님이라는 소문이 원근 마을에 파다하게 퍼졌다.

이렇게 주어 버렸어도 절은 더욱 중창, 또 중창되어 기도 10년 만에 하나의 절 동네다. 불사는 큰 시주자 없이 십시일반十匙一飯 대중 동참으로 진행되었다.

그는 경전에 해박한 것도 아니고 계율에 밝은 것도 아니며, 선방에 안거해서 선禪 수행을 한 것도 아니다.

딱히 말한다면, 자나깨나 오나가나 기도였다. 출가 전에도 기도를 하였고 출가를 한 후에도 기도로 일관되었다.

많이 배워야만 잘 수행하는 것이 아님을 말하여 준다. 그는 불교 이론에 어두웠어도 여불如佛 대접을 받는 스님이다.

포대布袋 화상의 후신이라고 할 만큼 마음이 넉넉한 주지 스님이 지금 앞에 서 있는 것이다.

주지 스님이 마이크를 건네주었다.

"미륵 부처님, 진짜 미륵 부처님이, 천백억 화신으로 나투심이여, 시시각각으로 우리 앞에 나타내 보이지만, 사람이 어리석어서 알아보지 못하네."

먼저 포대 화상의 열반송을 이야기하다가 잠시 말을 끊고 좌우로 돌아보았다. 멀리 탐진강의 강변 억불산 자락 아래 자리한 안산安山은 화방산이다. 그 아래 동네 만한 대가람이 서 있다. 잘 배우지도 못하고 이름도 없는 한 무명 스님의 원력이 이렇게 대단한 것이다.

청화 큰스님

십 수년 전의 일이다. 녹음이 짙어지는 어느 여름날 태안사 참배를 떠났을 때였다. 승용차 안에는 아는 사람 넷이 동행해서 시종 즐거웠다. 그중 스님 세 사람 외에 여류 소설가 한 사람이 동행하고 있었다. 청신녀는 첫 소설이 영화화되면서부터 베스트셀러 작가였다.

청화淸華 스님은 곡성 태안사 선방 조실로 계셨다.

그때 청신녀는 소설의 주인공을 구하고 있었던 참이었다. 선지식의 모델이 될 분을, 더 나아가서 자기 구도 길에서 정신적인 지주를 찾고 있었던 것이다.

이야기가 잘 어울려져 그런 분은 청화 스님으로 지목되었다. 청정한 삶, 구도의 꿋꿋한 정진력이 높다는 데에 일치하였기 때문이다.

오후 늦은 시간에 태안사에 도착하여 조실 스님을 친견할 기회를 가졌다.

겸손한 자세로 접대하시는 모습이 퍽 인상적이었다. 상좌 도일道— 스님의 강원 도반인데도 무릎을 꿇고 차분히 한 말씀 한 말씀 꺼내셨다.

세월이 지나도 스님의 몸에는 진실이 밴 선지식이라는 생각이다.

그날 청신녀와 청화 스님의 만남은 이기일회—期—回라 할 만큼 극적이었다. 나중 다시 태안사에 들렀을 때 청신녀는 아예 태안사에서 머물면서 청화 스님의 가르침을 받고 있는 것이 보였다. 스님으로부터 불명을 받고 편안한 마음으로 정진에 재미를 붙이고 있어서 곁에서 보는 우리로서도 다행스럽게 여겼다.

청신녀의 새로 나온 소설을 읽으면서 선지식 주인공이 청화 스님으로 생각되기도 하였다.

스님의 구도의 단적인 면을 보여 주는 일화가 있다.

단식을 하는 것을 시자들에게는 알리지 않는 경우가 많았다. 스님이 단식하는 것을 숨기기 위해서였다.

떠들썩하게 단식이니, 철야 용맹정진이니, 묵언이니, 하고 소문을 내는 경우가 있다. 어떤 수행자는, 철야 정진을 하다가 모기 등쌀에 혼났지, 그때 내가 단식을 21일 하였지, 6년 동안 산에서만 지냈지, 하고 훈장처럼 달고 다니며 두고두고 자랑하는 경우도 있다.

스님은 오히려 부끄러워하신다. 자신은 전생 업장이 두꺼워 가행정진, 용맹정진을 할 수밖에 없는 처지란다.

한번은 문을 걸어 잠그고 외출을 하셨을 때였다.

도중에 끝까지 따라붙은 시자를 구실을 붙여서 떼어 놓았다.

"시자, 절에 어서 돌아가요. 한 열흘, 아니면, 스무날 안에 잘 돌아갈 터이니."

혼자서 길을 떠났다가 한밤중에 가만히 당신 방 안으로 들어가서 단식을 하셨다. 이렇게 해서 시자들은 감쪽같이 속고 조당祖堂 안에서 스님은 물만 마시고 죽은 듯이 정진만 하신다.

단식을 끝내고 난 날에는 외출을 마치고 돌아오는 사람처럼 태도를 취하셨다.

이제 상相을 내지 않고 공부만 하신 선지식 한 분이 또 열반에 드셨다. 무수한 별 가운데 큰 별 하나가 또 떨어진 것이다.

삼칠제로 하지

화안애어和顏愛語의 실례 둘.

이야기는 잠시 뒤로 미루고 웃음바다의 결혼식 이야기를 먼저 해야 할 것 같다.

큰절 종무소에서 교무 소임을 보면서 재무 광훈 스님의 옆방을 쓰고 있을 때였다. 그날 오후는 사자루獅子樓에서 아랫마을 총각이 장가를 간다고 하여 결혼식이 있는 날이었다.

재무 스님과 신랑과는 마을 친구 사이로, 같은 사하촌寺下村 사람들이다. 그런데 결혼식이 시작되기 바로 직전에 공교롭게도 사중의 일로 출타하고 말았다.

"스님, 결혼식순을 써 붙여 놓았으니 사회를 부탁해요."

사회를 맡았던 그는 이런 말을 남기고 훌쩍 떠났다.

일은 의외로 꼬였다. 결혼식 주례는 그때 좀 서먹서먹한 은사 스님이셨다. 그래도 자꾸 불길한 예감이 들었으나 그냥 잘되겠지, 하고는 무턱대고 식장에 들어갔다. 신랑 신부 이름도 모르고, 더구나 결혼식 사회는 고사하고 신식 결혼식 구경은 이번이 처음이었다.

불단을 중심으로 주례단상이 차려져 있는 결혼식장 안은 귀빈이 거의 다 차 있었다. 이때 시간이 다 되어 사회 마이크를 잡는 순간부터 결혼식은 한 편의 쇼였다. 서투른 사회는 엉망진창이 되어 그때마다 폭소가 터져 나왔다. 예를 든다면,

"지금부터, 주례를 보실 스님을 소개해 올리겠습니다. 위 자는 무슨 자이고 아래 자는 무슨 자인 큰스님을 모시겠습니다."

상좌로서 은사 스님의 함자를 이렇게 소개하자 은사 스님이 말씀하셨다.

"이럴 때는 그냥, 누구누구 스님 해라! 위 자, 아래 자 하고, 어렵게 소개하느냐?"

소개는 다시 하여 넘어갔다.

"주례를 보실 큰스님은 총림의 동당 스님이십니다."

이 말이 끝나기가 무섭게 다시 은사 스님의 말씀이 떨어졌다.

"아, 그렇게 소개하면 누가 알아들어? 본사 주지를 역임하시고, 하는 식으로 소개해야지!"

정말 죽을 지경이었다. 간신히 주례 스님을 단상에 모시고 주례사 몇 구절이 시작되었을 때였다. 이번에는 불호령이 떨어졌다.

"야, 사회가 왜 그 모양이냐? 신랑 신부 입장도 않고 주례사는 무슨 주례사여?"

그러고 보니 주례단상 앞이 텅 비어 있었다. 홀연 눈앞이 캄캄해 왔다. 식순에는 신랑 신부 입장이 분명 생략되어 있었다. 재무 스님은 생략해서 식순을 쓰고 본인이 그때그때 잘 알아서 하려고 한 것이었다.

"하하하, 호호호!"

그 다음부터는 어떻게 사회를 보았는지 모른다. 도중에 몇 번이고 쥐구멍에 들어가고 싶은 심정이었다.

결혼식을 마치고 뒷방으로 돌아와 땀으로 흠뻑 젖은 몸을 씻고 잠시 쉬려고 할 때였다.

은사 스님이 부른다는 전갈이 왔다. 마음이 내키지 않은데도 가사 장삼을 수하고 스님 방에 들어갔을 때였다. 의외로 스님은 웃음 띤 얼굴로 부드럽게 말씀하셨다.

"너, 수고했지?"

내가 인사말을 올렸다.

“아닙니다. 사회를 잘못 봐서 죄송합니다.”
스님이 봉투 하나를 내밀며 다시 말씀하셨다.
“이것, 주례 봤다고 준 건데, 같이 했으니 삼칠제로 하지!”
“…… ?”
소탈하신 은사 스님의 유머 역시 일품이시다.
삼칠제란 말씀이 너무 우스워서 피곤한데도 잠이 잘 오지 않을 지경이
었다.

포대화상과 산타할아버지

포대화상과 산타할아버지는 몇 가지 닮은 점에서 재미가 있다.

먼저, 무엇이나 준다는 뜻에서 같은 이미지를 풍긴다. 포대화상은 포대를 지고 다니면서 누구에게나 주는데 누가 주면 주는 대로 받아 넣고, 누가 달라고 하면 달라는 대로 포대에서 꺼내 주는 호인이다.

산타할아버지는 빨간 자루에서 착한 아이들에게 선물을 나눠 준다.

용모에서도 같은 뚱뚱한 모습이다. 미래의 부처 모습은 이렇게 후덕하고 중후한 모습이라고 한다.

가장 핵심이 되는 점은 이들이 아주 가까운 이웃의 모습이라는 점이다. 부처님이나 보살이 아닌 소탈한 포대화상이었고, 성부 성자가 아닌 평범한 산타할아버지의 신분이었다. 포대화상이 비록 출가한 스님이었지만 그는 승상僧相을 내던지고 무애자재하게 살았으며, 산타할아버지 역시 대주교였으나 호인好人의 만화 캐릭터로 탈바꿈하였다.

전체적으로 볼 때, 이들이 근엄한 고승과 대주교의 모습 그대로였다고 한다면 어떠하였을까. 결과는 전혀 달라졌을 것이다.

포대화상布袋和尙은 절강성 명주 봉화현 사람으로 9세기에서 10세기에 살았던 고승高僧이다.

세 분이 한 세트인 포대화상은 퍽 교훈적이다. 한 포대화상은 눈을 가리고 있고, 다른 한 포대화상은 입을 가리고 있으며, 또 다른 포대화상은 귀를 가리고 있는 모습이다.

우리가 이렇게 살라는 말씀. 하루에 조금씩이라도 눈을 가려 보고 입도 가려 보고 귀도 가려 보고 조용히 살라는 교훈이다.

산타할아버지의 처음 이름은 세인트聖 니콜라스였는데, 산테 클라스로 변하고 다시 산타클로스가 되어, 크리스마스 이브에 착한 아이들에게 선물을 가져다 준다는 아주 친숙한 이름이 되었다.

산타클로스라는 말은 270년경 소아시아 미라 지방의 대주교였던 세인트聖 니콜라스의 이름에서 비롯한다.

그는 살아 생전에 남몰래 많은 선행을 베풀었고, 사후에는 아이들과, 먼 뱃길을 떠나는 뱃사람들에게 수호성인守護聖人으로 모셔졌다. 그 뒤 12월 6일에 축제일을 베풀었다.

17세기경에는 아메리카의 신대륙으로 건너간 네덜란드인들이 산테 클라스라고 불러 자선을 베푸는 사람의 대명사로 삼았다.

19세기에는 크리스마스가 전 세계에 알려지면서, 미국의 본토 발음으로 변해, 오늘날의 산타클로스가 되었다.

키도 원래 후리후리하게 큰 키였다고 하나, 통통한 볼에 뚱뚱한 몸집의 캐릭터는 19세기에 한 만화가가 처음 그린 데서 비롯한다.

빨간색 옷은 엉뚱하게도 코카콜라의 로고 빨간 색깔을 나타내고, 흰 수염은 콜라의 거품을 나타내는데 이러한 사실을 아는 사람은 그리 많지 않다. 코카콜라 광고 모델로 등장한 빨간 옷의 산타클로스 모습이 그대로 오늘날까지 전해진 것이다.

홀연 한 해가 저물어 온다. 힘든 때일수록 포대화상이나 산타할아버지와 같이 따뜻한 웃음을 나누며 이웃과 더불어 살아간다면!

뿌리 공원

탑塔 모양의 여래사如來寺에서 점심 공양을 하고 청년 불자 여러분과 나들이를 하였다.

장소는 대전광역시 중구 침산동 뿌리 공원이다. 그냥 한눈에 둘러보아도 감명이 깊은 것은 전통을 살린 아이디어 때문일 것이다.

앞장 선 사람이 처음에,

"뿌리 공원을 갑니다."

하였을 때에, 나무 뿌리를 소재로 한 공원으로 알았다.

1997년에 효孝를 주제로 하여 세운 테마공원은 외진 곳인데도 휴일 인파가 장사진이다.

성씨가 한곳에 모였다는 뜻의 만성교萬姓橋를 지나면, 우리나라 각 성씨의 유래를 담은 성씨 비碑들이 7,80개쯤 여기저기에 꽉 차 있다. 비를 세운 비용에는 각 성씨 종친회의 협찬이 있었지 않았나, 생각한다.

조각 공원은 크게 두 종류로 나눈다. 첫째는, 테마가 있는 조각 공원이고 둘째는, 빠리 거리에서 볼 수 있는 조각 예술품의 야외 전시장이다.

뿌리 공원을 응용하여 불교 테마 조각 공원을 세운다고 생각하였다. 우선 선종사 인물, 불교사 인물을 조각하여 모시는 공원이다.

옛날 지리산 화엄사의 각황전 주위 벽은 석경石經이었으나 아깝게도 임진란 때에 소실되어 파편만 남아 있는 형편이다. 그 당시 화엄경 모두를 돌에 새긴 솜씨를 살려내 큰 스님네를 조각해 모셨으면, 하는 생각이다.

테마 공원의 소재는 무궁무진하다. 우선 경허 스님, 만공 스님, 경봉 스님, 효봉 스님, 동산 스님, 성철 스님 등 한자리에서 근세 큰스님을 모신다면 미증유의 성지가 될 것이다.

비를 세우는 비용은 뿌리 공원의 경우처럼 모시는 큰스님 문중의 협찬이 필요할 것이다.

공원의 종류는 전등록 조각 공원, 오등회원 조각 공원, 고승 조각 공원, 선지식 조각 공원으로 얼른 생각에 떠오르는 가짓수만도 적지 않다. 이런 테마 공원이 많으면 많을수록 좋을 것이다.

언제 어디에 세우느냐 하는 것은 시간 문제다.

도심 가까운 산중에 첫 삽을 떠 놓으면 불사를 원만히 마치리라는 생각이 든다.

노인 어른 아이 할 것 없이 불자 가족이 손을 잡고 큰스님 테마 공원의 성지를 참배하면서 그 아래에 간단히 적힌 약력과 법문 한 구절을 읽을 수 있는 좋은 기회다.

이제 새로 시작되는 불사는 달라질 때가 왔다. 절의 가람 배치도 같은 모양, 같은 부처님, 같은 탑만을 여기저기 세우기보다는, 테마 공원이 있는 절, 불교 유아원, 불교 유치원 등의 불사가 절실하게 요구된다.

"스님, 우리 불자 가정의 어린아이를 타 종교 유아원, 타 종교 유치원에 보낼 수밖에 없어 큰일입니다."

일전에 뜻 있는 불자 부모의 소리를 귀에 따갑게 들었다.

잘하고 있는 스님네가 적지 않으나 아직 기대에 미치지 못한 형편이다.

시대의 목소리를 듣고 다시 깨어나는 청년 불자 포교를 생각한다.

방 부

근백대중謹白大衆
생사사대生死事大
무상신속無常迅速
신물방일愼勿放逸
삼가 대중에게 고합니다.
생사의 일이 중대한데
무상한 세월은 신속합니다.
삼가 게으르지 마십시오.

전래 고사에 따르면, 선방에 방부를 들일 때에는 객이 위의 글귀가 적힌 목판을 나무 망치로 세 번 치고 입구에서 기다리는 것이 선가禪家의 가풍이었다고 한다. 아직 이웃 나라에 남아 있는 것을 보면 지난 우리 선가禪家에도 이와 비슷한 가풍이 있었지 않았나 생각한다.

목판을 친 것은 객이 첫인사를 올리겠다는 신호였으며, 목판 글귀는 목판을 치는 사람이나 목판 소리를 듣는 사람이나 모두가 공부에 의욕을 일으키도록 하는 방편인 것이다. 그러나 하룻밤을 자고 난 객은 정한 절차에 따라 일주문 밖으로 지객知客에게 쫓겨나기를 세 차례 하였다. 이것은 의식주에 대한 불평불만의 해소책이기도 하고 인욕 공부를 시키는 방편이기도 하였다. 여기서 지객 스님은 객을 맞아들이는 소임자다.

승가의 전통은 이렇게 무조건 쫓아내기였다.

조실 스님께 입산자가 입산 승낙을 간청을 해도,

"안 돼, 출가한 사람에게는 인욕이 필요한데, 넌 못 참는다. 귀가해서 효도나 잘하게."

이와 같이 일단은 내쫓는 것이다.

예를 들면 안거에 방부 들이는 스님을 쫓아낼 때에 지객이 이렇게 말한다.

"스님, 여기 선방은 먹는 것이 아주 부실해요."

그러나 객은 공손하게 대답한다.

"아, 그렇습니까? 저는 아무거나 잘 먹어서 어려움이 없습니다."

두 번째 쫓아낼 때에도 지객이 다시 어려움을 이야기한다.

"스님, 여기 선방은 일을 하도 많이 해서 힘듭니다. 그래서 공부할 시간도 아주 적어요."

객은 흔연히 대답한다.

"상관없습니다. 일을 공부로 알고 지내지요. 그저 대중이 하는 대로 따라 하겠습니다."

세 번째 쫓아낼 때에도 지객이 간곡하게 말한다.

"여기는 연로가 귀해 아주 춥습니다. 어지간해도 견디기 어렵지요."

혹은,

"잠자리가 매우 불편합니다. 편히 지내시기가 어렵습니다."

끝내 객은 간청하며 말한다.

"저는 다 좋습니다. 대중이 하는 대로 잘 따르겠습니다."

방부 들이는 객이 세 번 간청하도록 한 가풍은 좋은 발심發心을 위해서였다.

웃 스님은 툭 틔는 후배를 경책한다.

"옛 스님은 말씀하셨지요. 제 말소리를 줄이고 시시비비를 떠나 정진하라고. 본분사는 오직 화두에 힘쓰는 것이지요. 다른 것에 마음을 쓴다면 다 정력을 허비하는 일입니다."

후배 역시 따끔한 경책을 공손하게 받아들이는 가풍이 살아 있었다.

무서워하는 사람

무서워하는 사람, 그것은 옛사람의 수행 방편이었다.

"자기가 무서워하는 사람이 세상에 하나쯤 있어야 한다. 한 달에 하루 이틀쯤은 긴장해 있어야 한다."

이야기는 북송 때에 당송팔대가唐宋八大家의 한 사람이자 말년에 깨달음을 인가 받은, 콧대가 아주 높은 소동파(蘇東坡 1036~1101, 66세)의 일화다.

문재文才가 뛰어난 그는 자부심이 대단하여 자부심을 빼면 소동파가 아니라고 할 정도였다. 또한 소동파의 집안은 돈독한 불자 가정이었다. 그는 입버릇처럼 말하였다.

"나는 전생에 스님이었다."

그가 선지식을 만나기 전까지는 무서워하는 사람이 별로 없었다.

관직 생활을 하다가 왕안석에게 밀려 귀양살이를 살 때였다. 그는 외롭고 고달픈 귀양지에서 나무아미타불 염불에 심취해 염불삼매의 경지에 오른 적이 있었다. 마음만 먹으면 일심으로 공부할 수 있는 환경은 어디서나 주어진 셈이다. 이런 뜻에서 예나 지금이나 국립 염불원, 국립 선원은 교도소의 다른 이름이다.

무서워할 줄 모르는 그는 산사의 쟁쟁한 선지식들께 법거량法擧揚을 자청하였다. 그러다가는 옥천사玉泉寺에서 승호承皓 스님께 당하였다.

소동파는 평소에 성씨를 물으면,

"칭秤(저울)가입니다."

하였다. 자기는 공부 정도의 경중을 저울질하는 저울이라는 말이다. 이날도 승호 스님과 이야기를 나누면서 칭秤가라고 하였다.

승호 스님은 틈을 주지 않고 시퍼런 칼날을 뽑아 내려쳤다.

"할!"

이렇게 뇌성벽력 같은 소리를 내지르고는,

"거사, 이 할喝이 몇 근입니까?"

하고 물었다. 소동파는 승호 스님의 기세에 꽉 눌려 무릎을 꿇었다. 임자를 제대로 만난 것이다.

다시 노산鷺山 귀종사歸終寺에서 불인요원佛印了元 스님을 친견하였을 때였다. 소동파가 말하였다.

"화상, 화상의 사대四大 육신을 의자倚子로 삼을까 합니다."

불인 스님은 넌지시 웃으면서 대답하였다.

"거사, 사대四大 육신은 원래 공空한데, 무엇으로 의자로 삼겠소?"

"……?"

이렇게 소동파의 눈앞에는 무서워할 사람이 많이 있었다.

이번에는 제불諸佛 전에 귀의하는 마음으로 스님께 절을 올리고 답례로 귀한 보배 옥대玉帶를 드렸다. 불인 스님이 말하였다.

"거사, 사량 분별하는 마음을 모두 쉬어! 쉬고 또 쉬거라!"

우리가 무서워하는 사람이 있다.

국민은 정치인이 무서워하는 사람이고 제자는 선지식 스승이 무서워하는 사람이다. 정말 무서워하는 사람인지 궁금하다. 한 집안에서는 어른이 무서워하는 사람이고 한 절 안에서는 웃어른 스님이 무서워하는 사람, 직장에서도 상사가 무서워하는 사람이다. 무서워한다고 하니 벌벌 떨라는 말이 아니다. 자기 마음을 돌아보며 겸손해지라는 뜻이다. 어진 사람은 이렇게 살았다. 어지러운 세상에서 무서워하는 사람이 없으면 스스로 무서운 사람을 만들어 가지고 무서워했다는 것이다. 겸손을 스스로 지키기 위해서.

원숭이 이야기

갑신년甲申年 원숭이 해에 원숭이 이야기 두어 편을 생각한다.

부처님 손바닥이란 말의 출처는 손오공이 나오는 서유기西遊記.

서유기西遊記에서 손오공은 원숭이 중 가장 힘이 세고 영리한 원숭이다. 그러다 보니 중생의 삼독심三毒心으로 이리저리 행패를 부리는 것이 손오공의 소일거리였다. 한때 소임으로 맡아 복숭아밭 그것도 천도 복숭아밭을 지키는 일도 제멋대로였다.

처음은 잘하다가 천도 복숭아밭에 있는 복숭아를 훔쳐 먹고, 하늘의 잔칫상까지 먼저 먹는 등 행패가 심했다. 손오공을 가르치려고 했으나 천상 사람의 힘으로도 버거웠다.

부처님께 부탁 드렸을 때에, 부처님이 손오공에게 말씀하신다.

"네가 내 손안에서 벗어나면 잘못을 용서해 주마."

손오공이 온갖 재주를 부리고 근두운 술법으로 도망치려 했으나 부처님 손바닥 안에서 빙빙 도는 것에 불과했다. 신출귀몰한 재주에도 불구하고 바위 아래에 깔리는 신세가 되었다.

단숨에 십만 팔천 리를 가는 축지법의 근두운은 8년 동안 술법을 익힐 당시 수보리 조사에게 배운 도술이다.

다음으로, 자타카에 나오는 어리석은 원숭이의 이야기가 있다. 그때 부처님은 전생 보살로 있었다.

바라나시 왕국 숲 속에는 어리석은 원숭이 무리가 살고 있었다.

어느 날이다. 바라나시 국경 가까이에 있는 작은 나라 사이에 분쟁이 일어났다.

거대한 바라나시 왕국의 범여왕은 이때를 이용해서 그곳에 가서 진을 치고 작은 나라를 엿보고 있었다.

나무 아래에서 군인들이 말 양식으로 완두를 삶아 통 안에 담아 두었다.

그것을 본 원숭이 한 마리가 두 손에 완두콩을 한 움큼씩 쥐고 나무 위로 올라가 맛있게 먹었다.

이때였다. 원숭이 손안에 든 완두콩 한 알이 땅에 톡 떨어졌다. 원숭이는 씹고 있는 콩을 뱉어 버리고, 쥐고 있던 콩도 모두 버리고 땅으로 내려와서는 떨어진 콩 한 알만을 찾았다.

아무리 기를 쓰고 찾았으나 떨어진 콩알은 끝내 찾지를 못했다.

원숭이는 마치 천금이나 잃은 것처럼 어두운 얼굴로 한숨을 푹푹 쉬며 하루 종일 나무 위에서 괴로워했다.

제 할 일도 잊고 의욕도 잃고 다만 콩알 하나만을 마음에 둔 것이다.

마침 범여왕이 이 숲을 지나가다가 원숭이를 보고는 보살에게 물었다.

"보살, 저 원숭이는 왜 한숨만 푹푹 쉬고 있는가?"

보살은 원숭이를 가리키며 말했다.

"대왕님, 저 원숭이는 큰 것을 버리고 대신 작은 것을 탐착하는 중생의 모습입니다. 어리석은 중생은 저렇게 큰 것을 버리고 작은 것에 탐착해서 괴로워하고 있습니다."

마음이 넓은 범여왕은 보살의 말을 듣고 곧 깨달아서 회군을 명령하였다. 이로써 일촉즉발의 전쟁은 멈추고 바라나시 왕국에 다시 평화가 찾아왔다.

서역 미술전

경복궁 국립 중앙박물관에서 서역西域 미술전을 돌아보고 이 전시회 내용이 돈황 불교미술이라는 것을 알았다. 대부분 돈황하면 얼른 돈황본 육조단경, 왕오천축국전 등을 머리에 떠올릴 것이다. 전시 기간은 2월 초하루까지.

여기 대곡 광서大谷光瑞(오오타니 코이즈이, 1876~1948) 스님의 탐험대가 가져온 황금 같은 불교 자료가 새삼 돋보인다.

1900년 초에 돈황에서 일본으로 건너간 것이 그 일부가 정치 거간의 손을 거쳐서 당시 조선 총독에게 전해져 한국으로 건너와서 우리 박물관에 소장하게 된 것이 그 연유다.

십여 년 전인가 처음 돈황 특별전에서도 들른 바가 있어 이번 관람은 두 번째다.

전시품 중 8세기경의 벽돌을 보고 한 생각이 떠오른다.

석굴石窟 법당 밑바닥에 깔린 것으로 추정하는 이 전돌甎乭은 LA 헐리우드 수압 수인手押手印의 원조가 될 것이다.

헐리우드 스타 마니아들에게 길바닥 인도 보도블록에 찍힌 수압 수인手押手印은 하나의 명물로 감명을 주고 있다.

전돌의 갖춘 이름은 수압형 장방전手押形 長方甎이다. 투르판에서 출토된 도제陶製 흑색 벽돌 하나의 크기는 손바닥 크기보다 조금 큰 편이다.

이것을 재현하여 큰스님네의 수압 수인手押手印을 찍어 불교 박물관에 보관하면 좋겠다는 생각이다.

우선 원로 큰스님네부터 찍어서 소위 명예의 전당에 모시는 방법도 생각할 수 있다.

수압 수인手押手印의 기원은 멀리 부처님의 발에 예경을 올리는 데에서 부터 시작된다. 소위 간다라미술 출현 이전의 일이다.

부처님의 발을 돌에 새기거나 그림으로 그리는 불족상佛足像 혹은 불족적상佛足跡像은 불상이 만들어지지 않았던 시대의 표현이었다.

불상佛像의 출현 시기는 석가모니 부처님의 열반 후 500년 무렵, 북인도를 침공하여 한때 그리스 영토처럼 다스리던 알렉산더 왕의 시대에 그리스 신상神像이 들어온 이후의 일이다.

그때까지 인도에서 불상을 모시지 않은 이유가 있다.

부처님의 정신과 육체는 보통 사람과는 달라 어떻게 중생이 성인을 표현할 수가 있겠는가 하고 금기시하였고 성스러움에 대한 모독이라고 생각하였기 때문이었다.

세월은 무상하다.

금년 동안거 중에 큰스님네가 적잖이 열반하심에 즈음하여 불교 박물관의 새 품목으로 수압 수인手押手印을 넣고자 하는 것이다.

이 수압 수인은 불족상佛足像이 출현하고 8세기 전돌 수인이 출현 이후 처음으로, 큰스님네 것으로 우리나라에서 만들어진다는 데에 의의가 크다 하겠다.

우선 본사本寺의 불교 박물관 소임자가 지역에서 사명감을 가지고 많은 노력과 협조를 해 왔듯이 이번 큰스님네의 수압 수인을 장려하는 점도 생각할 수 있다. 돌이켜 보면 전통 민속은 아주 작은 일에서 시작하여 오랜 세월을 두고 아래로 흘러 내려와, 민초의 삶 속에 깊이 뿌리를 내리고 사랑을 받아, 자연스럽게 빚어진 마음의 향유香油인 것이다.

귀성 스님과 그 문인

수십 명이 제 발로 찾아와 제자가 되기를 청하였어도 눈 하나 깜짝 하지 않은 노장 스님의 이야기다. 송대宋代의 귀성 스님은 선지식의 명성을 듣고 찾아온 70여 명의 초발심자들을 인사를 나누기도 전에 쫓아내었다.

어떤 사람 같으면,

"어서들 오너라. 이런 수행자가 어디 있어?"

하고 제자 늘이기에 바쁠 터인데 말이다.

그 스승에 그 제자였다.

70여 명 가운데 법원 스님과 의회 스님은 진정한 구도자였다.

서슬이 퍼런 노장 스님의 역경계 앞에 굴하지 않고 끝까지 인욕하였다.

입에 담지 못할 욕설을 귀에 담아 두지 않았다. 그냥 한 귀로 듣고 한 귀로 흘러 버렸다. 선지식이 꾸짖어서,

"너희들, 공부할 놈들이 아니여!"

"어서 떠나, 망상 피우고 노는 놈들의 도량과는 달라!"

하면 대개 뒤돌아서기 마련이다. 옛사람은 말한다.

"구도의 열정이 이 정도는 되어야 수행자란 이름이 붙을 만하다."

세상에 얼마나 그릇된 일이 많은가. 반찬 투정, 노자路資 투정, 시설 투정, 대중 공양 투정 등을 해서 공부인의 투정을 들여다보면 기가 찰 일인데도 말이다.

귀성 스님의 명성을 듣고 찾아와 제자가 되기를 청하는 시험 절차는 길었다.

돌부처님과 같이 요지부동으로 버티고 있을 때였다. 노장 스님은 물통에

물을 담아 와 끼얹고 삼태기에 재를 담아 와서 머리 위에 마구 뿌렸다.

그들은 마치 물에 빠진 생쥐가 잿더미 속에서 뒹군 꼴이 되었다.

이때였다.

"노장님이 심하시군!"

견디지 못한 다른 도반들은 하나 둘씩 떠나갔다. 마지막 두 사람이 남을 때까지 시련은 계속되었다. 두 사람은 법원 스님과 의회 스님.

드디어 입방이 허락되었다.

서장書狀에 실린, 둔한 것은 예리하게 하고 예리한 것은 둔하게 하라는 말씀 그대로였다. 세속 심리는 둔하게 하고, 출가 정신은 예리하게 하는 본보기였다.

금강석보다 단단하고 용광로보다 뜨거운 구도심 앞에 노장 스님마저 손을 들었다.

이왕 할 바에는 아예 눈을 딱 감고 철저하게 시험해 보는 길이 좋은가 보다.

용상방龍象榜

용상방을 짜는 보름 전날 저녁에는 으레 달이 둥실 떠오른다. 풋풋한 초심初心이 달덩이같이 되살아나는 밤, 꼭 처음 삭발을 한 날 같은 묘한 기분이 들기도 한다.

산중 큰절에서는 대중이 큰방에 다 모여서, 공양방 벽에 용상방龍象榜, 각자의 소임을 적은 방榜을 짜서 붙일 준비를 한다.

선방은 부처를 가려 뽑는 과거장과 같아서 선불장選佛場이다.

또한 용상방의 용상은 토끼, 너구리, 여우 같은 작은 짐승은 다 사라지고 용과 코끼리만이 모였다는 뜻에서, 용상 대덕이란 말도 쓴다.

용상방의 소임 이름은 많다.

우선 최고의 지도자인 방장方丈 스님 혹은 조실祖室 스님, 산중 기강을 맡은 유나維那 스님, 소임이 없이 지내는 대덕 스님인 한주閑主 스님, 의식을 맡은 병법秉法 스님, 점심때 헌식을 하는 헌식獻食 스님, 선방 책임자인 입승立繩 스님, 선방 부책임자인 찰중察衆 스님, 서류를 정리하는 서기書記 스님, 차와 과일을 담당하는 다각多角 스님, 불 끄고 켜는 명등明燈 스님, 난방 관리를 맡은 화대火臺 스님, 목욕탕을 관리하는 욕두浴頭 스님 등 소임을 정한다. 이것은 결제 전날 밤의 일이다.

쉬운 소임이 따로 없겠지만, 그래도 입승 스님과 찰중 스님이 벅찬 소임이다.

선방에 입승 스님이 누구냐에 따라 그 선방의 성격을 읽을 정도이다. 경륜이 있어 노련하고 재치도 있어야 제격이다.

먼저 조실 혹은 방장 스님의 법문이 짤막하게 있은 다음, 용상방을 짠다.

맨 나중에 주지 스님의 인사 말씀이 따른다.

사회자 스님이 대중을 향해 묻는다.

"이번 수고를 해 주실 입승 스님은 어느 스님이 좋을까요?"

다른 사람이 대답을 한다.

"제 생각에는 아무개 스님이 좋겠습니다."

또 옆에서 동의하는 말이 나온다.

"네. 그렇게 모시는 것이 좋겠습니다."

더 말이 없으면 경상 위에 죽비를 얹어서 두어 사람이 새 입승 스님 앞으로 나아간다.

그리고는 세 차례 절을 올리고 새 입승 스님께 사회를 넘긴다.

입승 스님이 차례로 용상방의 소임 이름을 호명하고 적임자를 지명하면 옆에서 서기가 필기를 하여 정리한다. 이러는 사이 대중은 제 앞에 놓인 차를 마시면서도 시선을 입승 스님 쪽에 둔다.

문제는 제가 원하는 소임이 아닐 경우이다.

예를 들면, 입승 소임과 찰중 소임은 보살행이라고 보면 좋으나 사실 고역에 가깝고, 자기 희생이다. 정진을 하는 시간보다는 대중을 위해 신경을 쓰는 시간이 더 많기 때문이다.

입승의 본래 뜻은 목수가 먹줄을 쳐서 목재의 잘라낼 부분을 표시한다는 뜻이다. 선방에서 대중을 통솔하는 권한은 죽비가 전달되는 시간부터이다. 말하자면 출사표이다. 전투에 임하는 군대의 통솔권자와 같은 막강한 권한만큼이나 스트레스도 따른다.

한 선방 안에서 입승은 스무 명이 넘는 대중의 원만한 정진을 위해 사활권을 가진다. 반면, 골치 아픈 일이 생기는 날에는 전적으로 입승의 역량 여하에 따라 조용해지기도 하고 그렇지 않기도 한다. 한철 내내 일이 없는 조용한 선방에서는 입승이 입방선入放禪, 좌선의 시작과 마침 죽비만을 치고 즐겁게 잘 정진한다. 설사 일이 생기더라도 노하우가 있는 입승의 경우에는 진가를 유감없이 발휘하는 기회가 되어, 역시 입승을 잘 뽑았다는 찬사가 터져 나오기도 한다.

안거증安居證을 잘 간직한 사람이 많다. 여러 겁 동안 윤회의 길에서 헤매다가 이제 안거에 들어가 안도의 숨을 내쉬고 정진한 까닭에 안거증의 가치가 높다.

마지막 열반하기 직전에는 많은 안거증들을 뒷사람에게 넘기기도 한다. 경력을 따로 정리할 필요 없고 안거의 햇수대로 보면 청복淸福을 닦은 경력이 나오기 때문이다.

해로은 海老隱

장야 성성좌　長夜 惺惺坐
천일 적적행　天日 寂寂行
수지 해로은　誰知 海老隱
탈각 득입명　脫殼 得立命
긴 밤에는 성성하게 깨어 앉아 좌선하고
대낮에는 적적하게 없는 듯, 숨어 지내 수행한다.
은거하여 새끼 새우가 껍질을 벗고 왕새우가 되는 도리를 누가 알꼬?
껍질을 벗고 나서 안심입명처를 얻는 것을.

① 해로海老

새우는 태어날 때부터 아주 어려도 수염과 굽은 등 때문에 '바다의 늙은 이' 란 애칭이 있다.

② 은隱

은거隱居, 안거安居의 뜻. 산모가 해산월解産月이면 어두운 산실에 찾아들어가 어린아이를 잉태한다. 은거, 안거란 말은 산실에 들어가 숨는다는 말과 같이, 새로운 생명을 잉태한다는 뜻이다.

해설

새우의 종류는 많으나, 크기로는 왕새우와 작은 새우로 나눈다.
원래 종자가 작은 새끼 새우는 세월이 지나도 새끼 새우 그대로 남는다.

왕새우 종자는 중간 성장 과정에서 껍질을 한차례 벗고 나서 왕새우로 성장한다. 이 껍질을 벗는 시기가 다가오면 왕새우는 어두운 수초水草 속이나 바위 굴속 등에 들어가 숨어서 껍질 벗을 준비를 한다. 만일 숨을 자리를 마련하지 못한 새우는 껍질을 잘 벗지 못해서 왕새우도 되지 못한다.

수행하는 사람도 이와 같이 숨어 지내는 기간이 꼭 필요하다는 뜻. 껍질을 벗고 왕새우로 성장하듯이 만일萬日 염불, 묵언默言, 백일 기도, 금강경 사경, 보문품 독송, 좌선 정진, 오후불식午後不食, 장좌불와長坐不臥, 1080배 절하기, 능엄주 등 자기에게 맞는 수행 길을 찾아 숨어 지내는 시간이, 하루 중에도 필요하다는 교훈이다.

우리 단군신화의 예가 있다.

웅녀가 어두운 굴속에서 100일을 견디어 내어 사람으로 환생한 설화이다. 굴속에서 참고 견디어 지내는 것은 바로 산모가 산실에 들어가 인고忍苦하는 기간이다.

밖으로 나가서 찾을 수 있는 것은 아무것도 없기에, 보조普照 스님은,

"밖에서 찾지 말라."

라고 하셨다. 수행을 통해서 자기가 변하면 세상도 변하기 때문이다.

훈훈한 절 인심

송광사와 선암사가 자리한 조계산에서 느낀 훈훈한 절 인심이 기억에 남는다.

그해 겨울 결제 때 성도절을 기해 7일 용맹정진을 마친 날이었다. 송광사 대중은 김밥을 싸 들고 눈 쌓인 조계산으로 산행을 나섰다. 하산 길은 선암사로 택하여 내려갔는데 뜻밖에 후한 대접을 받았다.

선암사는 마침 큰방 사시 공양 시간이었다.

대웅전에서 마지가 내려오고 대중 스님네가 하나 둘씩 큰방 공양을 하려고 모이는 중이었다. 큰방 안에는 밥, 국, 반찬이 거의 다 올려진 상태였고 후원에서는 구수한 음식 냄새가 시장기를 더 느끼게 했다.

이때 선암사 지객 스님의 전갈이 왔다. 송광사 대중 20여 명은 공양이 준비되었으니 공양방 큰방으로 들어오란다.

다들 산행으로 어수선한 옷차림이었다. 감히 큰방에 들어갈 생각이 나질 않아 망설이는데 재삼 들어오라는 전갈이 왔다.

마지못해 대중은 지팡이들을 마루 가에 세워 놓고 큰방 안으로 들어갔다. 헌데 이게 웬일인가. 인사를 마치자 선암사 대중 스님네들이 갑자기 큰방 공양을 취소하고 우리 나그네들에게 자리를 내주었다. 그 뒤 선암사 스님네들의 점심은 공양을 새로 지어 드셨다.

이 무렵 송광사는 구산九山 스님이 방장이셨다. 종파 간의 마찰이 있었으나 구산 스님은 단호하게 송광사의 입장을 밝혔다.

"일불제자—佛弟子는 종파를 떠나 화합해야 합니다."

그날 선암사 큰방에서 다들 훈훈한 마음에 밥이 잘 넘어가지 않을 정도였다. 정성이 담긴 밥과 반찬들은 아주 꿀맛이었다. 한 산중에서 종파를 가리지 않고 송광사와 선암사가 잘 지낸 일이 기억에 새롭다.

보통 생각하기에 큰방은 절대 성역 같은 구역이다. 큰방 옆을 지나가다가 발자국 소리만 크게 내도 움찔할 정도다.

이렇게 큰방 구경을 하기조차 어려운데 나그네가 대중 큰방에 들어가서 공양을 하였으니!

법문하는 날, 멀리서 도반이 찾아오면 도반을 법상 위로 모시는 것이 가풍이었다. 법사를 즉석에서 그렇게 모셨다. 선가의 미풍이라고나 할까. 하여간 법이 중시되고 객이 먼저라는 생각이 앞선 전통이었다. 치문에서 말한다.

"너와 내가 서로 잘났다고 싸우는 것은 한낱 달팽이 두 뿔의 허무한 다툼에 지나지 않는다."

가사에서 걸레까지

가사를 접어 걸다가 옛사람이 검소하게 쓴 예를 생각한 적이 있다.

마치 음식 찌꺼기가 없는 발우 공양 절차와 같이 뒤끝이 아주 개운하다.

율장에 따르면, 스승이 새 가사를 건네주면 제자는 입다가 시간이 지나서 떨어진 데를 기워 입는다.

그런 후에 더 떨어지면 주머니 등 다른 것을 만들어 쓴다.

마지막으로 걸레로 쓴다. 걸레가 아주 닳아진 것은 흙에 이겨서 벽을 바르거나 쥐구멍을 막는 데에 쓴다.

송광사 한 노스님의 양말이 연상된다. 큰방에서 아침 공양을 마친 자리에서였다.

"이 양말 봐요. 10년이 더 됐어, 알겠어?"

이 말씀과 함께 노스님은 발을 뻗어서 양말을 내보인다.

정말 누덕누덕 기운 양말은 박물관에 들어가도 좋을 것 같다.

"아, 여기저기 떠난 자리에 내복, 옷가지며, 양말이 수두룩해, 알겠어?"

노스님은 기염을 토하신다. 그도 그럴 것이 온 나라가 쓰레기로 골치를 앓고 있는 실정이다. 멀쩡한 물건이 쓰레기더미 속에서 뒹굴며, 조금만 손질해서 쓸 수 있는 물건이 수두룩하니 뜻 있는 사람들이 한탄할 만하다.

더구나 해제 철이 되면 귀한 법공양 경책이 관물장 안에 버려져 있다. 제 돈으로 구입한 책이라야 값지게 읽는다는 말이 맞다. 과일 하나도 귀하게 여기는 법이 없다. 그냥 한쪽만 깎아먹고 보기 싫게 남겨 둔다. 뒷사람을 생각하는 법이 조금도 없다. 등등.

대중은 말을 못하고 침묵하였다. 더 할 말이 없기 때문이다. 다만 어서 공양 마친 죽비를 쳤으면 할 뿐이다.

"옛사람은 그러지 않았어."

"춥고 배고파야 도 닦을 마음이 난다고 하셨지, 알겠어?"

소참 법문이 있는 날 아침에는 잠시 숙연해진다.

한참 지나서야 공양을 마치는 죽비 소리가 났다. 대중은 자리를 털고 일어나서 발우를 선반에 올려놓는 걸로 마쳤다.

인색하다는 말과 절약한다는 말은 다르다. 양말을 10년 넘게 기워 신는 노스님이시지만, 불사에는 선뜻 모아둔 돈을 내놓으셨다. 나중에 당신의 다비식 비용으로 모아둔 것인데도 말이다.

노스님은 그냥 보내는 일이 없다. 방문한 참배객들에게 무엇인가 쥐어 주고 보내야 직성이 풀린다. 마치 손자 손녀들에게 인정을 베푼 모습이다.

모른다고 하는 스님

오래 전 희양산 봉암사 선원에서였다.

처음에는 작은 옛 선방에서 열 대여섯 정도 지내다가 뒷날 새 선방에서 여든 명 가까이 지냈다.

그때 입승 보는 직지사 스님은 죽비를 잘 쳤다. 3, 7일 용맹정진 일이 생각난다. 기억해 보니 나는 앉아서 조는 일이 십상이었다.

입승 역시 졸다가 방선 시간이 되기 전에 홀연 짝 짝 짝 죽비를 친 적이 있었다. 그래도 그는 재치가 있어 고함을 버럭 질렀다.

"아니, 모두 다 졸다니! 부전 스님은 방문을 활짝 열어요!"

방 안 공기를 환기시킨다는 이유로 간신히 위기를 넘겼다.

대중 가운데는 얼굴이 검은 편인 한 스님이 있었다. 법명 대신 별호를 썼는데 뒤 글자 암庵 자만 생각난다.

봉암사의 큰 즐거움은 계곡 물이 마애불 앞을 휘감아 흐르는 용곡천 목욕이다. 그때 나이가 좀 든 스님에게는 뒷방을 주어 두세 명씩 편안하게 지내도록 하였다. 나와 얼굴이 검은 스님은 뒷방 한 방을 썼는지 그렇지 않으면 따로 옆방을 썼는지 모르겠다.

이것은 기억한다. 옆의 스님이 막 졸라서 스님의 기도 성취며 위패만 보고도 영가의 신분을 맞춘 이야기를 들었다.

"아, 교통사고였구먼, 여자 영가여."

족집게였다.

땅 값이 오른 이야기도 들었다. 쓰레기 매립장을 속가 유산으로 사 두었다가 잘된 이야기다. 나중에 그곳이 터미널 중심 시가지가 되었단다.

그 큰돈으로 절을 세운 이야기가 퍽 교훈적이다. 처음에는 헛된 망상을 많이 피웠다.

예쁜 처자에게 장가갈 것을 이리저리 생각하였을 때였다. 그때마다 머리 끝에서 발끝까지 죽도록 아팠다. 두 번 세 번 무간지옥의 고통을 맛보았다. 마음을 고쳐먹고는 초발심으로 돌아왔다. 전액은 전통 사찰과 같은 큰절을 세우고 삼보 전 공양을 올렸다.

주위에서 병고 액난 등을 호소하며 천도재를 상의하러 오곤 한다.

그때마다 스님은 단호하다.

"나는 그런 것 몰라요."

자기 관리가 철저하다. 옛 말씀이 있다.

"아는 사람은 입을 열지 않으나 모르는 사람이 입을 연다."

한 예로, 병을 잘 고쳐 주는 한 스님이 아상我相이 있은 이후로 그 신통력이 다 떨어졌다는 이야기.

10년 세월

무슨 일이나 목적 달성에 필요한 10년 세월은 강산도 변한다는 세월.

도심 포교당의 한 스님이 10년, 3천여 일 동안을 하루같이 기도하여 새 절을 세운 이야기를 들었다. 굳이 불사佛事 시주施主 책을 끼고 동네를 돌아다니지 않아도 좋았단다.

이렇게 기도를 10년 채운 불자가 여기저기 성공 사례로 있어 매우 존경스럽다. 게다가 만일萬日 염불회 회원 수도 상당히 되는 모양이다. 거제도 지방 신심 깊은 거사들의 만일 염불회 활동을 지켜보고 뿌듯한 느낌을 받았다.

율장에 따르면, 출가 비구가 법사 자격이 생기고 제자를 둘 수 있는 기간이 10년이다. 물론 예외로 깨달음을 인가 받은 경우는 다르다.

신문 연재의 글 역시 기도 기간처럼 느껴질 때가 있었다.

어디를 나갈 일이 생겨도 꼼짝 못하였다. 특히 해외는 생각을 하지도 못하였다. 무리해서 나갔다가 돌아오면 그만큼 일이 늘어나서 꼼짝 않고 지냈다.

마을에서는 와공瓦工 목공 함석공 양복장이 토공 석공들이 자립하려면 적어도 10년 세월을 잡는다.

목수의 예를 들면, 도목 스승이 목수 연장을 물려주고 독립을 인정해 주어야 하지 그렇지 않으면, 식은 밥 목수라고 낮추어 부른다. 막노동자와는 달리 엄격한 데가 있다.

간혹 붓글씨를 배우는 사람들의 서예 전시장에 들른 일이 있다. 한 삼 년 정도가 많고 일 년 미만도 눈에 띈다. 이건 감히 생각지 못한 일이다.

전각篆刻의 경우에, 칼을 잡은 지 3년쯤 지나서 힘이 붙은 것을 생각한다. 10년이 지나서는 새기고 싶은 글씨를 뜻대로 새길 수 있는 힘이 칼에 붙었다. 그러나 글씨의 좋은 디자인에서는 끝없는 연구가 필요하다.

옛사람들이 말하였다.

"먹 갈기를 삼 년 익힌 한석봉 선생이 계셨지. 서예전을 열려고 서두르지 말라. 기초가 튼튼해야 해. 간절하게 공부할 사람만 시작하는 거야!"

"인격 수양이 바탕이 되어 쓴 글씨라야 남 앞에 내놓는 거야!"

"붓을 잡았다고 다 글씨가 아니여! 적어도 10년은 지나서 전시회를 여는 거지."

초심자가 붓을 막 잡기 시작하면서 전시회 준비를 하는 풍조는 이 시대의 반영 같다.

인욕행이 절실히 요구되는 이즘, 무엇이나 10년쯤 기초 기간을 갖게 한다면 어떨까, 생각해 본다. 곰 삶은 곰국처럼 묵은 김치의 깊은 맛처럼 말이다.

편지 두 통을 쓰는 수고로움

대개 편지를 받는 일은 좋으나 답장을 쓰는 일은 부담스럽다. 그래서인지 복잡한 세상살이에 귀찮아 때로는 전화 한 통화로 그냥 답장을 대신하고 만다.

편지는 우선 정성이 제일이다.

선 어록으로 유명한 대혜大慧 서장書狀은 우선 정성에서 놀란다.

입산 초기 불일암에서 서장 첫머리를 배울 무렵이다. 서장에 실린 그 많은 편지가 어떻게 보관되었는지 무척 궁금했다. 근자에 발간된 경봉鏡峰 스님의 서간집도 같은 경우다.

여기에 대한 수수께끼는 쉽게 풀렸다.

법정法頂 스님은 말씀하셨다.

"참, 정성이 대단한 분들이시지. 편지를 보내면서 다시 한 통을 써 두어 보관하셨거든. 그게 하나하나 모여서 어록이 된 거여."

그러고 보니 두 통을 써서 한 통은 보내고 다른 한 통은 보관해 두신 것이다.

옛날에 종이 구하기는 물론 통신 교통도 아주 어려웠다. 게다가 그냥 어느 세월에 목적지에 닿을지 의문이고 닿는다고 해도 본인의 손에 확실히 들어간다는 것마저도 보장받기 어려웠기에 이 시절 법문 편지는 말할 수 없이 값지다.

또한 같은 사람과 자주 편지 왕래가 있을 경우에는 중복을 피하기 위해서도 자기 편지를 잘 보관할 필요가 있었다.

옛사람은 이런 일을 잘도 해내셨다.

편지 한 통을 써 보내는 데도 두 번 읽기가 싫어 그냥 부치는 경우가 있는데 말이다.

오랜만에 답장 편지를 꼭 써야 할 때에는 누가 대신 써 주었으면 할 때가 있는데.

대혜 스님은 귀양지에서 꼬박꼬박 편지 두 통을 써서 한 통은 보내고 다른 한 통은 보관을 해 두셨는데 이 편지들이 뒷날 우리 선종의 큰 지침서이자 화두 공부의 으뜸 가는 교과서가 될 줄이야!

이런 대혜 큰스님의 문하에는 90여 명의 깨달음을 얻은 전법 제자가 있었다.

실제로 상좌 수효나 법제가 수효가 그 정도라고 보아도 대단하고 이 가운데서 한둘의 눈 푸른 제자가 배출되어도 큰 영광인 것이다.

다시 큰스님 편지 이야기로 돌아간다. 신심 깊은 한 노 보살님은 임종을 앞두고 자녀들에게 이런 유언을 하였다. 전해 듣자니 가슴이 뭉클해진다.

"저기, 엽서 한 장이 있지. 일전에 내게 손수 보내 주신 큰스님 엽서 말이야. 그걸 내 영단 위에 꼭 올려다오. 큰스님의 엽서는 작아 보이지만 내게는 그 무엇보다도 큰 것이여. 늘 큰스님이 내 곁에서 지켜 주시는 것 같애. 그래서 마음이 편안하구나."

잘 모르면 역시 외도外道

일반적으로, 알면서 허물을 짓는 사람은 나쁜 사람이고 여기에 비해, 모르고 허물을 짓는 사람은 동정을 받을 만한 사람으로 취급한다.

사회법에서는 알면서 동일한 범죄를 거듭 저지르면 죄의 질이 나쁘다고 보아 강력범 수준으로 이해한다.

그러나 범망경 대승 보살계를 수계하는 자리에서는 이렇게 말한다.

"앉아서 계를 받고 서서 파해도 공덕이 있다."

"알고 허물을 짓는 것이 모르고 허물을 짓는 것보다 낫다."

여기 의문은 다음과 같은 비유로 대답한다.

"벌겋게 달구어진 쇠가 있다고 하자. 모르고 뜨거운 쇠를 붙잡은 사람은 큰 화상火傷을 입지만 알면서 뜨거운 쇠를 붙잡은 사람은 화상의 정도가 훨씬 작다."

알면서 계를 파한 사람은 모르고 범한 사람보다 낫다는 방편설에는 다음 두 가지 뜻이 있다.

첫째는, 우선 계를 받도록 한다.

지키지 못할 계를 어찌 받을까 하고 망설이는 예비 불자가 있다. 이런 사람에게 적극적으로 수계를 권장하는 의도가 있다.

둘째는, 알되 밑바닥까지 잘 알아야 한다.

언뜻 건성으로 아는 것과 밑바닥까지 아는 두 가지를 똑같이 아는 것으로 말한 것 같으나, 계를 받은 후에는 보다 깊이 알아야 한다고 유인誘引하는 교훈이 숨어 있다.

그 예로 보살계 범망경에 따르면, 계를 받은 불자는 안거 중에 보름마다 범망경 10중 48경계 포살본을 독송하도록 되어 있다.

학생이 교과서 공부를 등한히 하면 좋은 학생이 아니듯이, 계만 받았지 포살본을 안거 중에 읽지 않으면 좋은 불자가 아니다.

계를 어김이 왜 나쁜지 잘 아는 갑이라는 사람이 마지못해 허물을 짓는 경우와 그냥 수계만을 하고 그 과보 등을 잘 모르는 을이라는 사람이 허물을 짓는 경우는 결과에 있어서 천지 차이다.

옛사람은 말한다.

"잘못 알아서 불법 안의 외도外道가 되지 말라."

불법을 믿지 않은 외도는 불법 밖의 외도外道이고 또한 계를 받은 불자가 바른 법을 알지 못하면 불법 안의 외도外道이다.

허물을 저지르고도 과보를 깊이 깨닫지 못하는 외도外道는 성불할 인연因緣이 멀어지기 때문이다.

화경청적 和敬清寂

옛사람은 말하였다.

"수행자가 돈에 궁색해서는 안 되지. 출가자거나 재가자거나 돈에 궁색해서 그걸 내색한다면 속되어도 한참 속된 거여."

옛 수행자는 돈이란 말조차 입에 올리는 것을 꺼려 하였고, 싸다, 비싸다는 말도 잘 쓰지 않았다.

차를 마시는 다실茶室, 점잖은 자리에서 꺼리는 대화 세 가지는 정치, 시비분별, 돈 이야기다.

언제 어디서나 정치, 시비분별, 돈 이야기는 좋은 화제가 아니다.

누가 이런 말을 꺼내는 자리에서는 곧 묵언默言을 하거나 가만히 자리를 뜬 것이 옛사람이었다.

선禪과 차茶의 정신이 만나는 자리가 곧 화경청적和敬淸寂.

첫째, 화和는 화기애애하다는 뜻이다.

둘째, 경敬은 공경스럽다는 뜻이다.

셋째, 청淸은 청정하다는 뜻이다.

넷째, 적寂은 고요하다는 뜻이다.

화기애애하다 보면 자칫 공경스러움을 잃기 쉬운데도 화기애애하면서도 공경스럽다. 그리하여 선사禪師와 다인茶人의 마음은 청정하고 고요하다.

이처럼 수행자는 정치, 시비분별, 돈 이야기 등은 호랑이나 독사쯤으로 여기고 아주 멀리하였다.

"청컨대, 벼슬자리에 오르소서."

왕지王旨를 받들어 최고의 벼슬자리에 오르라는 말을 듣고는 귀가 더럽

혀졌다고 하여 냇물에 귀를 씻었다는 옛 지사志士의 일화가 있다. 꿈 같은 이야기다.

영수강의 강가에서 말에게 물을 먹이려고 온 친구 소부가 허유許由에게 물었다.

"자네, 왜 귀를 씻는가?"

"좋지 않은 말을 들어서 그래."

"좋지 않은 말?"

"요 임금께서 처음엔 천자의 자리를 넘겨준다고 하여 기산에 숨었는데, 이번엔 구주九州의 장으로 삼는다는구먼."

옛사람은 출가와 세속을 같은 수준으로 보았다. 곧 세속이 혼탁해지면 출가자의 내면도 혼탁해진 것으로 보았고 반면 출가자의 내면이 청정해지면 세속도 청정해진 것으로 보았다. 이렇게 출가와 세속을 하나로 여겨서 세속의 혼탁함을 출가자 내면의 혼탁함 쪽으로 돌렸다.

천하불자 기세인天下佛子 豈世人　불구재색 제유루不求財色 諸有漏
속불혜명 도중생續佛慧命 度衆生　시즉충천 대장부是卽衝天 大丈夫
천하의 불자가 어찌 세속인이랴.　재색과 유루복을 구하지 않음이여.
혜명을 이어 중생을 제도하여야,　이런즉 하늘 찌르는 대장부라 하나니.

한글본 독송

불자들이 하는 독송 방법 가운데서 토가 달린 한문 경전을 읽는 일이 문제다. 게다가 아무 뜻도 모르고 무턱대고 많이만 읽으려고 한다. 실속이 적은 일에 많은 노력을 들이기보다 이제는 좀 실속 있고 효과적인 방법을 찾아야 할 때다. 예를 들어본다.

"I am a boy."

이 영어에 토를 달아서 읽는다고 하자.

"I는 am a boy이다."

이렇게 토가 달린 한문 독송은 부자연스럽고 우스꽝스럽다. 한 큰스님은 말씀하신다.

"이웃 나라만 해도 우리와 같은 토가 달린 한문을 쓰지 않고 반독反讀 부호가 있어요. 대체로 장경藏經에 든 주요 경전에는 반독 부호가 붙어 있어 해석하는 글의 순서가 분명하지요. 초심자에게 토가 없는 한문은 딱딱할지 모르나 차츰 시간이 지나 익숙해지면 훨씬 더 좋은 거지요."

여천如天 강백講伯은 이렇게 말씀하신다.

"불교 기초를 한문 경전으로 잘하는 사람은 한문 이해와 불교 안목을 동시에 가집니다. 그러나 반대의 경우에는 한문도 시원치 않고 불교 안목도 가지지 못해요."

"세계 어느 나라를 둘러봐도 외국어로 불교를 공부하는 나라는 우리나라밖에 없어요."

불자의 독송은 한글 독송이 으뜸이다. 다만, 선禪 어록 계통은 한문 독송을 권한다. 지난날 LA 수도암修道庵에서 고암古庵 노스님이 하신 말씀이 있다.

"미국에 왔으니 불교학은 영어로 하는 게 좋아요. 허나 선서禪書만은 한문으로 읽어야지요."

우선 필요한 일은 예불 때마다 기본이 되는 반야심경의 한글 독송이다.

사찰과 암자 혹은 불교 **TV, BBS** 예불 시간에 반야심경 독송을 한글본으로 실시하는 일이 좋은 줄을 알면서도 별다른 이유 없이 미루고 있다. 한번 잡으면 놓지 못하는 성격 탓에 새로운 일을 시작하기가 이렇게 힘들다.

세종대왕 때 집현전 학사들이 한글을 창제할 때의 일화.

"한문은 영험이 있고 한글은 영험이 없어 보인다."

누구나 잘 아는 이야기로, 공연히 제 나라 글을 천히 여기는 백성이 적잖이 있었으나 세종대왕은 다 물리치고 한글을 창제하기에 이르렀던 것이다.

그 후 무려 6백 년 가까운 세월이 흘렀다.

제 나라 말과 글을 아껴 쓰려는 사람은 여전히 많지 않다. 불경 독송의 경우에는 창이나 판소리, 민요처럼 얼마든지 개발의 여지가 있다고 생각한다.

천수경의 경우, 화성 신흥사에서 사시 마지 때에 한글본 독송을 들을 기회가 있었다. 처음은 어색한 듯 하였으나 끝날 무렵에는 한문본과 별다른 차이를 느끼지 못하였다.

금년 초파일, 부처님 오신 날을 기해 한글본 독송이 폭넓게 보급되었으면!

초지일관

행건을 차던 손길을 멈추고 노스님네가 열반하면서 남기신 말씀을 생각한 적이 있다. 또 도심 포교당에서 스님들의 아침 공양 시간에 자리가 많이 비어 있을 때에도 노스님네의 당부를 생각한 적이 있다.

"행건은 꼭 차도록 해라. 간소화하다 보면 불법의 수명이 짧아진다."

"음식을 먹는 일은 대중 화합의 뜻이 있다. 먹는 일 그 자체라면 그렇게 강조하지 않아. 예불, 공양, 울력, 이 세 가지가 스님의 공부를 가름하는 기준이다."

또 이런 말씀이 있다.

"구참 납자는 행자같이 초발심으로 겸손해 하고, 초심 행자는 구참久叅 납자처럼 의젓하게 살아가라."

행건을 차는 스님은 다음 두 가지라고 지대방에서 이야기한다.

첫 번째의 경우는 환속을 했다가 재출가를 한 스님이다.

드문 예지만 갑자기 행자 기분이 나서 새로 행건을 잘 차는 셈인지 모른다.

"너, 그동안 안 보이더니 행건까지 찼네. 새로 입산한 거지?"

듣는 당사자에게는 가슴 찔리는 말이다. 모처럼 초발심으로 돌아가 잘 살아 보려는 것인데.

둘째의 경우는 좀 보수적인 가풍에서 옛것을 지키려는 스님이다. 특히 종아리 부근에 행건 띠 자국이 나서 가렵고 불편해도 이를 감수한다.

노스님네도 밤에 종아리에 난 행건 자국으로 가려워하신 것을 본 적이 있다.

행건은 행자, 사미, 비구 모두에게 필요하다. 허나 행자와 사미, 특히 사미 중에서도 하급반 쪽이 행건을 잘 차는 편이다.

"프로는 아마추어같이, 아마추어는 프로와 같이."

어느 한쪽으로 치우치지 말고 초발심과 의젓함을 다 같이 유지하라는 뜻이다.

노스님의 말씀대로 행건 하나에 불법 수명이 달려 있다니 과연 그럴까.

편리해지려고 자주 의식을 간소화하면 양파 껍질을 벗겨 버리듯 결국 남는 것이 하나도 없다.

구산九山 큰스님께 인사를 올릴 때에 가사가 없이 혹은 가사만 달랑 두르고 절을 올리는 수좌들은 반드시 가사와 장삼을 수하고 예의 바르게 갖추라는 꾸지람을 받곤 하였다.

요즘 대웅전 예불 때에 가사와 장삼을 잘 갖추지 않은 객스님이 적지 않다.

"예불에 빠진 사람도 있는데 그나마 잘한 거지."

이런 객스님을 잘한 것으로 여긴다.

이웃 나라의 경우는 매우 완고하다. 대웅전에는 반드시 정장이 아니면 안 된다. 마치 고급 레스토랑에서 정장을 하지 않은 신사 숙녀에게 출입이 거부되는 경우와 같다. 최소한의 예의를 지키라는 뜻이다.

더구나 큰 스승이신 부처님 앞에 나선 불자가 예의를 소홀히 함에 있어서랴.

삼천 대천 세계를 향해

불교의 우주관에서 말하는 삼천 대천 세계는 우리의 상상을 훌쩍 뛰어넘는다.

일 소천 세계小千世界는 수미산을 중심으로 이뤄진 일 사주四洲 세계가 천 개 모인 세계이다. 이 가운데 남섬부주는 우리 사바 중생이 사는 세계로 사주四洲 천하의 남쪽이다.

다시 일 중천 세계中千世界는 일 소천 세계가 천 개 모인 세계이다.

또 일 대천 세계大千世界는 일 중천 세계가 천 개 모인 세계이며, 이 세계가 바로 삼천 대천 세계이다.

수년 전, 도심 포교당에서였다. 사시 마지를 올리고 이어서 정기 법회가 있는 날이었다.

청법 대중으로는 불자가 두 사람뿐, 남녀가 각각 한 사람씩이었다.

그리하여 법당 안의 사람 수는 목탁을 잡은 기도 법사 스님과 설법을 할 나, 불자 둘, 모두 네 사람이다. 그것도 도중에 여자가 밖으로 나가 다시 돌아오지 않았다. 그 여자는 핸드폰의 소리를 듣고는 급히 일어나서 나간 것이 끝이었다.

이런 상황 속에서 법회 한 시간을 이어 나간다는 게 쉽지 않았다. 결국은 한 사람을 대상으로 설법을 계속한 셈이다.

문득 청담靑潭 큰스님의 일화가 머리에서 떠올랐다.

청담 큰스님은 청법 대중이 꼭 한 사람뿐인 일인법회一人法會를 잘도 하셨다. 당시 혼란스런 사정과 청중이 한 사람인 이유는 생략한다.

큰스님이 한 시간 설법을 거뜬히 하고 내려오셨다. 보기에 민망할 정도로 텅 빈자리에서 마이크로 열띤 법문을 하셨다.

이때 시자가 말하였다.

"스님, 뭐 그리 오래 하십니까? 듣는 사람도 혼자뿐인데요."

큰스님이 대답하셨다.

"너 이놈, 설법은 눈앞의 사람만 보고 하는 게 아니야. 나는 삼천 대천 세계가 대상이야!"

그렇다. 화엄경의 수많은 청법 대중은 화엄신장이 옹호하는 8만 4천 대중을 뛰어넘는 숫자이기 때문에 눈앞의 청중이 적어도 무관한 것이다.

청담 큰스님처럼 소아小我에서 벗어나 대아大我의 입장에서 보면 청중은 삼천 대천 세계 미진수微塵數인 것이다.

흔히들 법회에 모인 청중이 적으면 걱정을 한다.

"스님, 사람들이 안 와 어쩌지요?"

법회를 시작하기 전에 주최자는 걱정이다. 법사 스님을 모셨는데 청중이 적어서 미안하다는 뜻이다.

그게 무슨 상관인가.

많으면 많은 대로 적으면 적은 대로 진행하면 그만이다. 법회뿐만 아니다. 우리의 대화 상대자는 삼천 대천 세계일 것이다. 귓속말로 비밀을 나눈 두 사람을 두고 옛사람은 말한다.

"두 사람이 알고 하늘과 땅이 알아서 벌써 넷이 안다."

대명천지大明天地에 삼천 대천 세계는 늘 널려 있다는 뜻이다.

자비심과 적대감

어느 기회에 적대감을 가지고 사는 사람들의 이야기를 들을 기회가 있었다.

교도소 안의 한 문제 아이는 참회하지 않고 도리어 교묘하게 문제의 핵심을 피한다.

"난, 죄가 없어요. 도둑질을 하는 시時가 나빠 잡혔을 뿐이지요. 죄라면 시時가 죄라니깐요."

사회에 대한 적대감, 이웃에 대한 적대감을 가진 사람은 주객主客이 전도된 비뚤어진 엉뚱한 생각을 한다. 밝고 따뜻한 자비심이 들어가야 그런 어둡고 차가운 생각이 사라질 터인데 말이다.

지난날 해인사에서 지낼 때였다.

매주 경북 칠곡 교도소에 가서 교화위원의 활동을 한 적이 있었다. 교화 대상은 청소년이었다.

여기서 상식을 뛰어넘는 일을 경험하였다. 잘나고 예쁘고 똑똑한 아이가 많은 데에 놀랬다. 피아노 등 악기를 다루는 솜씨도 좋았다. 가난한 집의 자녀보다는 부유층의 자녀가 적지 않았다.

적대감을 품고 자란 비뚤어진 아이는 말한다.

"허 참, 불공평해요. 철창 밖에서 활개를 치고 다니는 큰 죄인이 많아요. 우리는 쥐꼬리만한 아주 작은 죄인인 걸요."

이런 귀재鬼才들에게 자비의 말씀을 전하는 일은 쉽지 않다.

간혹 철창 안에서 검정고시에 합격한 학생이 있었다. 어느 날이다. 한 학생은 출감을 한 후 대학 갈 준비를 하면서 해인사에 찾아왔다가 내 방 안에서 혼자 한나절 좌선을 하다가 떠났다. 착실한 학생은 매우 편안한 마음이었다.

젊어서 고생은 돈을 주고서도 한다는 말이 있다. 철창 생활이 일생일대의 오점이 되기도 하겠지만 때로는 보배로운 체험도 될 것이다.

석주 큰스님이 붓글씨로 쓰신 화안애어和顔愛語 네 글자를 본 적이 있다.

애어愛語는 아름답고 듣기 좋은 말이다.

당신의 덕분입니다, 라는 말은 듣기에도 좋다. 서로가 이해하는 정도를 넘어서 존경과 사랑이 담겨 있다.

화안和顔은 미소 띤 얼굴 표정이다.

옛사람은 말하였다.

"남을 미워하면 내 자신이 먼저 미워지고, 남을 자비심으로 대하면 내 자신이 먼저 자비심으로 채워진다."

"적대감은 우리 모두를 죽이고 자비심은 우리 모두를 살린다."

발원은 적대감이 사라진 청정한 세상이다.

만일 살아오면서 차츰 쌓인 적대감의 독소를 풀어 주지 않는다면 사람은 스스로 제자리에서 죽고 말 것이다.

이 적대감이 자정自淨되기 위해서는 마음에 자비심이 충만하도록 매일 기도 정진해야 하며 건강을 위해서도 이렇게 기도 정진은 필요한 것이다.

좌선의坐禪儀 첫머리에서 말한다.

"먼저 대자비심을 일으켜라."

참선의 시작 역시 자비심에 있다는 뜻이다.

초파일을 맞아

우선 암도 큰스님의 유머이다. 누가 스님의 처소에 나아가서 얼른 찾지 못하였을 때에,

"암도 아무도 없네."

하면 스님이 이 소리를 듣고 곧 대답하신다.

"암도, 나 여기 있소."

어느 때에 큰스님과 함께한 자리에서 여쭈어 보았다.

"스님, 재미있게 말하고 남보다 말을 잘하는 방법이 있다면 무엇입니까?"

스님은 말씀하신다.

"남보다 먼저 말을 꺼내는 사람이 꼭 져요. 나중에 말을 꺼낸 사람이 이기지요."

그러고 보니 일리가 있는 말씀이다. 여기서도 침묵한 사람이 더 낫다.

다음은 암도 큰스님이 어느 날 법상에서 하신 법문이다.

"부처님이란 무슨 뜻인가요? 부처님은, 부탁하는 대로 중생의 소원을 잘 들으시고, 처리해 주시는, 님이라는 뜻입니다."

또 다른 스님은 한자 파자破字의 유머로 부처님을 설명한다.

"부처 불佛 자는 인人과 불弗(미국의 화폐인 달러의 뜻)이 합쳐진 자입니다. 사람은 불弗, 달러지요. 세상에서 가장 가치가 높은 것이 불佛입니다."

인도 말로 달리 말하기도 한다.

"인도의 말인 샤카무니는 한자 음역으로 석가모니입니다. 이 세상에서

뮈니, 뭐니 해도 머니money가 좋지만 머니money 중에서도 석가모니가 제일이지요."

석가모니釋迦牟尼는 능인적묵能仁寂默이며, 풀이하면 능인能仁 종족 성씨를 가진 사람 가운데서 침묵을 가장 잘하는 사람이라는 뜻.

바야흐로 연등燃燈을 만들어 공양 올리는 철이다.

지하철에서 손잡이를 잡는 승객의 손 중에서 유독 붉고 누렇고 푸르게 물이 든 손가락이 눈길을 끌었다. 대부분 초파일 연등 운력에 동참한 손이다.

연등도 가지가지다. 크기는 작은 종이컵에서부터 사람 키만한 불당 앞 등까지 다양하다.

색색의 연꽃을 비벼 말아 붙이는 초파일 연등 운력에, 여럿이 모여 앉아 지난 이야기를 구수하게 나누며 혹은 법문을 들으며 보내는 새에 홀연 하루해가 저문다. 옛사람은 말하였다.

"만일 무슨 대가를 바라고 일을 한다면 하루 품삯밖에 복을 짓지 못하지만 쾌히 보시하는 마음으로 대가 없이 일을 한다면 필경에 정각正覺을 이룰 것이다."

시종 말없이 불사에 동참하신 노보살님은 말한다.

"집에 돌아가면 허리가 뻣뻣하게 아파도 마음만은 기뻐요."

품삯으로 하는 것이 아니고 불보살의 원력처럼 스스로 남을 위해 자원봉사하기 때문에 즐겁다. 더구나 마음속으로 공부를 하면서 동참하는 기쁨을 무엇에 비기랴.

금강저와 합장

염불·시식문施食文에서는, 금강저金剛杵 대신 합장으로 할 수가 있다.

합장이 금강저의 위력과 통하여 금강저가 마구니를 굴복시키는 힘이 있는 것처럼 합장도 그러하다는 뜻이다.

합장合掌은 범어로 아냐잘리 añjali이다. 합시습十라고 하는데, 두 손바닥을 모으고, 마음과 생각을 집중시켜 공경스럽게 예배를 올린다는 뜻이다.

합장은 본래 아주 먼 옛날부터 행해져 내려온 인도의 일반 예법을 불교 예법으로 같이 쓴 것이다.

인도 사람들은 오른손을 신성한 손으로 여겼고, 왼손을 깨끗하지 못한 손으로 여겼다. 이런 까닭에, 두 손을 엄격하게 구별하여 쓰는 습관이 생겼다.

예를 든다면, 악수와 음식 먹기 등에는 오른손을 쓰고, 화장실에서 쓰는 손은 왼손을 쓴다. 만일 외국 사람이 왼손으로 선물을 주거나, 아이의 머리를 귀엽게 쓰다듬는다면 인도 사람은 깜짝 놀라는 것이다.

두 손을 하나로 합하여 취한 합장 자세에는 깊은 뜻이 있다.

신성한 면과 깨끗하지 못한 면이 하나로 합해져, 인류 최고의 진실한 면모를 합장으로써 표현한다.

반야심경般若心經의 불생불멸不生不滅(생멸이 없음)과 불구부정不垢不淨, (더러움과 깨끗함이 없음)의 뜻인 까닭에, 공空을 구현한 모습이 합장이고, 용用에서 체體로 돌아간 모습이 합장이다.

여러 경전과 논장에는 합장의 공경스러움에 관한 내용이 아주 많이 실려 있다.

불자가 여법如法하게 합장하는 모습은 아주 대단하여 때로는 불보살의 화현으로 생각하게 할 정도이다.

대당서역기大唐西域記 권이卷二에는, 인도의 아홉 가지 예법 가운데 네 번째에 해당하는 것이 합장이라고 하였다.

불자는 손바닥 가운데가 틈이 벌어진 합장을 해서는 안 된다. 이 합장법을 쓰면 거만하다는 질책을 받는다. 힘이 없는 사람은 열 손가락을 깍지 끼듯이 하여 두 손의 틈이 벌어지지 않게 하는 것이 좋다. 이와 같이 깍지 끼어 합장하는 법을 귀명합장歸命合掌 또는 금강합장金剛合掌이라고 한다.

스님들이 수행과 의식에서 쓰는 도구 방망이인 금강저金剛杵는 금강지저金剛智杵, 견혜저堅慧杵란 이름이 있다.

범어는 바즈라vajra이고 줄인 이름은 금강. 발사라跋舍羅, 벌절라伐折羅, 발왈라跋日羅 등으로 음역한다.

여기에는 오저五杵가 있다. 재료는 쇠나 구리로 쓰고, 두 끝에 가지 하나를 만든 것을 독저獨杵, 가지 셋을 만든 것을 삼저三杵, 가지 다섯을 만든 것을 오저五杵라고 한다.

저杵는 본래 인도 무기 이름의 하나였다가 밀교에서 인간의 번뇌인 마왕 파순을 말끔히 물리쳐 버리는 보리심菩提心의 상징으로 금강저가 나온 것이다. 옛사람은 말한다.

"수행자가 마음 안에 금강저를 가져야 수행 장애가 없다."

이와 같은 금강저는 두 손을 하나로 합한 합장 자세로 다시 태어난다.

반야 지혜의 대 전환

옛사람은 말한다.

"평생 불법을 모르고 지내다가 삼보를 만나면 마치 어두운 터널을 빠져나와 광명을 되찾은 사람과 같이 즐겁다."

세간 법에 시달려 옳은 것과 그른 것만 알았지, 출세간 법의 선악을 뛰어넘는 가르침을 만나지 못한 사람들에게 불교는 하나의 대전환이고 교정의 시각이다.

반야 지혜는 불교의 핵심이다.

반야 지혜가 들어가서 미개未開한 정신 세계에 개화開花한 정신 세계가 펼쳐진 좋은 예는 티베트에서 찾아볼 수가 있다.

히말라야 오지奧地 산골 마을에 천년의 어둠을 씻어내고 광명의 차원 높은 정신 세계가 마련된 것이다.

티베트에 불교가 처음 들어간 때는 7세기경, 티베트는 힘이 강했지만 지혜가 없는 무식한 사람이나 다름이 없는 미개 상태였다.

불교사에서 티베트에 불교를 처음 전한 사람은 문성공주. 중국 드라마에서 많이 알려진 인물이다.

티베트에서는 송찬 감포왕이 여러 민족을 정복하고 강국을 세워, 여태 티베트에 세워진 왕국 중에서 가장 힘이 넘쳤다.

이때 당 태종은 티베트와 화친을 맺으려고 자기 여동생인 문성공주를 송찬 감포왕에게 시집보냈다. 이 시기가 티베트 역사의 분수령이다.

문성공주의 시집 혼수품과 함께 불 법 승 삼보三寶가 티베트에 따라 전해져 비로소 문명文明이 열렸다.

이어서 티베트 문자가 창제되었다. 문자가 없는 티베트에 불교가 들어가서 범어梵語와 비슷한 티베트 문자가 처음으로 만들어져 역사의 큰 준령이 된 것이다.

범부 중생의 생애에서 살펴보아도 불교는 세상을 내다보는 시각을 바꿔 놓는다. 곧 육체 본능에 사는 중생이 시비분별심을 떠나고 반야의 지혜에 눈을 뜬 데서 품격이 달라진다.

여기 달라지는 데에는 두 가지 종류가 있다.

첫째는 점쟁이같이 이상한 사람이 된 경우다.

꿈에 무얼 보고 어찌하였다느니, 무얼 생각해서 사건을 예견하였다느니 하는 신통방통한 사람이 적지 않다. 소박하게 여기서 그치면 다행이나 점쟁이가 다 된 사람들이 있다. 신통이 있는 것을 자랑하는 잘못된 사람은 차라리 불교를 모르는 게 더 나을 것이다. 불교를 몰라도 한참 모르는 사람이다.

둘째는 달관達觀하는 사람의 경우다.

세상사를 옳고 그른 것으로 가려서는 끝이 없다. 너는 그르고 나는 옳고, 너는 나쁘고 나는 좋고, 이런 이분법에서 떠난 사람은 편협하지 않다. 분쟁의 불씨가 깨끗이 꺼져 다시 시비분별에서 빠지지 않으니 얼마나 즐거운 일인가.

바른 불자는 어떤 경우에서나 반야 지혜의 한 생각을 떠나지 않는다. 불교를 알아서 바꿔지고 달라졌다면 바로 이 점일 것이다.

신부의 웃음

선사의 게송 한 구절이 있다.

"원앙새 수를 낭군에게 내보여 줄지라도, 바늘은 건네주려고 하지 말지니라. 원앙수출종군간鴛鴦繡出從君看 막파금침도여인莫把金針渡與人."

게송의 배경이 재미있다.

때는 청사 초롱이 신방新房 처마 끝에 훤히 밝혀진 첫날밤이다. 신랑 신부는 옛 풍습에 따라 그냥 얼굴도 모른 채 부모가 정해 준 대로 혼례를 치르고 신방新房에 들어간다. 들러리도 떠나고 신랑 신부 두 사람만 남는데 긴장이 일시에 풀린다.

처음으로 얼굴을 찬찬히 바라본다. 한동안 신랑과 신부가 서로 쳐다만 볼 뿐 말이 없다.

이때 신랑은 깔린 비단 이불을 보고 신부의 수놓은 솜씨를 생각한다. 원앙새 한 쌍의 수에 반한 신랑이 간신히 말문을 찾은 것이다.

"아 참, 보기 좋아요. 어떻게 이런 수를 놓았지요?"

신부가 처음 입을 열어서 대답하는 방법이 여러 가지다.

첫째는, 묵언默言을 한다.

그냥 신랑의 묻는 말에 살포시 웃을 뿐이다. 신랑에게는 보일 듯 말 듯한 신부의 웃음이 모란꽃보다 향기롭고 아름답다.

선문에서는 상근기上根機 법문이라고 한다.

마음에서 마음으로 통하는 진실은 언어 문자 이상의 것이다. 선禪에서는 이심전심以心傳心이며 불립문자不立文字라고 한다.

또는 정법안장正法眼藏, 열반묘심涅槃妙心, 실상무상實相無相, 미묘법문微

妙法門, 교외별전教外別傳 등 불생불멸不生不滅의 진리 세계를 가리킨다.

둘째는, 입을 열어서 설명한다.

신부가 그동안 수놓은 이야기를 설명하지만 신랑은 종일 쌓인 피로에 하품을 한다. 신랑 입장을 생각하지 않는 신부의 대답이 약간 불만이다.

선문에서는 중근기中根機 법문이라고 한다.

입을 열어서 선사가 법문을 하지만 오히려 의문만 커져 불만스럽다.

셋째는, 실제 모습을 보여 준다.

친절이 지나친 신부가 홀연 밖으로 나간다. 신랑의 질문에 잘 답변해주고 싶은 마음에서다.

신부는 신혼 짐 속을 한참 뒤지다가 가까스로 바늘과 수틀 등을 찾아낸다. 그러나 신부가 이 소란을 피우는 사이에 혼자 남은 신랑은 그만 깊은 잠 속에 빠져 들었다. 이런 철부지 신부에게는 시집살이가 크게 열린다.

선문에서는 하근기下根機 법문이라고 한다.

언제 한 것이라고, 그리고 왜 그런 것이라고 자상한 이유를 설명한다. 그러나 가르침에서는 수繡를 보여 주어도 바늘은 건네주려고 하지 말라고 하였다. 옛사람은 말한다.

"일을 잘하는 사람은 할 일만 하고 하지 않을 일은 하지 않는다. 그러나 일을 못하는 사람은 할 일은 하지 않고 하지 않을 일만 한다."

소를 찾는 나그네

2

보석의 소

작은 것을 탐착하다가 큰 손실을 입는 소탐대실小貪大失은 예나 지금이나 다르지 않다. 이것은 삼독심三毒心이 문제이다. 예를 들면, 작은 일에 쫓겨 진짜 큰일을 놓쳐 버리기도 하고 작은 일에 신경을 쓰다가 큰일을 잊어 버리기도 하는데, 후회막급이나 때가 지나 어쩔 도리가 없다.

달마 어록의 말씀이 있다.

"관심일법 총섭제행觀心一法 總攝諸行

마음공부 하나가 모두를 해결한다."

마음공부 하나면 이 속에 크고 작은 해결책이 다 들어 있다는 가르침.

밖으로 비방을 찾지 않아도 얼마든지 마음 안에 해결책이 있다.

헌데도 밖으로 눈을 돌려서 이리저리 헤매는 중생은 노력과 시간과 금력을 허비하고서야 깨닫는다.

"아, 엉터리로 살아왔구나!"

세간의 사기詐欺 대부분은 소탐대실이 원인이 된다. 처음에는 후한 인심을 보이다가 결국 제 본색을 드러내는 것이 마치 낚시꾼이 미끼를 써서 물고기를 잡는 것과 같다.

또한 천상의 마왕 파순 역시 욕심을 미끼로 수도를 방해한다. 때문에 세상에서 욕심이 없는 사람은 마왕 파순도 어쩌지 못한다고 경전에서 말한다.

북제北齊 때의 고사 하나로 유주劉晝가 지은 신론新論에 나오는 이야기가 있다.

진秦나라 혜왕惠王 때의 일이다.

혜왕은 이웃 촉蜀나라를 얻을 때에 촉후蜀侯의 탐욕심을 이용하였다. 평소에 촉후가 욕심이 많아서 재물이면 만사가 통하는 그런 사람인 줄 잘 알고 있었다.

촉나라로 가는 큰길을 닦게 하는 계략은 소탐대실의 전략이었다.

어느 날이다. 혜왕은 신하들에게 말하였다.

"촉후에게 큰 예물을 올릴 것이오. 보석의 소를 보낼 것인즉, 소는 나무로 조각하고 소의 배 안에는 금과 비단을 가득 채울 것이오."

곧 촉후에게 이 사실을 알릴 사신을 보냈다.

한편 금과 비단을 유독 좋아하는 촉후는 촉나라 사람의 말을 듣지 않고 진나라 사신을 맞아들였다.

진나라 사신이 올린 진상품의 품목을 보는 순간 정신이 깜박 가 버렸다. 진나라 사신이 촉후에게 말하였다.

"보석의 소가 들어올 수 있게 길을 더 넓혀주시오."

촉후는 수많은 백성들을 동원하여 큰길을 닦았다. 이것이 전쟁의 큰길을 닦는 계략인 줄을 미처 몰랐다.

혜왕이 보석의 소를 앞세워서 군인 수만 명과 함께 촉나라를 치려고 나아갔을 때에, 촉후는 문무백관을 거느리고 친히 나와 도성의 교외에서 기다리고 있었다.

이때였다. 갑자기 진나라 군인들이 숨긴 무기를 꺼내 촉후를 공격하였다. 그리하여 촉후는 보석의 소에 눈이 어두워 나라와 목숨마저 잃고 말았다는 이야기.

삼함지계三緘之誡

옛 전통이 지켜지는 사찰의 대중 공양방이다. 사방 벽에는 동서남북으로 오관五觀, 청산靑山, 백운白雲, 지전持殿, 입승立繩, 삼함三緘의 붓글씨 여섯 장이 크게 붙어 있다.

우선, 오관五觀은 오관게五觀偈를 말한다.

"이 음식이 어디서 왔는고 내 덕행으로는 받기 부끄럽네

마음의 온갖 욕심 버리고 몸을 지탱하는 약으로 알아

도업을 이루고자 이 공양을 받습니다.

계공다소 양피래처計功多少 量彼來處

촌기덕행 전결응공忖己德行 全缺應供

방심리과 탐등위종防心離過 貪等爲宗

정사량약 위료형고正思良藥 爲療形枯

위성도업 응수차식爲成道業 應受此食"

청산靑山은 후원 대중이고, 백운白雲은 선방 정진 대중이고, 지전持殿은 법당 예불 의식과 정리를 맡은 스님이고, 입승立繩은 선방에서 죽비를 치는 소임자를 뜻한다.

여기서 삼함三緘의 고사를 살펴본다.

함緘 자는 봉封 자와 같으며 삼함三緘은 세 번 입을 봉한다, 곧 말을 삼간다는 뜻이다.

출처는 공자가어孔子家語 관주편觀周篇에 나오는 말이다. 또한 설원설총편說苑說叢篇에도 보인다.

공자가 주나라를 돌아보실 때의 일이다. 마침 태조의 후직 사당에 들어가실 때에, 오른쪽 뜰 앞에 사람의 금동상金銅像이 서 있었다. 그의 입은 세 번 꿰맸으며 그의 등 뒤에는 다음과 같은 글이 새겨져 있었다.

"이 사람은 옛날에 말을 삼가한 사람이다. 입을 경계할 것이다. 말을 많이 하지 말라. 말을 많이 하면 많이 실패할 것이다. 일을 많이 벌이지 말라. 일을 많이 벌이면 많이 근심할 것이다.후략."

공자가 이 글을 읽고 제자들에게 말씀하셨다.

"위 글을 기록해 두어라. 이치에 맞고 세상일에도 맞는 말이다."

위魏나라 때에 왕숙王肅이 모아 재편집한 공자가어는 공자님의 언행과 문인門人과의 문답 등이 실려 있다. 공자가어의 좋은 점은 잃어 버린 옛 가풍에 관한 내용들이다.

다시 삼함과 오관 이야기로 돌아간다.

삼함은 후원 대중이 선방 정진 대중에게 잘해 주고 있다고 내세우지 말고, 말을 삼가해서 삼함三緘처럼 지키라는 뜻이다.

반면 오관은 선방 대중이 늘 후원 대중을 어렵게 여겨, 공양의 고마움을 생각하고 정진을 잘하라는 뜻이다.

요즘 큰방에서는 위의 글씨를 찾아보기가 힘들다. 새로 도배를 하고 나면 사라진다. 가장 전통이 잘 지켜지는 곳이 절 집안이고 가장 한국적인 모습이 절 집안인데 말이다.

이런 가운데 반가운 것은 산중에 호텔 레스토랑 형태로 바뀐 큰 식당 벽에서는 공양 6방榜을 전혀 찾아볼 수가 없는데 한 절에서 정성스럽게 목각을 한 공양 6방이 걸려 있는 경우를 보았다. 그나마 다행이었다.

틀리기 쉬운 염불문

법성게法性偈에서 염불하는 사람이 뜻을 생각하지 않고 하는 경우를 본다.

"구래부동 명위불舊來不動名爲佛 예로부터 부동不動이기에 부처라고 하느니라."

부동不動은 생멸生滅의 상대말이다.

번뇌 망상 속의 나는 생멸生滅하고 요동치며, 흔들리고 윤회한다.

반면, 망상妄想 번뇌를 쉬고 본래 자성自性으로 돌아가 불생불멸不生不滅하여 윤회를 쉰다. 이때가 바로 성불成佛이다.

법성게의 마지막은 정확하게 구래부동 명위불舊來不動 名爲佛이며, 반복을 할 때에는 다시 처음으로 돌아가서 법성원융 무이상法性圓融 無二相부터 시작한다.

그런데도 아무 뜻도 없이 노랫가락으로 다음 두 구절을 하는 사람이 적지 않다.

"구래부동 명위법舊來不動 名爲法, 구래부동 명위승舊來不動 名爲僧.

예로부터 부동이기에 법이라고 한다. 예로부터 부동이기에 승이라고 한다."

이 말은 불필요하여 오히려 방해가 되며, 법성도法性圖 구역에서 보면 말이 넘쳐서 법성도를 벗어난다.

더 중요한 것은 불법승의 연결이 허용되지 않아, 법과 승은 구래부동舊來不動이란 말이 허용치 않는다는 점이다.

예로부터 부동이기에 법이라니 무슨 법이며, 예로부터 부동이기에 승이라니 무슨 승인가.

육조단경에 따르면 불법승은 다음과 같다.

"불즉각佛卽覺, 법즉정法卽正, 승즉정僧卽淨.

부처는 깨달음이고, 법은 바름이고, 승은 깨끗함이다."

부처는 깨달음의 다른 이름이고, 법은 바름의 다른 이름이고, 승은 깨끗함의 다른 이름이라는 뜻이다.

다음은 제불통청諸佛通請 가운데 나온다.

"욕건만다라선송欲建曼多羅先誦 정법계 진언淨法界 眞言

만다라 단壇을 세우고자 먼저 정법계 진언을 송하라.

정법계 진언 옴남 옴남 옴남."

여기서 욕건만다라선송이란 말은 송하지 않는다. 그런데도 이를 송하기를 고집하는 사람이 적지 않다.

"정구업 진언, 수리수리 마하수리 수수리 사바하 세 번."

이 경우에 세 번이라는 글은 읽지 않고 진언을 세 번 송하면 되며, 이처럼 정구업 진언을 먼저 송하면 되는 것이다.

사시 마지를 올릴 때에 마지 종을 치면 요령을 든 법주는 이렇게 시작한다.

"정법계 진언, 옴 남, 옴 남, 옴 남."

염불을 하는 경우, 49재 천도재 때에 위없는 높은 법문 내용을 생각하는지 궁금하다. 옛사람은 말한다.

"염불은 곧 관觀을 하는 것이며, 이 관觀을 하기 위해서는 먼저 글 내용을 이해해야 한다."

큰 바위 얼굴

미국의 작가 나다니엘 호손(Nathaniel, Hawthorne, 1804~1864)이 지은 큰 바위 얼굴의 이야기는 어느 날 오후 해질 무렵에서 시작한다.

주인공인 어니스트와 그의 어머니는 햇빛에 비치는 큰 바위 얼굴을 바라보며 이야기를 나누고 있었다.

누가 만든 조각상이 아닌 자연 그대로 큰 바위 얼굴은 따뜻한 표정 속에 성인의 기품이 서려 있었다. 마을 사람들은 큰 바위 얼굴을 보면서 그런 큰 인물이 나타나리라고 믿었으나 마을 사람 스스로가 큰 바위 얼굴이라는 점은 전혀 생각하지 못했다.

큰 바위 얼굴은 어린 어니스트의 마음을 독차지하였다. 사람의 모습을 꼭 닮은 큰 바위 얼굴을 볼 때마다,

'저 얼굴이 말을 할 수만 있다면!'

하는 생각으로 상상의 날개를 펼쳤다. 세월이 흐르면서 차츰 큰 바위 얼굴은 어니스트의 희망이고 꿈이었다.

타향에 지내면서 어니스트는 큰 바위 얼굴의 주인공을 찾아보았으나 마땅한 인물은 없었다. 그동안 만나 본 사람들은 거의가 세상 시비와 탐욕에 찌들어 있었고 따뜻한 표정 속에 성인의 기품이 서려 있는 큰 바위 얼굴이 아니었다.

마지막으로 어니스트가 노인이 되어 마을로 돌아왔을 때였다. 마을 사람들은 큰 바위 얼굴의 주인공이 돌아왔다고 몹시 기뻐하였다.

"보라, 저분이 바로 큰 바위 얼굴이시다!"

"정말, 큰 바위 얼굴이 돌아오셨어!"

어니스트를 본 동네 사람들이 옳았다. 어니스트가 바로 큰 바위 얼굴이었다. 큰 바위 얼굴은 그를 생각하는 사람의 몫이었다.

큰 바위 얼굴은 기도하는 사람들의 다른 이야기다.

어린아이는 엄마, 아빠를 부르면서 자라다가 어느새 엄마, 아빠가 되듯이, 불자가 관세음보살, 아미타불, 지장보살을 부르면서 성장하다가 스스로 관세음보살, 아미타불, 지장보살이 되어, 자신보다는 이웃으로 생각을 돌리게 되는 것이다.

바른 불자의 기도와 외도의 기도에서 차이가 분명하다. 예를 들면, 암만 성숙해도 기도의 대상인 불보살이 되지 못한 것이 외도의 기도인 것이다.

바른 불자의 기도는 자기 마음을 반조返照해서 실상을 비춰 보는 데에 있다. 이 까닭은 부처란 따로 마음 밖에 있지 않기 때문이다.

기도를 한 사람이 반드시 기도를 원만히 성취하는 것이 아니다. 기도의 바른 방법이 아니면 큰 성과를 바라기가 어렵다.

지장보살 기도를 하여 좋은 일이 생긴 것은 지장보살님이 도와주어서 그런 것이 아니고 자신이 차츰 지장보살로 닮아가기 때문이며 결국에는 지장보살과 하나가 되기 때문이다.

이와 같이 기도의 가피加被는 밖에서 불보살님이 도와주는 것이 아니며 안으로 마음이 넉넉해졌을 때 복덕이 스스로 갖추어진 데서 온 것이다.

자칫 술렁거리기 쉬운 정초에 마음을 가라앉히고 자기 기도 소리, 자성불自性佛의 소리에 귀 기울이는 시간을 가졌으면 한다.

따라만 하는 중생

먼저 강남에 있는 먹자골목 간판의 이야기다. 첫 번째 음식점의 간판이 내걸렸다.

"KBS-TV에 나온 집."

두 번째 음식점의 간판이 내걸렸다.

"KBS와 MBC-TV에 나온 집."

세 번째 음식점의 간판이 내걸렸다.

"KBS와 MBC, SBS-TV에 나온 집."

네 번째 음식점의 간판이 내걸렸다.

"KBS, MBC, SBS-TV와 일간스포츠 신문에 다 나온 집."

이제는 더 없겠지, 하고 네 번째 음식점 주인이 회심의 미소를 짓고 있을 때였다. 옆집 음식점에는 또 다른 간판이 내걸렸다.

"아무 데도 안 나간 집."

"……?"

순간 다른 음식점 주인들은 어안이 벙벙했다.

"거참, 말이 되네! 아무 데도 안 나가?"

다음은 빠리에 있는 피자 골목 간판의 이야기다. 첫 번 째 피자집의 간판이 내걸렸다.

"빠리에서 제일 잘하는 피자 집"

두 번째 피자 집의 간판이 내걸렸다.

"프랑스에서 제일 잘하는 피자 집"

세 번째 피자 집의 간판이 내걸렸다.

“이 골목에서 제일 잘하는 피자 집.”

이 간판을 보고 다른 피자 집 주인들이 놀랐다.

“아니? 이 골목에서 제일?”

차를 마시면서 진경眞鏡 스님은 수박 농사를 지은 처사 한 분의 경험담을 들려주었다.

스님이 아는 한 처사가 있었다. 그는 아직 세상 물정을 몰라 순수하다면 그런대로 순수한 편이었다. 물욕도 적은 편이었다.

첫 해에는 전혀 이익을 생각에 두지 않고 오직 가꾸는 재미로 수박을 돌보았다. 정성은 대단하여 밤에도 자다 일어나 아픈 아이 돌보듯 자주 수박 밭을 돌볼 정도였다.

철이 되어 수박을 수확해 보니 뜻밖에 목돈이 되었다.

그 다음 해가 문제였다. 처사는 과욕을 부려 큰 수박 밭을 가꾸었다가 금세 빚을 졌다. 돈맛을 보고 눈이 어두운 것은, 옛사람의 가르침대로 복과 덕을 잃은 처사였다.

육이오 직후 미국에 건너가 사업에 성공한 재미 교포 한 분의 경험담도 맥락을 같이하는 내용이다. 대불심 노보살의 아드님이다.

“사업에서, 돈, 돈, 하고 돈 노래를 부르며 따라다닌다고 돈을 버는 게 아닌 것 같습니다. 오히려 돈에 무심해질수록 성공이 눈앞에 보였어요.”

중생은 항상 따라만 다닌다. 돈을 따라가지만 그럴수록 더 멀어지는 것이 돈이란다.

지금도 어느 하늘 아래서 사랑, 사랑, 하고 사랑 노래를 부르며 제가 좋아하는 사람을 그림자처럼 따라다니는 마니아도 있을 것이다.

이렇게 중생들은 항상 따라만 다닌다.

공부에 대하여 옛사람은 말한다.

“좋아하는 큰스님의 특이한 행적을 보고 그 뒤만 따라간다면 그는 수행이란 틀에 얽매이고 말 것이다.”

“장부丈夫에게는 저마다 충천衝天의 기상이 있거늘, 어찌 여래如來가 가신 길이라고 하여 따라가겠는가?”

처음에는 옛사람이 간 길을 따라가다가 나중에는 독자적인 길을 나서야 한다는 가르침이다.

선禪과 원력

선禪에 대한 관심도가 국내 쪽보다는 해외 쪽이 더 높은 편이다. 이런 까닭에 국내 불자는 해외에서 들려오는 소식에 퍽 고무鼓舞적이다.

"선禪은 현대인에게 희망이고 한발 앞서는 사람들에게 보다 좋은 스승이다."

미래학에서는 선禪 수행, 혹은 명상 지도자가 정신과 의사와 함께 가장 유망한 미래 직종으로 꼽히고 있다는 소식.

선禪의 역사에서 관심 대상이 시대에 따라 달라짐을 알 수가 있다.

초기 불교 시대에는 마음의 고요함이며 마음의 세탁 쪽에 비중을 두고, 어떻게 하면 번뇌로 혼탁해진 마음을 맑고 깨끗하게 할 것인가, 하고 고민하였다.

화엄경에 따르면 선정禪定은 곧 세탁洗濯에 해당한다.

"육바라밀에서 보시布施는 유모乳母에 해당하고, 지계持戒는 양모養母에 해당하고, 인욕忍辱은 장엄구莊嚴具에 해당하고, 정진精進은 양육養育하는 것에 해당하고, 선정禪定은 세탁에 해당하고, 지혜는 생모生母에 해당한다."

수행은 산란한 마음을 다스려서 마음을 안정케 하는데, 마치 세탁기처럼 더러운 때를 씻어 맑고 깨끗하게 한다. 욕심으로 더러워진 마음이 깨끗이 세탁된다는 뜻.

6세기 이후 달마 스님과 육조 스님의 시대로 내려오면서 선의 정신은 바뀌었다. 그것은 화두話頭에서 집중集中과 통일統一쪽으로 두드러지게 나타났다.

선종禪宗의 시조 보리 달마菩提 達摩 스님은 제2의 석가라고 할 수가 있다.

마음의 세탁과 마음의 집중이란 입장에서 제1 불교 시대, 제2 불교 시대로 나눠보면, 석가모니 부처님이 제1 불교 시대를 열었다면 제2 불교 시대는 달마 스님의 몫이 될 것이다.

맑고 고요하고 깨끗하게 하는 초기 불교의 마음 공부가 육조 스님 이후 화두선話頭禪에서 정신 통일과 정신 집중 쪽으로 뚜렷이 기울었다. 화두선話頭禪은 햇볕을 모아 태우는 돋보기처럼 집요하고 강렬한 데가 있다.

한 가지 중요한 점은 모두가 사홍서원을 한다. 맑고 깨끗하게 하는 수행자나 집중과 통일을 추구하는 수행자나 마찬가지다. 남을 위해 살고자 하는 큰 원력을 세운 예는 약사여래의 12대원과 보현보살의 10대원, 법장 비구의 48대원 등이 있다. 그 외에 예로부터 불보살이 공통으로 세운 원력이 사홍서원이다.

"중생을 다 건지겠습니다. 번뇌를 다 끊겠습니다. 법문을 다 배우겠습니다. 불도를 다 이루겠습니다."

"모든 이웃이 다 행복하시라. 모든 이웃이 다 편안하시라. 모든 이웃이 다 깨달음을 이루시라."

이와 같이 원력이 있으면 보살이고 큰 원력이 있으면 큰 보살이다. 반면 원력이 없이 욕심만 있으면 하류 중생이고 원력과 욕심이 절반씩 있으면 상류 중생이다.

월말 토요일 철야 정진

땀을 흘리는 밤이 기다려진다. 마치 자동차 재생 서비스를 받는 기분이다. 세속에 찌든 심신이 한결 홀가분하다.

물러난 신심을 일깨우기에도 안성맞춤이다. 정말이지 이렇게 짧은 시간에 성과가 크다는 데에 놀란다.

가족, 친지, 연인 등이 공동의 목표를 향해 함께 정진하는 시간이 귀한 시간이다. 시인은 말한다.

"진정한 사랑은

얼굴을 서로 마주 보고

앉아 있는 시간에 있지 않다.

함께 한 방향을 향하여

땀 흘리며 진리를 향해 나아가는 시간에 있다."

혼자서는 1080배 절을 하기가 힘들다. 여럿이 하면 훨씬 수월하고 잘하는 사람들 속에서 하면 더욱 편하다.

새벽에 찾아온 말할 수 없는 기쁨 때문에 매달 동참하는 사람이 있다.

그 무엇으로도 얻지 못하는 뿌듯함을 표현할 길이 없다.

불자 수행의 일일 체험 현장은 이렇게 천금을 주고도 동참하고 싶은 법석法席인 것이다.

혼백魂魄의 세계

　재미있는 이야기 하나. 도교에서는 정신세계를 혼백으로 표현해서, 하늘의 기운을 혼魂이라고 부르고 땅의 기운을 백魄이라고 부른다. 살아 있으면 혼백은 분리되지 않으나 죽게 되면 하늘의 기운은 하늘로 돌아가고 땅의 기운은 땅으로 돌아간다고 믿는다. 그것도 3 대 7의 비율로 3혼魂과 7백魄으로 흩어진다고. 처음 살아 있는 사람에게 혼백이랄까 정신·영혼·마음·얼이라고 표현된, 선禪에서 말하는 〈그 무엇what〉이 어디에 많이 집중되어 있을까 생각하다가, 대뇌골 쪽이라고 믿었다. 그 다음에는 가슴 안쪽 심장으로 내려갔다가 이제는 뱃속 가까운 부위로 더 내려간다. 소위 하단전下丹田을 말한다. 여기까지는 중국의 이야기이고, 인도의 경우는 일곱 챠크라CHACRA란 표현으로 이야기한다. 머리 위 정수리에서부터 항문까지 일곱 개의 의식 단지, 챠크라가 있다.

　의식이 깨어 있다란 표현을 챠크라가 열렸다고 표현한다. 색깔로는 밝은 노란색을 으뜸으로 치고, 위치는 하단전과 심장의 중간 부위를 가리킨다. 이 연결 고리는 발바닥 중간인 용천혈湧泉穴과 어울린다. 용천혈은 에너지 센터로써 자극을 적당하게 주면 에너지가 용출湧出하는 샘이 되어 불로장수를 보장 받는다. 깨달음의 순간, 온몸이 발광체처럼 강한 빛을 내는데 보통 오렌지 색깔이나 노란색, 황금색을 높이 치고 빛이 어둡고 흐릴수록 깨달음의 정도가 낮은 것으로 여긴다. 이것은 평소에도 우리가 미미한 인광人光을 어둠 속에서 볼 수가 있는데 마음이 열릴수록 몸에서는 밝은 빛이 쏟아져 나온다. 이것을 통해서 분명히 알 수가 있는 점은 우리 몸과 마음은 둘이 아니고 하나라는 사실이다. 신심불이身心不二!

꿈에 본 큰어머니

프랑스 빠리에서 지낼 때에 밤중에 한 여학생으로부터 전화를 받고 놀란 일이 있다. 여학생은 유학을 와서 빠리 대학에 다니는 미혼 여성이다.

"스님, 한국에 계신 어머니와 전화 통화를 했는데요, 꼭 스님을 뵙고 천도재 같은 걸 지낼 수가 있으면 지내래요."

그녀가 꾼 꿈의 내력은 이렇다.

생모는 살아 계시고 부친은 작고한 상태이다. 한데 생모 이전에 큰어머니가 계신다는 것이다. 큰어머니는 신혼 기간에 일찍 작고하였는데 아무도 모른다.

"애야, 그게 무슨 소리야, 네가 어찌 된 게 아니냐?"

처음 전화를 받은 생모는 무척 당황하여 딸이 외국에서 어찌 잘못 되지나 않았나 염려할 정도였다. 정말 아는 이는 이미 작고한 부친뿐이다.

결혼을 한 생모는 행복하여 다른 사실을 약간 눈치 챘으나 별반 관심을 두지 않고 살아 왔다. 초혼이면 어떻고 재혼이면 어떠냐 하는 식으로.

하여간 부친은 신접 살림살이를 큰어머니를 위해 준비했으나 일찍 작고한 바람에 슬그머니 재혼하면서 어물쩍 속여서 초혼인 것처럼 넘겼다. 아무도 이야기해 주지 않았으나 생모는 약간 낌새를 챘을 뿐이다. 어느 날 동네 사람이 흘린 이야기 끝에 재혼 사실을 느낄 뿐이었다. 생모가 이런 처지인데 딸들이 어떻게 그 사실을 알 것인가. 귀신이 곡을 할 노릇이다. 더구나 40년이 넘었고, 지리적으로는 지구 뒤편 저쪽에서 그걸 꿈을 꾸어서 알았다니.

"야들아, 난, 배가 고파 죽겠다. 너희만 배부르면 다냐?"

큰어머니란 분이 꿈에 나타나서 배불리 먹을 밥을 달라고 하였다. 기제에는 부친 제사만 지내고 있는 형편이다. 이 일로 해서 그해 음력 7월 보름날을 잡아 합동 천도재를 서둘러서 모신 일이 있다.

범죄자를 꿈에 보고 수사한 결과 진범을 잡은 예도 이와 흡사한 경우이다. 선정禪定에 들면 우리의 정신세계는 과거 현재 미래 삼세三世를 뛰어넘고 동서남북 사방팔방 시방十方 세계를 초월한다는 가르침이 이런 뜻이다.

1998년 9월 2일, 귀국한 날이 기억난다. 일 년간 성지 순례 겸 중국 배낭여행을 마치고 귀국해서 성북동 길상사에 막 짐을 풀고 있을 때에 겪은 이야기.

거사 한 사람이 상갓집에 '시달림' 문상을 갔다가 하룻밤을 새우고 다음 날 아침에 귀가하였다. 한데 낮에 직장에 출근하여 책상에 앉아 일을 보다가 느닷없이 귀신이 들려서 제정신이 나가고 영가의 시킴에 따라 소동을 부렸다. 그래서 절에 와 천수경도 염불하고 해서 하루는 잘 지냈는데 둘째 날 마찬가지로 직장에서 소동을 피웠다. 나그네는 이 일을 두고 정리해 본 결과, 동서양을 막론하고 지옥과 천당이란 개념이 같다는 결론에 도달하였다. 지옥은 춥고 습기 차고 어둡다. 반대로 밝고 따뜻하고 기분 나쁜 습기가 없어야 극락세계이고 천당이다. 〈광명 진언〉을 쓰면서 밝고 따뜻하고 기분 나쁜 습기가 없는 조건의 방에서 지내도록 하니, 한때 그와 그의 형 사이에서 이리저리 옮겨 다니던 영가가 뚝 떨어졌다. 그리고 보니 혼백이 들어가고 나가고 하는 이 육신은 하나의 로봇robot의 옷인가.

시달림

우리말 가운데 '시달리다'란 말의 어원은 불교 용어이다. 세파에 시달리는 동안, 시달리는 심신, 시달릴 대로 시달려서, 하는 말이 있다. 또한 보통 남에게 괴롭힘을 당하면 시달린다고 말한다.

시다림은 불교가 한반도에 들어온 삼국시대 때부터 써 온 말이다. 시달리다의 어원은 범어 시따(sita, 寒)와 바나(vana, 林)에서 나왔다. 한림寒林은 추운 숲이며 시체를 버리는 장소를 가리킨다.

시타림尸陀林은 시타림屍陀林, 시다바나림尸多婆那林, 시마나림尸摩那林, 심마사나림深摩舍那林이란 말로 같이 쓴다.

잡아함경雜阿含經의 대한림 성난나 다라니경大寒林聖難拏陀羅尼經과 대지도론大智度論, 대당서역기大唐西域記에 따르면, 중인도 마갈타국 왕사성王舍城 북방의 삼림森林 이름이다.

시다림의 처음 장소는 법화경을 설하신 영축산 아래다. 몹시 외지고 추운 이 숲은 처음에 왕사성 사람들이 시체를 버리는 장소였다. 왕사성 옆의 이 숲은 시체를 버려 두어 독수리 떼가 날아와 시체를 먹어 치우도록 하는 조장鳥葬 장소로 썼던 곳이다.

뒷날에는 죄인을 가두는 형무소가 되었다. 이러니 시달림으로 가는 게 괴로웠고 시달림은 그대로가 괴로움의 대명사였다.

이후 사람들은 시체를 버리는 장소를 그냥 시타림尸陀林이라고 하여 보통명사가 되었다.

요즘 스님네가 시다림尸陀林 간다는 말은 불자의 집으로 가서 이제 막 돌아가신 영가靈駕를 위해 천도 염불을 하러 간다는 말이다.

연잎을 붙이며

창을 열면 신록新綠과 함께 형형색색의 아름다운 꽃이 땅 위를 뒤덮고 있는 계절이다. 절 안에서는 부처님 오신 날 연등 축제 준비에 일손이 바쁘다.

올해는 연등 만드는 일에 동참하여 많은 것을 배우고 있다. 일 잘하는 불자들과 연등을 만들면서 운력 말고도 새로운 사실을 몇 가지 알았다.

우선, 풀어서 말아둔 연잎이다. 이 연잎은 곱게 잘 포장해 두지 않으면 변해 버리기 때문에 해 넘긴 묽은 꽃잎은 쓰지 않는 편이 좋다.

이 연잎이 아까워서 연등을 만들어도 별로 신통치 않고 만든 수공만 아깝다. 알고 보니 이삼 년 묵은 연꽃을 상자에 쌓아 두고 써 온 적이 있었다.

묵은 연잎을 처리하면서 문득 버림으로써 얻고 얻음으로써 잃는다는 단순한 이치를 생각하였다. 큰 것을 위해서는 손안에 든 작은 것을 대담하게 버리는 것이다.

또한 연등을 만들 때의 마음가짐이다. 연등 제작은 연꽃잎을 붙이는 작업. 그리하여 붙이는 업業과 관련하여 옛사람의 가르침을 생각하였다.

목수의 예를 들면, 깎고 잘라 버리는 작업을 평생 하는 목수를 두고 옛사람은 말한다.

"목수는 복과 덕까지도 깎아 먹는 직업이지. 그래서 톱질과 대패질을 하면서 이런 생각을 가져야 한다. 깎고 자르자, 마음을 깎고 자르자, 이런 생각으로 일하는 것이다."

비슷한 이야기로, 고대소설 흥부놀부전에서는 놀부가 마당을 쓰는 마당쇠를 몹시 꾸짖는 대목에서, 유머 속에 내비치는 은유의 이야기가 있다.

"쓸려거든 집 밖으로 쓸지 말고 집 안으로 쓸어라. 그래야 황금 보화를 거둬들이는 거야."

부처님 재세시의 일이다. 제자 가운데 자기 이름자밖에 쓸 줄 모르는 주리반특이 있었다. 이름에 대한 내력은 형은 큰길에서 낳았다고 하여 마하반특이고,, 아우는 작은 길에서 낳았다고 하여 주리반특이다. 형 마하반특은 총명하였으나 아우 주리반특은 어리석어서 법구法句 몇 구절도 돌아서면 곧 잊어버렸다.

"수구섭의 신막범守口攝意 身莫犯 여시행자 득도세如是行者 得度世

입을 지키고 뜻을 살펴 몸으로 허물을 짓지 말지니, 이와 같은 행자라야 세속을 건너느니라."

이 말을 3년이 되도록 주리반특은 외우지 못하였다고 한다.

이때 부처님이 주리반특을 지도하시는 방법은 특이하였다. 빗자루를 들고 청소를 하면서 혹은 걸레질을 하면서 이렇게 생각하게 하셨다.

"쓸고 닦자, 마음을 쓸고 닦자."

이 지도 방법으로 주리반특 존자는 제가 좋아하는 청소 일을 하면서 깨달음을 이루었다. 이런 맥락에서 연잎을 붙이면서 하는 발원을 생각한다.

"연등을 만드는 이 선근善根 공덕으로, 불도佛道를 이루고 중생을 윤회에서 건지도록 하겠습니다."

자기가 중요한 것

우스운 이야기 한 토막.

"서울서 제일 잘하는 냉면 집."

첫 번째 집에서는 이런 간판을 걸고 음식점을 차렸다.

"원조, 우리나라에서 제일 잘하는 냉면 집."

두 번째 집에서는 이런 간판을 걸고 음식점을 차렸다.

"원조, 아시아에서 제일 잘하는 냉면 집."

세 번째 집에서는 이런 간판을 걸고 음식점을 차렸다.

"원조, 세계에서 제일 잘하는 냉면 집."

네 번째 집에서는 이런 간판을 걸고 음식점을 차렸다.

그리고는 웃음을 띤 채 편안한 잠을 잤다.

이튿날 아침이었다.

그가 일어나서 보고 놀랐다. 옆집 새 음식점 간판 때문이었다.

"이 골목에서 제일 잘하는 냉면 집."

모두가 놀랐다.

냉면 원조란 간판, 세계에서 제일 잘한다는 간판이 무색해진다.

우리는 지금 어디를 향해 달리고 있는가.

우리 마을인가, 우리나라인가, 세계인가? 이 모두가 다 쓸데없는 일인 줄 알 것이다.

이 골목, 하고 싹뚝 배어 버리는 이 마지막 한 칼에 요점이 있어, 선禪의 날카로운 면이 엿보인다.

만공 스님은 말씀하신다.

"사람이 만물 가운데 가장 귀하다는 것은 나를 찾아 얻는 데에 있느니라."

"사람이 나를 잊어버린 바에야, 소 말 돼지 양 닭 개 등의 육축六畜 짐승으로 동류同類 되는 인간이라 할 수 있으니, 짐승이 본능적으로 식색食色에만 빠져 팔려서 허둥거리는 것이나, 제 진면목眞面目, 주인공, 참 나가 무엇인지도 모르고 현실에만 끌려서 헤매는 것이나, 무엇이 다를 것인가?"

"보고 들어서 얻는 지식으로써는 얻을 수 없는 것이니라.
나라는 생각만 해도 그것은 벌써 내가 아니니라."

"세상의 학문은 당시 그 몸의 망상에서 일시의 이용으로 끝나고 말지만, 참선학參禪學은 세세생생世世生生에 어느 때, 어느 몸으로, 어느 생활을 하든지 구애됨이 없이 활용되는 학문이니라."

"선방만 선방이 아니라, 참선하는 사람은 각각 자기 육체가 곧 선방이라, 선방에 상주常住, 항상 머무르는 것이 행주좌와行住坐臥, 가고 머물고, 앉고 누움 어묵동정語默動靜, 말하고 침묵하고, 움직이고 고요히 있음에 간단間斷, 사이의 틈 없이 정진할 수 있느니라."

"참선은 절대로 혼자는 하지 못하는 것이니, 반드시 선지식善知識을 여의지 말아야 하느니라. 선지식은 인생 문제를 비롯하여 일체 문제에 걸림이 없이 바르게 가르쳐 주느니라."

참 나를 찾는 일이 이처럼 중요한 일이니, 세계를 얻는다고 해도 그건 허상에 지나지 않는 것. 우리가 평안한 마음을 되찾아서 일상 즐거움이 용솟음칠 수 있다면!

눈을 뜸으로 해서, 밖으로 뻗쳐 나가는 외향적인 시선을 거두어서, 눈을 반쯤 뜨고, 참 나를 찾는 내향적인 시선으로 꺾어서, 안으로 돌이키는 묘용妙用이 시급한 때이다.

각박한 인심

절 인심 하면 훈훈한 느낌이 먼저 든다. 부처님의 자비를 말하지 않아도 그저 산골의 자연 품 안만큼이나 넉넉하다. 시들고 찌든 세상 사람들이 다소 위안을 얻는 것도 이런 이유 때문이리라.

헌데, 언제부터인가 각박한 세태 인심을 닮아 절 인심도 내놓을 만한 처지가 아니었다. 밥을 내놓고 먹으라는 건 옛말이 되었다. 공양 시간을 지키지 않았어도 나그네에게만은 흔연스러웠지만, 지금 사정은 달라졌다.

"공양 시간에 맞춰서 와요!"

이게 배고픈 나그네에게 던지는 인사법이다. 공양 시간을 언제부터 이렇게 잘 지켰는가? 설사 그렇다고 하더라도 나그네에게만은 예외였다. 버선발로 뛰쳐나와 객의 짐을 빼앗듯이 받았던 옛 가풍은 전설 속에 묻힌 것인지 모르겠다. 떠날 때는 꼭꼭 정성이 담긴 노자를 챙겨 주는 게 예사였다.

먼 길에서 온 노숙자에게 냉대를 해서 절이 방화로 하마터면 전소全燒될 뻔한 일이 있었다. 한 노숙자가 비관해서 그만 앞뒤 생각 없이 절에 몰래 불을 놓았던 것이다. 그러나 다행히 불길은 쉬 잡혔다.

닫힌 마음을 가지고 세상을 살아가는 소외된 사람들에게 아픔을 씻어 줄 그런 자비가 여태 없었는가. 저마다 나 몰라라, 하고 더욱 찬바람을 일게 할 뿐이었는가. 이들은 세상을 원망하고 자신을 비관하고 사회를 탓하다가 결국은 일을 저질렀다.

이번 교훈은 대구 지하철 화재 참사에서도 찾아볼 수가 있다. 값비싼 대가를 치르고 배운 셈이다.

방화범 피의자 김씨에게 누가 따뜻한 손길 한번 잡아 주지 않아 꽁꽁 얼어

붙은 마음은 삼동 얼음 바다같이 굳기만 하였다고 매스컴에서는 전한다.

배고픈 노숙자에게 밥 한 그릇 아끼지 않는 산골인가. 옛사람의 전하는 말에 의하면, 버림받고 소외 받는 계층의 사람들 앞에 함께 먹자, 하고 후한 인심을 내미는 사람이 많은 우리 산골이었다. 적어도 얼마 전까지만 해도 우리 산골에서는 그랬다. 헌데, 이제는 절 인심마저 싹 달라졌는가.

누군가 한 사람만이라도 방화범 피의자 김씨에게 정말 인간답게 대해 줬더라면 막가파식 비참한 최후는 없었을 것이라고 한다.

알 수 없는 일이다. 정말 사람 마음을 누가 알겠는가. 엉뚱한 사람이 일을 저질러서 무고한 생명을 빼앗아 갔다. 그것도 수백 명을 헤아린다. 나중에 정신이 든 김씨는,

"죄송하다."

하고 몇 차례 말을 하였다. 그게 될 말인가. 순간 실수로 엄청난 일을 저지른 김씨는 형벌을 받는 게 당연하다.

그러나 남아 있는 게 있다. 김씨를 그렇게 만든 것은 누구인가. 누가 그렇게 일을 저지르게 한 것인가.

한마디로 우리 모두는 공범인 셈이다. 우리 모두에게 책임이 없다고 발뺌을 한다면 그것은 인과를 모르는 무지한 처사이리라.

잘 생각해 보면, 우리는 엄청난 사건의 공범이다. 그 죄과를 앞으로 또 얼마나 더 받을지 모른다. 그때 가서 다시 발을 동동 굴러도 이미 소용이 없다. 이제부터라도 인과응보의 입장에서 잘 살아가는 것이 우리 모두를 행복하게 하는 길일 것이다.

노승의 유머

다보사多寶寺 우화羽華 큰스님의 천진난만한 모습과 유머이다.

대중이 설날에 세배 인사를 가면, 꼭 정해진 액수로만 준다. 요즘 돈으로 말하면 1만 원 혹은 3만 원 정도이다.

그런데 한 사람만은 예외였다. 한 10만 원 정도를 타 내는 것이다.

비결을 물어도 잘 가르쳐 주지 않는다. 그 스님은 몸이 아프거나 치과에 갈 때에도 병원비를 잘 타 냈다. 다른 사람의 몇 곱절씩을 타 내서 썼다.

한번은 그 비결이 알려졌다.

"스님, 돈을 좀 빌려 주세요."

이렇게만 하면 된다는 것이다.

"그것 참 쉽구나!"

하고 그 다음부터는 꼭 스님들이 더 많은 액수를 탈 양이면,

"스님, 돈을 좀 빌려 주세요."

하면 큰스님은 의심 없이 돈을 많이 내준다.

그러면서 단서를 붙인다.

"꼭, 갚아야 해, 꼭 갚아!"

그러고는 달리 말씀이 없다. 돈을 받은 사람은,

"네, 꼭 갚겠습니다."

하고 건네주는 돈 봉투를 받아서 쓰고는 하였다.

스님들이 인과응보因果應報의 가르침인 줄은 훗날에 가서야 알았다. 노스님이 열반에 드신 뒤의 일이다.

세세생생世世生生 윤회를 하는 입장에서 보면, 어찌 갚지 않고 배길 것인

가. 더구나 큰스님께 한 약속임에 있어서랴!

열반하실 때에는 이런 말을 남겼다고 한다.

"아무개 스님, 그놈한테 돈 받아라. 통 빌려만 가고 갚지를 않네!"

인과응보因果應報의 가르침을 마지막 자리에서도 사자후하셨다.

해인사 명필 환경幻鏡 스님의 일화이다.

불일 미술 전시관에 들렀더니, 환경 스님이 91세에 쓰신 고운 최치원 선생 시孤雲 崔致遠 先生 詩가 나와 있다. 지리산 둔세시智異山 遁世詩로 알려진 지리산 화개동花開洞 시 몇 구절이다.

만학뢰성기	萬壑雷聲起	만 골짜기의 물은 우레 소리를 일으키고
천봉우색신	千峰雨色新	천 봉우리 수목은 비가 온 뒤라
		산색이 새로워라
산승망세월	山僧忘歲月	산승은 세월을 잊고
유기엽간춘	唯記葉間春	다만 잎에서 간간이 봄인 줄을 기억하나니
춘래화만지	春來花滿地	봄이 오면 꽃이 천지에 가득 차고
추거엽비천	秋去葉飛天	가을이 가면 낙엽이 천공을 날아오르나니

10곡 병풍이다. 이 시는 앞과 뒤의 연결이 붓 잡은 사람의 마음에 따라 가감이 되어 있다. 여기 인용하는 대목 역시 적당히 뽑아서 옮겨 본 것이다. 이 글씨는 대단히 유명하다. 스님의 제자들이 국전 심사위원을 역임하고 제자의 뒤 역시 명필로 이어진다.

작은 글씨, 부처 불자, 혹은 현판과 주련 글씨는 보았으나 스님의 글씨를 직접 병풍으로 대하기는 처음이다. 글씨 한 자 한 자가 용이 승천하는 기상이다.

요며칠은 시간이 날 때마다 이 병풍 앞에서 시간 가는 줄을 몰랐다.

이때 문득 환경 스님의 일화가 생각에 떠올랐다.

“그것, 잘못됐네. 뭘 그리 많이 빌어 왔는고?

장경각에서 기도를 올릴 때에 글씨를 잘 써 달라는 것과 몇 가지로 무엇을 이루겠다고 한 원보다는 차라리 마음을 깨쳐 성불하겠다는 원 하나면 되는 것이었는데.”

하고 말년에 토로하신 것이다.

코드 번호로 수행하기

유머 하나. 한 사람이 운전을 하다가 갑자기 옆 차가 운전 부주의로 뛰어들면, 저건 5번이야! 한다. 주위 사람은 무슨 소리인지 모른다.

다음은 그가 정한 코드 번호와 내용이다.
1. 감사합니다.
2. 정말 고맙습니다.
3. 아이 짜증 나, 열 받쳐.
4. 너무 웃기네.
5. 저리 가, 지옥에나 가!

컴퓨터 인터넷에서 아는 사람은 잘 알고 있을 것이다. 인사 코드에 상용구 단축키가 있다.

예를 들면, F1번을 누르면 자판을 두드리지 않아도 안녕하세요? 하는 인사가 뜬다. 물론 상대방에게 전달되어 그쪽에서도 반응을 보인다. 다음은 나의 코드 인사말이다.

F1번 코드는 늘 같은 〈안녕하세요?〉 이다.
F2번 코드는 늘 같은 〈어서 오세요〉 이다.
F3번 코드는 늘 〈감사합니다〉 이다.
F4번 코드는 늘 〈즐거웠습니다〉 이다.
F5번 코드는 늘 〈안녕히 가십시오〉 이다.

여기서 부처님과 보살의 코드를 생각한다. 늘 밝고 긍정적인 코드를 입력해서 가지며, 어둡고 부정적인 마왕 파순의 코드는 빼 버리는 것이다.

　1번은 삼보에 귀의하는 코드
　거룩한 부처님께 귀의합니다.
　거룩한 가르침에 귀의합니다.
　거룩한 스님들께 귀의합니다.
　2번은 마왕 파순과 친해지는 코드
　악마하고 놀아라.
　3번은 관세음보살
　4번은 나무아미타불
　5번은 지장보살
　6번은 무無?
　7번은 이뭣고?
　이와 같이 컴퓨터가 주는 좋은 점을 이용하여 삼업을 깨끗하게 하며 정진하는 길이 있다.
　예를 들면, 1번 코드는 늘 〈불보살의 밝은 지혜〉의 코드이고, 2번 코드는 늘 〈마왕 파순의 어두운 번뇌〉의 코드이다.
　일을 당할 때마다 1번 코드를 찍는다. 화가 나고 짜증이 날 때에도 삼귀의를 생각하면서 1번 코드를 찍는다.
　"1번이야!"
　삼귀의이다.
　"3번이야!"
　염불 관세음보살이다.
　혼자서 멋진 방법이라고 생각해 본다.

반면, 어둡고 부정적인 2번 코드는 돌아보지 않는다.

"7번이야!"

이 죽은 시체를 끌고 왔다가 끌고 다니는 이 주인공을 찾는 공부이며, 이 뭣고? 화두이다.

이렇게 코드 번호로 신행생활을 업그레이드 시킬 수가 있는데, 컴퓨터를 즐기는 청소년 불자는 이런 방법에 어떻게 반응을 보일지 궁금하다.

먹물이 마르지 않은 벼루

요즘 시간 나는 대로 붓글씨를 쓰면서 생각하는 법문이 있다.

법보단경法寶壇經에서 육조 스님이 유언의 한 대목으로 하신 말씀이다.

"너희들은 내가 지은 게송 두 수를 들을지니라. 달마 화상의 게송에서 뜻을 취한 것이니라. 너희 미혹한 사람들은 이 게송을 의지하여 수행할지니라. 반드시 자성을 보리라."

제1 게송을 이르셨다.

"마음의 땅에 삿된 꽃이 피어, 다섯 꽃잎도 뿌리를 좇아 따라간다.

함께 무명 업을 지어, 업의 바람에 따름을 보느니라."

제2 게송을 이르셨다.

"마음의 땅에 바른 꽃을 피어, 다섯 꽃잎도 뿌리를 좇아 따라간다.

함께 반야의 지혜를 닦으니, 당래 부처의 깨달음이니라."

육조 스님이 게송을 설해 마치고 중생이 해산하도록 하셨다.

여기 중점은 제1 게송에서, 마음의 땅에 삿된 꽃이 피워, 하는 구절과, 제2 게송에서, 마음의 땅에 바른 꽃을 피워, 하는 구절이다.

같은 마음의 땅이라도 천지 차이가 있다. 삿된 꽃을 피우는 것과 바른 꽃을 피우는 것은 무슨 연유인가. 무명 업을 짓는 일과 반야 지혜를 닦는 일은, 결코 작은 차이에서 나는 게 아니다. 매일매일 작은 습관이 좌우하기 때문이다. 습관적으로 매일 붓을 잡는 일도 중요하다.

먹은 늘 갈아 두고 벼루에서 먹물이 마르지 않게 하고 있다. 날마다 붓을 잡는 습관 때문이다. 메모지, 일기, 편지 등을 붓으로 쓴다. 생활 자체가 붓을 잡는 일이다. 같은 붓을 잡는 일이라도, 따로 시간을 정해서 서예공부를 시작했다가 한동안 쉬어 버리는 습자생習字生과는 비할 바가 아니다.

옛사람들은 생활 속에서 편지, 일기, 메모 노트 등을 모두 붓으로 쓴 탓으로 글씨가 힘이 있었으나, 요즘은 컴퓨터로 인해 악필들이 더 많이 들어간다. 옛사람의 글씨는 삶 자체였다. 요즘 우리가 특별히 무슨 체를 잡아서 글씨를 배워도 옛사람을 따라가지 못한다.

참선 공부의 경우이다.

만공 스님은, 몸이 선방이다, 라고 말씀하신다. 여기서 선방만이 선방이라는 고정 관념이 깨어져야 한다. 네거리 24시간 편의점의 불이 늘 켜져 있듯이, 정신이 늘 깨어 있으라는 법문이시다.

기도의 예로 보면, 기도는 매일 습관적으로 하는 것이다.

아침 잠자리에서 눈을 뜨면서, 나무아미타불, 밤에 베개에 누워 눈을 감으면서, 나무아미타불하는 것도 좋은 습관이다.

전하는 말에 따르면, 한 도인 스님은 이렇게 말씀하셨다고 한다.

"나는 하루 종일 기도한다. 아침에 나무, 하고 저녁에 아미타불, 한다."

꼭 그 방법이 아니라도, 생활 속에 이어지는 공부가 참 공부.

불자는 예경, 독경이 생활 속에 이어지는 것이 필요하다.

따로 21일 기도, 100일 기도, 1000일 기도도 좋고 경우에 따라서는 어떤 불자에게는 반드시 필요한 일이다.

예경禮敬은 아침, 낮, 저녁 어느 한때에 올리는 습관이 좋다. 바쁜 하루 일과 중에 정한 시간 예경을 올리는 시간은 매우 값진 시간. 쌓이는 공덕이 티끌 모아 태산처럼 모르는 새에 높아지는 것이다.

한 고등학생 마라토너는 특별히 마라톤을 연습하지 않았는데도 단연 두각을 나타내서 대회의 우승자가 되었다. 벽촌 산골 집에서 매일 학교까지 뛰는 게 일과였으니 그럴 법한 일이다. 정작 정진하는 사람은 정진 시간 외의 정진 시간을 더욱 알차게 보내는 사람임을 생각할 때이다.

가정의 봉불奉佛

불자가 가정에서 부처님을 모시는 문제는 매우 중요한데, 봉불의 입장이 스님마다 같지 않다.

우리 한국 불자의 입장은 대승불교권인 북방 불교이면서 초기 남방 불교를 수용한다. 여기서 문제가 생긴다.

초기 불교의 가르침을 따르더라도 그 폭을 어느 정도까지 할 것인지 문제이다.

첫째, 초기 불교의 가르침을 따른다.

둘째, 초기 불교의 가르침과 의식, 계율까지 따른다.

여기서 첫째는 수긍하지만 둘째는 수긍하기가 어렵다. 왜냐하면, 환경과 풍습이 다르기 때문이다.

점안點眼은 부처님의 존엄성에 목적이 있다. 봉불하는 마음이 존중되느냐, 봉불 의식이 존중되느냐, 하는 생각의 차이다.

봉불奉佛은 승가의 입장에서 보면 당연한 의무일 것이다.

선종의 입장은 마음 밖의 부처가 없다는 입장이며, 더 정확히 말하면 자성불自性佛 입장이다.

역사상 처음 불상이 출현한 시기는 서기전 4세기경이며, 북인도에 세워진 알렉산더 제국 영토와 그리스 헬레니즘 문화에 자극되었다는 것이 정설이다.

우선 간다라 불상이다.

파키스탄 남부인 간다라 지방의 처음 불상이다.

특징은 그리스, 로마 사람의 모습이고 인간의 모습을 사실적으로 표현한다. 즉, 머리카락은 곱슬머리이고 성격이 유약하여 우울하며 얼굴은 깊이 생각에 잠긴 표정이다. 큰 가사는 통견의이고, 신체를 두터운 옷으로 가린다.

다음으로, 마투라 불상이다.

수도 델리 아래의 마투라 지방에서, 인도 불상에 대한 자각으로 일어난 인도 사람 모습의 불상이다.

머리는 민머리에 큰 우렁상투이고, 인도 사람의 모습이다.

눈을 활짝 뜨고 자신감 있는 미소를 지으며, 깨달음을 맛보는 기쁨과 생명감이 넘친다. 큰 가사는 편단우견偏袒右肩이고, 아주 얇은 옷이다.

요즘 스님들의 견해가 같지 않은 중요한 이유는, 남방과 북방의 봉불 의식과 계율 여부에 있다.

초기 불교 입장과 대승불교 입장이 서로 다르다. 초기 불교는 대중 공양이 위주지만, 대승불교는 엄격한 봉불 의식이다.

한국 불교는 과거 불교, 현재 불교, 미래 불교가 함께 있고, 남방 불교와 북방 불교가 함께 하는 가히 〈세계 불교 백화점〉 시대다.

나라마다 비슷한 경우이겠지만, 우리나라의 경우는 유독 심하지 않나 싶다.

이런 입장에서 아직 종단의 교리 체계를 기대하기는 이른 시기인지, 이 스님은 이 입장에서 말하고 저 스님은 저 입장에서 말하여 서로 상반되어 혼란스럽다.

불자는 이런 경우 매우 당혹스러워 한다. 한 스님의 문제가 아니다.

이제 내가 모신 한 큰스님의 입장을 말한다.

봉불 의식은 필요하다. 다만 불상의 모시는 정도가 어느 정도인지에 따라 융통성이 필요하다. 만약 소형 불상이라면 가정에서는 그냥 모시고 있다가, 어느 날 사찰의 봉불 의식에 동참하여 불단에 올려놓고 봉불 의식이 끝나면 집에 모시고 가기를 권한다. 이 정도면 족하다.

득력得力

　우리 시대 선지식의 한 분, 불화의 1인자인 석정石鼎 노스님은 득력得力 이후에 더욱 피나게 노력한 것으로 알려진 분이다.

　한 분야에서 힘을 얻기까지 피나는 노력이 중요하지만 그보다 중요한 것은 득력한 것을 지키는 일이다. 한번 놓치면 새로 시작해야 하며 익힌 능력을 잃는 것은 시간 문제인 것이다.

　석정 노스님의 밀양 표충사 시절 이야기다. 30대 후반에 서화 공부에 몰두하고 있을 때였다.

　스님들과 모여서 회의를 할 때였다. 그때에도 책상 아래서 붓놀림을 계속하였다. 작은 붓을 쥐고 책상 아래서 획 긋는 손놀림을 멈추지 않았다. 깨어 있는 시간에도 손에서 붓을 놓지 않는 시절이다.

　붓을 쥔 손의 손목을 힘있게 치며 붓을 놓지 않고 획 긋기에 모든 시간을 투자하여 득력得力한 것을 이렇게 유지시킨 것이다.

　어려서 3세 때부터 붓을 들기 시작한 금강산 신동神童으로 알려진 분이다.

　석정 스님은 태어나면서부터 붓과 인연이 유별한데 득력한 후에도 평생 정진을 계속한 것이다. 평범한 우리와 견주어 말한다면, 이만한 노력을 한 다음에야 글씨가 잘 안 써진다, 그림이 잘 안 된다, 고 말해야 하는 것이다.

　득력得力은 공부에 힘을 얻는 일을 말한다. 특히 좌선 중의 득력, 득력했다, 는 말은 선정의 힘이 무르익은 정진을 가리킨다.

　말하기에서도 득력은 설통說通이다. 막힘 없이 잘 말하는 힘찬 변설辨說이 그런 것이다.

　명승부사 이야기에서 골프 명인은 쉬는 날에도 매일 골프채를 들고 100

타 연습을 한다. 득력을 생각해서 연습을 놓지 않는 것이다.

염불하는 사람은 하루 염불을 하지 않으면 목소리가 달라진 것을 스스로 안다고 한다. 일주일 안 하면 손이 달라져서 목탁과 요령을 잡는 손길이 어설퍼진다.

피아노를 치는 사람 역시 하루 피아노를 치지 않으면 건반에 닿는 손길이 달라짐을 깨닫는단다.

산중 선방이 아닌 도심都心에 지내면서 화두를 드는 참선자는 하루라도 화두를 놓으면 다음날 화두를 들 때에 물과 기름처럼 화두가 겉도는 것을 느낀다. 남이 알기 보다 제가 먼저 안다.

석정 노스님의 붓글씨는 장봉藏鋒이다.

하나의 획을 그을 때 처음 부분에 필봉筆鋒을 어떻게 들이대느냐에 대한 붓놀림 방법이다. 붓끝, 즉 필봉筆鋒을 서선書線의 처음 부분으로 밀어서 대면 붓끝이 감추어진다. 이렇게 필봉을 감추는 것을 장봉藏鋒이라고 한다.

이 방식으로 글씨를 써야 필력이 강해진다. 반면 필봉을 너무 깊이 감추면 서선書線에, 쓰는 사람의 마음이 나타나지 않아 개성이 약한 글씨가 되어 버리는 단점이 있다. 붓글씨에서 대담하게 힘보다는 마음 쪽을 택하여 남이 가지 않은 길을 열어 보인 것이다.

남녘 선주산방善住山房에 주석하시는 석정石鼎 노스님이 인간문화재 예능 보유자로 지정 받은 해는 1992년, 만 10년 전의 일이다. 내용은 불화佛畫 부문 중요무형문화재 제48호이다.

아직은 역사적인 기념일이 아니지만 11월 10일은 이를 지정 받은 날로써 불자와 교계에 의의가 깊은 날이다.

파홈의 두 가지 실수

톨스토이가 쓴 민화, 사람에게는 얼마나 많은 땅이 필요한가를 읽고 사람의 과욕을 이야기한다.

욕심 외에 두 가지 다른 관점도 재미가 있다.

첫째, 이야기 발단을 말의 실수에서 보는 관점이고 둘째, 산술로 파홈의 현명치 못함을 보는 관점이다.

때는 어느 때인지 확실치 않다. 무대는 러시아 황무지 개척지에서 생긴 일이다. 도시 상인에게 시집을 간 언니와 시골 농부에게 시집을 간 동생은 서로 자매 사이다.

동생과 결혼한 파홈은 땅이나 파서 먹고사는 평범한 소작농 가장.

파홈의 아내 언니가 집에 들르려고 왔을 때였다.

아내 언니가 아내에게 말한다.

"아니, 너희는 땅도 없이 농사를 지어?"

잠깐 이 말을 주워들은 파홈은 깊이 생각한다.

'그렇다, 내 땅만 가지면 악마도 부럽지 않아!'

파홈은 주먹을 불끈 지었다. 말실수라고 할 것까지 없는 사소한 말 한마디에서 삶이 바뀐 순간이다.

그는 곧바로 아내 언니에게 돈을 꾸어서 작은 땅을 구입해 지긋지긋한 소작농을 면한다. 이때 악마惡魔는 파홈을 비웃는다.

"파홈. 뭐, 땅만 가지면 이 악마가 부럽지 않다고? 어디 두고 보라지. 네가 날 이겨?"

어느 날이다. 먼데서 온 한 나그네가 파홈 집에서 잠을 잔데서 사건은 전개된다. 나그네는 여기서 **500km**쯤 떨어진 곳에 기름진 땅이 있다는 소식을 전한다. 파홈은 귀가 솔깃해서 그곳에 가 촌장을 만나 땅값을 묻는다. 촌장은 말한다.

"하루치 **1,000**루블만을 내면 아침부터 해 지기 전까지 걸은 만큼의 땅을 차지할 수 있습니다. 그러나 해가 질 때까지 돌아오지 못하면 아무 소용이 없습니다."

이튿날 아침 파홈은 해가 뜨자마자 길을 떠났다. 점심 먹는 시간도 아끼며 쉬지 않고 걸었다. 처음에는 **5**로리 정도를 걸었다. 파홈은 걸어간 자리 둘레에 표시로 간간이 잔디를 심었다. 파홈은 욕심이 나서 **5**로리를 더 걸어갔다. 그리고 왼쪽으로 꺾어서 **13**로리를 걸었다. 다시 왼쪽으로 돌아 **2**로리를 갔을 때였다. 해가 하늘 한가운데서 한참 기울어 있었다.

마음이 더 바빠졌다. 이젠 시간이 없는 걸 알고 **15**로리만큼 떨어진 출발점을 향해 가로질러서 걸었다. 너무 서둘러서 도착하자마자 파홈은 쓰러지고 만다. 파홈은 땅을 한 평이라도 더 차지하려고 기를 쓰고 걸어서 도착점으로 돌아오지만 결국 쓰러져 죽고 만다는 내용이다.

최후에 하인이 파홈의 무덤으로 **3**아르신 (1아르신=**70cm**)을 팠다. 그리고는 그를 묻는 데서 소설은 끝이 난다.

생각나는 자경문 한 구절이 있다.

"올 적에는 한 물건도 없이 오고, 갈 적에는 또한 빈손으로 간다."

산술 기하로, 파홈의 현명치 못한 점을 살펴본다. 파홈이 걸어 벌어들인 땅의 총면적은 **78**평방로리, km²이다. 총둘레가 **40**인 정사각형 넓이가 **10 × 10 = 100**km²인데 비해 파홈이 죽을힘을 다해 걸은 것은 **78**km²이니, 오히려 **22**km²가 적은 땅 면적이다. 이렇게 볼 때, 파홈이 처음부터 정사각형을 그려서 걷는 쪽이 더 현명했을 것이다.

어른 스님의 자비

그해 가을, 영랑 시인의 옛집에 감나무 잎이 빨갛게 물든 때였다. 그날은 기와를 굽는 가마 구경차 강진 나들이를 나간 날이었다.

나는 큰절에서 교무 소임을 보고 있었을 때였다. 도감 스님은 병치레로 병원 신세를 지면서 간신히 불사 도감을 맡고 있었다.

어른 스님과 대웅전 기와불사 도감 스님을 모시고 길을 떠나, 전남 강진에서 우선 제재소를 둘러보고 났을 때에는 점심 시간이 가까웠다.

"어디서 밥을 먹을까?"

어른 스님이 먼저 물었다.

"여기 남도는 식당들이 다 잘해요."

운전석에 앉아 있는 도감 스님이 대답했다.

"어디 안내해. 오늘은 내가 사지. 불사에 고생들을 하니."

"어른 스님을 모셨는데 큰 데로 가야겠어요."

"그래. 큰 데로 가 봐."

이런 이야기를 나누면서 이리저리 식당 앞을 헤맸다. 대개는 기사 식당 정도다. 얼른 마땅한 식당이 눈에 띄지 않자 도감 스님이 말하였다.

"스님, 이렇게 하면 어떨까요?"

"……?"

"경찰서, 면사무소 같은 데에 가 물으면 된다네요. 지방 사람들이라 회식하는 집이 큰 식당이랍니다."

"허허, 별것 다 아네. 그럼, 물어봐."

경찰서는 찾기가 쉬웠다.

영랑 시인의 옛집으로 통하는 길목이다.

도감 스님이 경찰서에 들어가 큰 음식점을 알아 오는 동안, 어른 스님과 나는 이런 이야기를 나누었다.

"묵 수좌!"

"예."

"이번 지장경 번역은 남의 것을 베껴서는 안 돼."

"그래야지요."

"글은 자기 글이 아니면 이름을 붙이지도 말라고."

"네에."

"이미 나온 책을 그대로 베껴 내는 것은 아무 의미가 없어. 그런 건 책으로 내지도 말라고."

"네, 그렇게 하겠습니다."

일전에 어느 절 주지 스님이 어른 스님께 지장경 번역을 의뢰해 온 이야기다. 어른 스님은 바쁘다는 이유를 들어 나에게 넘겼다.

한 삼사일 전 일이다.

"묵 수좌가 잘해요. 내가 신임하니까 걱정 말고 지장경 번역 일을 맡기도록 합시다."

어른 스님이 홀연 한 절 주지 스님과 함께 찾아와서 이렇게 말씀하신 것이다.

공부 삼아 지장경 번역을 하라는 어른 스님의 말씀대로 지장경 번역 일을 맡았다.

사실 큰절 교무 소임을 보면서 경 번역을 새롭게 해낸다는 것은 무리다. 그러나 어른 스님에게는 이런 이유로 통하지 않는다.

"네……"

어물어물하다가 큰일을 떠맡고 말았다. 이렇게 이야기를 나눌 때에 경찰서로 들어간 도감 스님이 돌아와 운전석에 앉으며,

"스님, 좋은 데를 소개 받았습니다. 됐어요."

하고 웃음 띤 얼굴로 말하였다.

도감 스님은 큰 음식점을 쉽게 찾아냈다.

안방에 안내되어 세 사람이 밥상 앞에 앉았다. 창 밖으로는 감나무 잎이 붉게 물들어 있었다.

어른 스님은 화장실에 잠시 다니러 가고 도감 스님과 내가 방 안에 남아 있었다.

사람들이 점심 먹기에는 아직 이른 시간. 식당에는 손님이 없어 아주 조용한 편이었다. 곧 음식상이 나왔다.

참 가짓수도 많다. 먹음직스러운 남도南道 향토 음식이 산해진미였다. 어른 스님을 기다리는 동안, 무엄하게도 어른 스님의 밥그릇을 뒤집어서 밥 속에 볶은 고기 한두 점을 넣고는 원상대로 곱게 덮어 두었다.

그때 어른 스님이 손을 씻고 와서는 밥상 앞에 앉았다.

"자, 맛있게 들어. 약으로 어서 들자구."

어른 스님이 먼저 수저를 들었다. 이럴 때는 참 너그러우시다.

무엇을 가리지 않고 그냥 맛있게 먹어 주는 것도 음식에 대한 예우란다. 물론 율사처럼 채식 식단을 즐기는 쪽도 더할 나위 없이 좋으시단다.

몇 수저를 맛있게 먹고 있을 때였다.

"아니?"

어른 스님이 약간 놀란 소리를 지르며, 밥 안의 고기를 꺼낸 젓가락을 높이 들어 보이신다.

"하, 하."

나는 소리 죽여 웃었지만, 도감 스님은 끄덕 않고 그대로 밥 먹는 일만

하고 있었다.

어른 스님이 천천히 내 밥 위에 고기를 올려놓으면서 말씀하였다.

"아까워서 못 먹겠네!"

"네……?"

나는 처음에 어른스님 말씀의 뜻이 아까워서 고기를 못 드시겠다는 뜻으로 알았다.

그러나 그게 아니었다.

"한 노처녀가 있었어!"

어른 스님이 공양을 하다가 느닷없이 노처녀 이야기를 꺼내신다.

"처음에는 신랑을 고르다가 혼기를 놓쳤지. 나이가 서른을 훌쩍 넘었을 때라고. 이번에는 마음에 드는 신랑 후보가 나타났는데 결정을 못 내리고 몇 날 며칠을 고민하다가 혼자 살기로 마음을 굳혔다고. 그건 왜냐면?"

스님이 잠시 숨을 고르면서 말씀을 끊었다.

"……?"

내가 의아해 하자, 어른 스님이 말씀을 이었다.

"왜, 정작 마음에 든 신랑감이 나타났는데도 노처녀가 결혼을 안 하기로 한 줄 알아?"

어른 스님이 내게 물었다.

"글쎄요. 잘 모르겠는데요."

"그건 이래. 여태까지 지켜온 정조가 아깝다나. 하하."

"네? 정조가 아까워서요?"

"그래, 노처녀는 끝내 결혼하지 않았다고."

이야기가 빠르게 이어졌다. 한번 들어서 이해가 얼른 안 가는 대목은 설명이 좀 필요할 것이다.

노처녀는 어른 스님이시고 어른 스님은 출가 이후 40여 년 지계持戒 세월이 아깝다는 말씀이시다.

"하하."

내가 웃었다.

"장난도……."

도감 스님이 음식을 먹다가 한마디 거들었다.

"스님, 죄송합니다."

내가 머리를 숙였다.

어른 스님은 별일 아니라는 듯이 천천히 음식을 드셨다.

옛사람은 말하였다.

"어진 사람은 사랑하지 않아도 될 사람까지 사랑한다. 그러나 어질지 않은 사람은 사랑해야 될 사람까지도 사랑하지 않는다."

어른 스님의 자비는 끝이 없으시다.

살불살조殺佛殺祖

살불살조殺佛殺祖는 혜연慧然 스님이 엮은 임제록臨濟錄에 나오는 말씀이다. 임제臨濟 의현義玄 스님은 당나라 말기에 살았던 선승禪僧이다.

부처를 만나면 부처를 죽이고 조사를 만나면 조사를 죽이라는 살불살조殺佛殺祖 법문 앞에는 다음 구절이 있다.

"여러분은 참다운 견해見解를 얻고자 하는가. 오직 한 가지, 세상의 속임수, 미혹迷惑에서 벗어나야 하느니라."

부처와 조사라는 관념에 집착한다면 현재를 망각忘却해 버릴 수가 있기 때문이다. 이 법어가 나온 배경에는 당시 불안한 나라 사정이 있었다. 안록산(安祿山, 755~763)의 난亂이 평정되자 지방 세력이 강해진 만큼이나 중앙 정부는 약해졌으며, 불교 교단은 유명한 회창(會昌, 841~846)의 파불破佛 사건으로 바람 앞의 등불과 같이 위태로웠다. 불자들은 파불破佛 충격의 엄청난 후유증을 씻고 그 죄업을 참회할 수 있는 길을 간절히 찾고 있었다.

이때 임제 스님이 오무간업五無間業이란 역설적인 법문으로 사자후하였다.

"조오무간업造五無間業 방득해탈方得解脫
 오무간업을 지어야 비로소 깨달음을 얻느니라."

취지는 눈앞 불상의 파괴와 같이 우리 마음의 상相을 모조리 깨트리라는 뜻이었지만 대중은 깜짝 놀랐다.

임제 스님은 다시 오무간업의 내용을 설명하여 대중을 진정시켰다.

첫째, 아버지를 죽이라는 말은 무명無明에서 벗어나라는 뜻이다.

둘째, 어머니를 죽이라는 말은 애착에서 빠져나오라는 뜻이다.

셋째, 부처의 몸에 피를 내라는 말은 청정한 법계 가운데서 한 생각도 일으키지 않고 자유로움을 누리라는 뜻이다.

넷째, 승단의 화합을 깨라는 말은 허공과 같이 꾸밈이 없는 곳으로 가라는 뜻이다. 이렇게 화합 승가를 깨라고 역설하여 승가의 안정을 추구하였다.

다섯째, 경전을 불태우고 불상을 파괴하라는 말은 일체의 상相을 뛰어넘어 대자유인이 되라는 뜻이다. 전체가 관념의 집착에서 벗어나라는 말로 요약된다. 오역五逆은 불교에서 말하는 다섯 가지 무거운 죄이다.

무간지옥에 떨어지는 과보이기 때문에 오무간업五無間業이라고도 하며, 남방불교 입장과 북방불교 입장은 같지 않다. 남방불교의 오역죄 내용은, 어머니를 살해하는 사람, 아버지를 살해하는 사람, 아라한을 죽이는 사람, 나쁜 마음으로 부처의 몸에 피가 나게 하는 사람, 승가의 화합을 깨뜨리는 사람 등이다. 오역죄 중에 승가의 화합을 깨뜨리는 죄가 가장 무겁다고 여겼다.

다음 북방불교의 오역죄 내용은 범위가 더 넓다.

첫째, 탑을 파괴하고 경전과 불상을 불태우며 삼보의 정재淨財를 직접 훔치거나, 혹은 그러한 행위를 보고 기뻐하는 사람이다.

둘째, 성문이나 연각의 법과 대승불교의 법을 비방하는 사람이다.

셋째, 출가자가 불법을 닦는 것을 방해하거나 죽이는 사람이다.

넷째, 남방불교의 오역죄 중 어느 한 가지라도 범하는 사람이다.

다섯째, 죄의 업보는 없다고 말하면서 열 가지 악행 가운데서 어느 하나라도 범하는 사람이다.

여기서도 화합을 깨는 행위를 가장 나쁜 죄라고 여겼다. 이것은 교단의 화합이 절실히 요구되었던 그 시대 시대의 반영이었다.

우리는 지금 어느 시대에 살고 있는가. 지난번에 큰스님네가 한꺼번에 떠난 지금 승가의 화합은 어느 때보다 소중하다.

개의 마음을 읽는 여자

지금도 살아 있는 사람의 이야기이다. 뚱뚱한 중년 여자는 미국에서 애완동물, 특히 개 병원의 수의사들에게 많은 도움을 주고 있다. 여자의 도움을 받은 수의사는 말한다.

"아주 도움이 큽니다. 개의 마음을 알 수가 없어서 치료하기가 답답할 때에, 마침 이분의 특별한 도움으로 개를 잘 치료할 수가 있었지요."

여자는 수의사의 요청에 따라 비행기를 타고 여기저기 다니며 개의 마음을 읽어 주기에 바쁘다.

여자는 개의 마음을 읽기 전에 먼저 하는 일이 있다. 대상의 개에게 자기의 사랑을 다 보내는 준비의 시간이다. 눈의 모양은 명상이나 좌선을 할 때처럼 반개반폐半開半閉로 한다. 허리는 곧게 세우고 마음을 깨끗이 비운 다음, 온 사랑을 쏟는다. 이때 개의 마음이 와 닿는다는 것이다.

어린아이가 칭얼대고 울면, 어머니는 금방 알아차린다. 기저귀를 갈아야겠구나, 아니면 배가 고파서 우는구나, 하고 판단을 내린다. 사랑하는 어머니로서는 아이 마음을 읽는 일이 어렵지 않다.

이야기를 나눌 때에, 상대방의 말을 잘 이해하기가 쉽지 않다. 더구나 귀찮은 생각이 들 때에는 무슨 말인지 설듣는 경우도 있다.

하지만 여자가 개의 마음을 읽는 경우처럼, 사랑을 실어서 상대방에게 보내면 상대방도 이 따뜻한 마음을 느껴서 좋은 효과가 있기 마련이다.

텔레파시라고 하든, 독심술이라고 하든, 혹은 타심통이라고 하든, 상관이 없다. 자비심의 대상은 사람뿐만이 아니라 동식물, 자연 모두이다.

큰 원력의 자비심이라면 불보살님과 선지식이 으뜸이다.

귀의歸依는 심신心身을 다 바쳐서 대상에게 돌아가 의지한다는 말이다.

세상의 고통 속에서 지내는 우리 중생이 불보살의 마음을 잘 읽으려면, 먼저 미움과 원망이 없어야 할 것이다.

만일 미움과 원망이 마음에 채워지면, 마음은 금방 흐려져서 몹시 혼탁해져 버린다. 혼탁해진 마음에서는 지혜는 물론, 지식조차도 바르게 받아들이지 못한다.

마음이 풍요로워지기 위해서는, 먼저 미움과 원망을 깨끗이 거두고, 그 빈자리에 사랑과 자비심으로 채우는 것이다. 마치 청량한 가을 날씨처럼 말이다.

일체유심조一切唯心造는 화엄경의 사구게에 나오는 말씀이다.

약인 욕요지若人 欲了知

삼세 일체불三世 一切佛

응관 법계성應觀 法界性

일체 유심조一切 唯心造

만약 여러분이 과거 현재 미래 모든 부처를

명백하게 알고자 하는가?

그렇다면 법계의 근본을 잘 관조해 보라.

모두가 오직 자기 마음이 지은 바이니라.

경전에는 갈대 집단의 비유가 있다. 맞대어 세울 때에는 서로 의지해서 두 갈대의 집단을 세우지만, 쓰러뜨릴 경우에는 하나만 쓰러뜨려도 둘 다 쓰러진다는 지적이다.

이 하나가 핵심이며, 곧 자성自性, 자기 본래 마음이다. 마음을 일으키면 삼계三界가 벌어지지만, 마음을 거두면 삼계도 사라진다고 경전에서는 말한다. 마음에 자비심을 담으면 삼계는 부처님의 세계가 되지만, 미움을 담으면 편편 조각으로 나눠지는 중생의 세계가 되는 것이다.

겨울밤에

　겨울밤이어라. 동안거 결제가 엊그제였다. 조락凋落의 계절이 지나가고 스산한 바람이 마른 나뭇가지 새로 스쳐 지나간다. 하늘에는 달이 보이지 않는다. 흐린 날씨 탓이리라. 아랫녘에는 눈이 제법 내려 때아닌 폭설을 예고하고 있는데 아직 이곳은 눈 소식이 없는 형편이다. 이런 때에 눈이라도 좀 폭 쌓였으면 좋으련만.

　홀연 겨울 나목裸木과 같이 홀가분해진 자신을 본다. 무엇에 얽매어 지냈던 자가 자유의 몸으로 풀려난 기분이다. 정말이지 큰 짐을 부린 짐꾼 심정이다.

　하마터면 감방에서 이 추운 겨울을 보낼 판이다. 두어 달 전의 일이다. 서대문 영천 시장 공중 화장실 앞에서였다. 짓궂은 불량배 셋 중 하나를 잘못 처리해서 하마터면 큰일이 날 뻔했다. 나는 그때 눈앞이 깜깜했다. 그의 머리가 몸보다 먼저 쿵 하고 땅에 떨어지는 순간, 일이 터졌음을 직감했다. 다행히 파출소 순경과 다시 돌아와 보니 그는 졸도했다가 깨어나 앉아 있었다. 참으로 아찔한 순간이었다. 그동안 일어난 몇 차례 자동차 사고뿐만이 아니다. 옛 말씀인 회자정리會者定離를 생각한다. 사람이 만나면 언젠가 헤어지는 게 정한 이치가 아닌가. 이런저런 생각에 젖어 있자니 홀연 슬픔 같은 게 골 깊게 느껴진다. 출가해서 여태 없었던 감회다.

　속이 환한 투명인간이 된 기분이다. 겨울이 주는 아득함 때문인가. 세월에 색이 바랜 나이 탓인가. 얻고 잃은 걸 살펴볼 겨를이 없이 앞만 보고 치달린 세월이었다.

　오늘 밤은 고즈넉한 선실禪室 큰방에 홀로 앉아서 곰곰이 자신을 돌이켜 본다.

선달도 이제 얼마 남지 않았군. 무엇을 위해 살아왔는지, 무엇 때문에 바쁘게 살아왔는지. 한때는 호기豪氣를 부려 무덤가에서 밤을 새우기도 한 나였다. 겨울밤에 산중에서 멀리 떨어진 화장실을 가다가 넘어져서 코뼈가 크게 부러졌어도 치료를 않고 버텨서 그냥 넘긴 나였다.

헌데, 오늘 밤은 예외다. 팔팔한 기는 간데 없고 그냥 몸을 움직이기가 싫다. 가만히 앉아서 아무것도 먹고 싶지 않다. 허무함도 충실함도 없이 그냥 사는 자체를 응시하고 싶을 뿐이다.

밤바람이 차다. 별도 보이지 않는 밤, 혼자 깨어서 앉아 이렇게 있다.

내게도 대성통곡을 한 사흘 낮과 밤이 있었다. 출가 전의 일이다. 섬의 등대에서였다. 그 이후 눈물이 거의 없다. 왜 등대에서 사흘을 울었는가. 출가의 뜻을 어렴풋이 세우고 먼 길을 떠나려는 나그네 심정 탓이었다.

그때는 독한 술을 마시고 크게 취한 기분이었다. 정말 내 몸 속에 그렇게 많은 눈물이 있는 줄 미처 몰랐다.

그 이후 나는 좀 독해진 것인지 모른다. 부모와 형제자매에게는 미안한 노릇이지만, 모두를 뒤로하고 집을 떠나올 때에는 홀가분했던 기억이 새롭다.

절 입구에 들어설 때에는 다리가 마구 휘청거릴 정도로 극도의 흥분에 싸여 있었다. 극락교에서 일주문까지는 15분이면 닿을 거리를 무려 시간 반이 넘게 걸려 갔으니까.

"내가 잘못해서 미치지나 않을까?"

"내가 제정신인가, 왜 이렇게 흥분하지?"

소나무에 몸을 가누면서 이런 의구심이 솟아났던 것이다.

이 밤에는 그냥 편히 있고 싶다. 슬퍼도 가슴까지 아프지는 않다. 출가의 뜻이 아직 살아있는지 자문자답하는 시간으로 이 밤을 날 새우고 싶네.

나무아미타불 관세음보살.

고통이 더 많은 이유

부모는 아이들이 많아도 특별히 관심이 가는 아이에게 더 애를 많이 쓴다.

혹 어떤 사람은 다른 사람보다 고통과 시련이 더 많은데, 세상에서 큰 인물을 내기 위해서 불보살님이 그런 것이라고 믿어야 한다.

옛날 이야기에서 실례를 들어본다.

포은圃隱 정몽주(鄭夢周, 1337~1392) 선생은 경상북도 영천시 임고면 우항리 사람이다. 어머니 이씨의 태몽에는 난초 화분을 안고 있다가 갑자기 떨어뜨려서 깨트렸다. 이때 깜짝 놀라서 꿈을 깨고 말았다. 그리하여 아명이 몽난夢蘭이었다고 한다.

몽주는 어려서부터 용모와 마음 씀씀이가 남달랐다. 어머니 이씨는 그래서 더 특별한 마음을 가지고 글공부를 열심히 시켰다.

몽주가 어려서 서당에 다닐 때의 일이다.

그날은 눈이 많이 내렸다. 몽주는 글공부를 하다 말고 글방 친구들과 함께 싫도록 눈싸움을 하고 놀았다. 눈 속에서 뒹굴면서 장난을 치는 새에 하루해가 저물고 있었다.

날이 어둑할 무렵, 서둘러서 집에 돌아왔을 때에는 옷이 온통 젖었다.

어머니 이씨는 짐짓 무서운 얼굴로 몽주를 꾸짖었다.

"사내 대장부가 이게 뭐냐? 글공부를 한다고 서당에 갔으면 글공부를 해야지. 어디 가서 놀다가 이제 돌아오느냐?"

그리고는 오늘 밤은 집 밖에서 지내다가 첫닭이 울면 들어오라고 하였다. 그러는 동안 어머니 이씨는 불을 밝히고 길쌈을 하기로 하였다.

이날 밤, 몽주는 어두운 밤길을 오가며 첫닭이 울 때까지 기다렸고, 어머니 이씨는 호롱불 밑에서 길쌈을 하였다.

몽주에 대한 사랑이 이런 벌을 내린 것이다.

그 후 몽주는 열심히 공부를 하여, 14세에 진사 시험에 합격하고 16세에는 서당의 스승이 더 가르칠 것이 없다고 하였다.

몽주의 나이 19세 때에 아버지가 돌아가셨다.

그는 사흘 동안 물을 한 모금도 마시지 않고 곡을 하였고, 산소를 모시고는 3년 동안 시묘살이를 하였다. 당시 풍습에서는 효자라고 해도 100일 상을 입는 정도였는데 대단한 정성이었다.

24세 때에, 과거에 응시하여 초장, 중장, 종장 등 세 과거 시험에 모두 장원급제를 하였고, 그 다음 해에는 예문관 검열에 올랐다.

각설하고.

마지막 돌아가시는 장면을 기록하면서 이 글을 마칠까 한다.

이성계가 정몽주 선생의 마음을 제 쪽으로 끌어들이고자 하였을 때였다.

그때 단심가丹心歌 시를 지어 답하였다.

"이 몸이 죽고 죽어 일백 번 고쳐 죽어

백골이 진토 되어 넋이라도 있고 없고

님 향한 일편단심이야 가실 줄이 있으랴."

이때가 선생의 나이 56세. 선지교善地橋에서 그날 밤에 이방원이 보낸 군사에게 충신의 몫을 다하고 죽었는데, 선생이 피를 흘린 선지교 돌 틈에서는 기이하게도 대나무가 계속해서 솟아났다. 그 후로부터 선지교는 선죽교善竹橋라고 부르게 되었다고 한다.

하등동물이 자립하는 시간이 빠른 반면, 고등동물일수록 어미로부터 자립하고 독립하는 시간이 더디다.

뱀이나 소, 닭, 거북, 사마귀 등은 태어나면서부터 어미로부터 독립하여 살아갈 수가 있다.

　이런 미물 곤충보다 지능이 더 좋은 원숭이, 침팬지, 코끼리 등은 많은 시간을 어미와 보내며, 독립하려면 여러 해가 필요하다.

　동물 가운데서 사람은 교육에 가장 많은 시간이 필요하며, 미래에서는 더욱 많은 시간으로 연장될 것이다. 왜냐하면, 역사에서 축적된 삶의 지식과 지혜는 갈수록 양이 늘어가기 때문이다.

　미래에는 결혼 연령도 늦어지고 자립하는 시간도 늦어지지만 그만큼 인류는 깨어나고 있다는 증거도 될 것이다.

국 끓이는 행자

행자실은 하심下心과 묵언默言의 방으로, 입산자가 첫발을 떼어 놓고 세속에 찌든 걸 끓여서 맑고 향기롭게 하는 큰 용광로鎔鑛爐이다. 이런 행자실의 추억은 언제 돌이켜 봐도 즐겁다.

행자 시절에는 여러 소임 가운데서 국 끓이는 걸 제일 오래 한 것 같다. 여기에는 이유가 있다. 내 성격이 원만치 못한 탓이리라. 공양주까지 해야 행자 소임을 제대로 하는 것인데 그러하질 못하였다. 공양주 소임은 순번을 놓치고 겨우 삼사 일 정도 공양주 아래서 하는 공양주 보조로 있었던 경험밖에 없다.

수계식은 효봉曉峰 노스님 재일이었다. 음력 구월 초이튿날. 다른 행자들은 다 구산九山 방장 스님께 불명을 갖다 바치고 새 옷을 입어 보고 벌써 스님 기분을 맛보고 있는 동안, 나는 그때까지도 공양간에서 떡쌀 조리질을 하고 있어야 했다.

법도대로라면 행자끼리 다투면 쫓겨나야 했지만, 꾹 참고 하심下心하라는 스님의 지시에 따라 변소 청소부터 다시 시작한 경험이 있다. 변소 청소는 입산자가 맨 처음 하는 소임인데 그걸 두어 차례 다시 하다보니 자연 공양주 서열에서 밀렸다.

욱하고 올라오는 마음을 다스리지 못하고 속성을 그대로 드러낸 나는 관음전에서 참회 108배 절을 많이 해야 했다. 그게 습관이 된 탓인지 강산이 바뀌기를 두 번 더한 지금에도 108배 절하기를 즐겨 한다.

생각해 보니, 국 끓이는 방법이란 걸 타자로 쳐서 행자실에 걸어 두었던 기억이 있다. 봄 여름 가을 겨울 사계절에 맞는 국을 어떻게 끓일 것인가,

그리고 된장 등의 양은 얼마만한 게 적당한가 하는 등을 틈틈이 정리해서 후임 행자가 참고하도록 했던 것이다.

공양간 소임은 새벽 예불을 마치고 시작한다. 아궁이에 나무 불을 먼저 지피는데 재 속에 묻힌 불씨가 있어 몇 번 후욱 후욱 하고 불면 된다. 솔잎 향이 좋다. 따뜻한 불길이 피어오르기 시작하면 푸근한 마음에 넉넉해진다. 이래서 다른 시간보다 아궁이에서 일을 하는 시간이 좋았나 보다.

된장국은 다른 첨가물이나 조미료 없이 맨 된장과 뜨물로 끓이지만 그래도 괜찮은 맛이 나는 건 정성 하나 때문이었다. 옴 만나 만나 사바하. 이 진언은 염불 책에 나오는 진언이 아니고 내가 국을 끓일 때에 지은 진언. 국맛이 좋도록 정성을 기울인다는 게 이런 진언이 나왔다. 옴 만나 만나 사바하. 다른 국도 마찬가지. 멸치도 안 넣고 단순하게 끓이지만 그런대로 먹을 만하다. 한번은 어떤 행자가 멸치를 갈아서 조금씩 넣었다가 취봉翠峰 노스님에게 발각된 적도 있었다.

그 이전의 행자가 겪은 실화 한 편으로 쥐가 든 미역국을 끓인 이야기가 있다. 부엌 안은 높은 천장에 매달려 있는 흐린 전구 하나로 매우 어둡다. 더구나 연기에 절여서 벽과 천장에는 그을음이 짙다. 밤이나 새벽에 국을 끓일 때에는 김이 서려서 잘 안 보이기도 하지만 전구 불빛이 어두워서 국솥 안이 제대로 보이질 않는다.

그 전날 밤에 하필 쥐가 국통 안에 빠졌다. 대개 밤에 남은 국은 다음날 다시 먹기 위해 덮어 둔다. 그러나 국통을 덮은 뚜껑이 시원치 않아서 어미 쥐가 뚜껑을 밀치고 들어가려다가 그만 빠져 버린 것이다.

아무튼 일은 벌어졌다. 새벽에 국을 끓이려고 준비를 했을 때였다. 쥐는 밤새 팅팅 불어서 한 덩이가 되어 있었는데도 전혀 알지를 못했다.

본의 아니게 쥐가 든 미역국을 끓이고 말았다. 국이 푹 끓여질 때까지 알아차리지 못하였다.

공양간 종소리는 큰방 공양이 시작되기 5분 전에 울린다. 이때 공양물이 모두 큰방으로 들어간다.

이 바쁜 통에 국을 국통 안에 푸다가 깜짝 놀란 건 당연하다. 왜냐하면 묵직한 게 걸린 것을 살펴보니 쥐였기 때문이다. 행자는 급한 김에 앞뒤 살필 겨를이 없이 그만 쥐만 건져내고 국통을 큰방 앞에 갖다 두고 말았다.

얼마나 가슴 졸인 시간이었는지 모른다. 조마조마해서 정말 죽을 지경이었다. 한 이삼십 분쯤 지나서 큰방 공양이 끝났을 때였다. 어쩌나 하고 큰방 기미를 살피는데, 한 스님이 큰방에서 나오면서,

"오늘 국 잘 끓였다, 맛있게!"

이렇게 말하는 게 아닌가. 행자는 너무 헷갈려서 처음에는 장난말인 줄 알았다. 나중에 그 말에 다른 뜻이 없는 줄을 알고 얼마나 그 스님이 고맙고 훌륭해 보였는지 모른다.

행자실 추억은 좋든 나쁘든 멋진 추억으로 남는다. 그때 힘들게 한 스님들이 감사하게 느껴진다. 훌쩍 산중을 떠나 이 절 저 절 머물면서 돌이켜보면 추억이 새롭다.

채공간의 보현심 보살의 손맛이 괜찮았지. 채공 보살이 여럿 있었지만 그만한 보살을 보지 못했다. 절인 깻잎도 별미였고 들깨 물을 끼얹은 두부찌개 요리 솜씨도 일품이었지.

공양간 행자실 도반들이 함께 계단에서 한날 한시 스님이 되었지만 뿔뿔이 흩어져 소식이 끊어지고 지금은 나 혼자 남아 있다.

노란 개나리와 푸른 개운죽

공원의 개나리 울타리가 금세 노랗고 흰 목련과 벚꽃도 제철이다. 개골 개골 개구리 울음 소리는 비가 온 뒤에 더 높아진다. 가뭄에 한식 전후로 봄비가 내려 나뭇가지에 새잎이 밝은 빛으로 움 돋아서 꽃같이 아름답다.

내가 거처하는 방 앞에는 복도가 있고 복도 한 켠에는 단壇이 있다. 이 단에는 사시 마지를 마치고 불당에서 내려올 때에 잠시 불기佛器를 올려놓기도 하고 붉고 노란 꽃을 꽃꽂이해서 올려 두기도 한다.

한때는 중국 여행 중에 구한 포대 화상 상像을 닷집에 넣어 모신 적이 있었다. 혹은 푸른 개운죽開運竹 세 줄기를 올려놓은 적이 있었다.

지금 내가 거처하는 방 안의 개운죽은 보리밭같이 푸릇푸릇하여 생기가 있고 건조한 방 안에 습기를 유지해 주어서 안성맞춤이다. 교도소 독방보다야 크지만 좁은 방 안이 무덥고 답답하다. 여기서 내가 머문 건 이런 개운죽 탓이리라. 중국산 개운죽 무더기를 구해서 기르다 보니 네 무더기나 되었다.

날마다 개운죽을 보는 즐거움이 늘어난다. 뿌리와 잎이 없는 줄기도 물에 담가 두어 보름쯤 지나면 뿌리와 잎이 돋아서 하나의 모습을 갖춘다. 그냥 물에 담가 주는 것만으로 훌륭하고 다른 손질이 필요 없다. 방 안의 온도가 15도 이상을 유지하고 물이 뿌리 부분에 잠겨 있기만 하면 대만족이다.

"스님이나 서울서 지내지, 누가 거기서 살아요?"

송광사에 한차례 내려갔다 올 때에는 대개 이런 말을 듣는다. 올 여름 혼탁한 공기며 에어컨의 공해에 개운죽이 또 얼마나 견딜지 두고 볼 일이다. 지난해에는 화분의 난초가 죽었다.

간혹 새벽 꽃시장 구경을 가는 게 좋다. 터미널 지하 도매 꽃시장에는 밝

은 분위기가 가득 차 있다. 삶의 원동력이 자연에서 온다는 의미를 실감한
다. 5층의 개운죽 코너도 좋다. 개운죽 한 무더기라고 해도 사오천 원, 큰
게 일만 원 내외다. 네거리의 꽃집에서 한두 줄기씩 개운죽을 감질나게 구
하다가 이 꽃시장에 가서부터는 눈이 떠졌다.

망중유한

얼마 전의 일이다. 가로 글씨 망중유한忙中有閑 한 폭이 내게 왔다.

서예가 청람菁藍 오재봉吳在鳳 선생의 글씨. 바쁜 가운데 한가로움이 있다는 뜻이다. 하루는 금심주 불자가 이 글씨가 맘에 안 든다면서 내게 이 글의 뜻을 물었다. 약간 흘림체라 처음에는 오중유한悟中有閑으로 보고, 깨달음 가운데 한가로움이 있다는 멋진 해석까지 덧붙였다. 낯 뜨거움에 지금도 작은 벌레가 내 등 뒤로 구물구물 기어가는 듯한 느낌을 받는다.

이때 글씨 소장자는 내게 건네주면서 말하였다.

"스님, 깨달음 가운데 한가로움이 있다니, 우리에겐 맞지 않아요. 스님께는 맞습니다."

포장을 뜯어서 방 벽에 세워 두고 눈여겨보았다. 글씨가 맘에 든다. 스님들과 차를 마시면서 글씨를 자세히 보니 망중유한이었다. 글씨 획이 돌아가는 붓의 움직임은 오悟 자이지만 전체 뜻으로 보면 망忙 자였다. 초서는 대개 뜻으로 보아야 실수가 적다.

청람 선생은 해인사 주지를 역임한 환경幻鏡 스님의 상좌였다. 환경 스님이 서예에 한몫을 한 일화가 있다. 젊어서 팔만 대장경을 봉안한 장경각藏經閣 법보전法寶殿에서 기도를 올릴 때였다. 세 가지 원을 세웠는데 다 이루었다는 것이다. 글씨를 잘 쓰겠습니다, 해인사 주지가 되면 잘 하겠습니다, 명망이 있는 경지에 오르겠습니다, 하는 것으로 불보살님의 가피를 발원하였는데, 나중에 후회스러웠다는 후문이 있다. 왜냐하면, 이것저것 다 내버려 두고 부처님처럼 다만 깨달음의 큰 원 하나만을 세웠더라면 하고, 부귀영화가 하나의 공화空華인 줄을 뒤늦게 깨달은 것이다.

환경 스님의 제자 청람 선생은 속가로 돌아가 출중한 서예가로 다시 태어났다. 대구 부산 지방에서 하나의 맥을 이룰 정도로 제자가 줄을 이었다. 한때는 국전 심사위원으로 지낸 적이 있다. 이 글씨에 호의가 안 간다는 금심주 불자의 뜻도 이해할 만하다.

첫째, 종이 질이 썩 좋지 않다. 그냥 신경을 안 쓰고 아무 종이에나 휘갈겨 쓴 것이다.

둘째, 얼른 보면 서예 대가다운 품격이 없다. 도대체 정성이 떨어진 이런 글씨가 청람 선생의 솜씨인가 의심이 갈 정도이다. 너무 격이 없이 쓴 것 같다.

대강 글씨의 연유를 전해 듣고 전후를 엮어 보았다. 어느 날, 친지가 청람 선생을 찾아왔다. 풍류를 아는 두 사람은 단골 한식 음식점으로 가 잘 차려진 음식을 먹는다. 평소에 글씨를 잘 쓴 사람이란 것을 안 음식점 주인이 이때를 기다렸다는 듯이 글씨 한 폭을 청한다. 이때에 잘 먹고 한잔을 하여 흥이 오른 때라 그냥 무심하게 붓을 잡고⋯⋯그런 자리에서 무슨 종이를 탓하랴. 대가답게 그냥 일필휘지—筆揮之한 것이리라.

해인사에서 지낼 때에 환경 스님과 청람 선생의 글씨를 접한 이후로 이십여 년이 지나 이제 망중유한 글씨를 접한 셈이다.

글씨가 좀 치졸해 보인 것은 그만큼 기교를 덜었다는 뜻인데 어설퍼 보이지만, 그 풍류로써는 따를 자가 없다. 제자들이 열반송涅槃頌을 청하였을 자리에서였다. 이때 평상심平常心을 내보인 한 선사의 일화와 일맥상통한다. 이 선사는 열반하는 마지막 장면에서,

"다, 쓸데없다. 쓸데없어."

하고 손을 내저으면서 마지막 숨을 거두었다. 천진 보살의 참 모습이다. 그러나 많은 사람들은 열반송을 남기지 않는 것을 몹시 아쉬워하였다. 사람들은 왜 있는 그대로를 내보여도, 있는 그대로를 보지 않는가. 이것이 병이다.

법정 스님과 단풍나무

작년 늦은 봄날, 내가 성북동 골짜기 명월당明月堂에서 지낼 때였다. 앞뜰 의자에 앉아 한가하게 책장을 넘기고 있었다.

찻잔에 흰 꽃잎이 날아 들어왔고 벚꽃 낱 잎 이빠리가 내 주위를 희게 덮고 있었다. 머지 않은 개울물 건너 고목 벚나무에서 소리 없이 나비처럼 날아드는 꽃잎들. 푸르르 푸르르 꽃잎 내리는 소리가 들리는 듯하다.

탑 위에도 앉고 터밭에도 앉는다. 흰 눈처럼 내리는 꽃잎을 보면서 봄이 절정에 온 것임을 깨달았다.

이때 법정 스님이 오셨다. 스님은 산중 어디에서 내려와 한 달에 한 두어 번씩 말씀을 하시곤 하였다. 그날은 명월당 뜰을 한 번 둘러보시다가 뜰 한쪽 큰 바위 틈새에 어렵게 뿌리를 내리고 크는 단풍나무 한 그루를 눈여겨 보셨다. 단풍나무는 초등학생의 키만큼 자랐다.

"저, 단풍나무 봐!"

"……."

스님이 가리키시는 손가락에 따라 내 눈길이 그 단풍나무에 가 멎었다. 스님은 말씀을 이어 나가신다.

"생명력이 대단해."

이때 내가 대답하였다.

"아침에 제가 물을 주곤 합니다."

스님이 말씀하셨다.

"바위 틈새에 뿌리내리고 자란 게 대단해. 교훈이야!"

"생명력이 무섭습니다."

이번에는 스님이 단풍나무에 가까이 다가가서 손으로 가벼이 단풍나무 잎을 만지며,

"보기도 좋지."

하고 감탄하셨다.

"바위와 나무가 어울려져 괜찮습니다."

이때, 뻐국, 뻐어국, 뻐뻐꾹, 하고 뻐꾸기 우는 소리가 들려왔을 때에,

"낮에도 뻐꾸기가 울어."

하셨다. 이런저런 이야기 끝에 내가 삼청동 노천 냉탕에 다닌다고 하니, 이런 이야기를 꺼내신다.

"봉은사 있을 때 일인데…… 냉탕, 온탕 번갈아 하면 건강이 좋다고 한 노장이 말해서 해 봤지……. 어찌 쑤시듯 하는지. 피부가…… 냉탕에 들어 갔다가 나와서 온탕에 들어갈 때…… 피부가 온몸에 쑤시는 듯해!"

스님에 대한 인연이 있다면 불일암 시절 공양주로 대여섯 달 지냈을 때 하고 스님이 수련원장으로 있을 때에 간사 소임을 맡아 지냈던 일, 그리고 성북동 명월당 시절 등이다.

지금 스님의 처소는 대관령과 한계령 사이 동해안 산기슭 어느 한적한 아란야로 짐작한다. 나는 이번 겨울을 한계령과 미시령 사이 백담사 만해 교육관에서 수련을 진행하면서 그곳 분위기를 알았다.

하루는 오색 온천 쪽으로 갔다. 온천 목욕을 하면서 스님이 고생을 많이 하고 계신다는 걸 느꼈다. 사람이 날아갈 것 같은 겨울 강풍에 대단하시지!

예순이 넘은 연세에 혼자 강원도 산속에서 자취 생활이라니! 정말 놀랍다.

바위 틈새에서 자라는 강인한 단풍나무는 바로 스님 자신이신 것 같다.

빠지고 또 빠지기

일에 깊이 빠져, 놀이에 깊이 빠져, 바둑과 사랑에 깊이 빠져, 잠이 없고, 배고픔도 모르고, 피곤함도 잊는 것은 중생의 삼매다.

좋은 일에 빠져, 이웃을 위한 선행에 빠져, 법문과 화두와 기도에 빠져, 잠이 없고, 배고픔도 모르고, 피곤함도 잊는 것은 부처님과 보살의 삼매다.

놀이에 빠지든지, 공부에 빠지든지, 빠지는 것은 매한가지나 결과에서는 정반대다. 놀이에 빠진 사람은 에너지가 소비적인 반면, 공부에 빠진 사람은 에너지가 생산적이다. 하나는 힘이 더욱 넘치고 다른 하나는 힘이 다 빠진다.

빠진다는 것에는 흥미를 동반하며, 흥미가 없으면 어디에나 빠지지 않는 것이 특성이다.

빠지는 것은 삶의 추진력이다. 깊이 빠진 데에서 자신을 잊고 세계를 잊는다.

사월 초파일

사월 초파일.

연등 만드는 손길은 더욱 바빠지고, 부처님 오신 날을 축하하는 행사 준비로, 초파일을 전후해서 한 달이 훌쩍 뛰어넘는다. 불자들은 초파일에 마음을 다 쏟느라고 다른 생각을 할 겨를이 없다.

법상法床에서는 축하 법문으로, '천상천하 유아독존天上天下 唯我獨尊' 하고 말한다. 이런 주인공을 찾는 공부, 우주의 주인공으로서 어디 권위에 굽히지 않고 얽매임이 없이 사는 대자유인의 삶의 길을 보여 준 예가 있다.

수년 전의 일이다. 남쪽 어느 항구 소도시에서 주지를 하는 괴짜 스님이 있었다. 연등 만들기나 초파일 행사에는 상관이 없이 오직 자신의 문제 해결을 강조한 스님이다. 그런데 인근 사람들에게는, 미륵불 탄생이라는 말로 찬사를 받았다는 이야기.

누가 연등을 켜려고 올 양이면,

"왜, 밖의 등만 켜려고 해요? 제 마음 등을 켜야지요!"

"돈으로 등급을 매겨서 연등을 사려는 사람은, 우리 절에 와서, 입도 떼지 마! 등이 큰 건 얼마고, 작은 건 얼마고 하는 건, 부처님을 욕보이고 장삿속에 빠지게 하는 거요."

말이 튀어나올 때마다 주위 사람은 숙연하게 모두 합장을 올렸고, 복전함에 그냥 연등 값을 넣어 보시하는 것으로 만족해 하였다. 이 절의 연등을 다른 절로 다 보내졌다.

"우리 절은 연등이 필요 없소!"

처음에는 신도 간부들이 의아해 해서 절의 운영이 어쩌나 하고 말렸다.

옹고집 괴짜 스님의 지론은 당당했다.

"많은 사람이 파는 데에 정신을 돌리니, 우리만이라도 공짜로 켜 주든지, 아예 연등을 없애서, 마음 등을 켜도록 하는 거요!"

모든 절이 이렇게 되기를 바란다는 것이다.

생각해 보면, 연등 행사는 부처님 법회 장소를 불 밝히는 순수한 마음에서 스스로 제 연등을 제가 제작하는 데서 출발하였으나, 어느새 수행이 앞서지 않고 소원만을 비는 의외의 성격을 띠고 말았다.

옛날 소박한 수행처는 이제 하늘을 찌르는 높이로 초대형의 위용을 드러내고, 일상 자유인으로서의 주인공 찾는 정진은, 뭐 해 주시오, 뭐 잘 되게 해 주시오, 하는 데로만 기울어져, 쉽고 편리한 이름의 현대 문명의 막다른 길이 결국 공해와 쓰레기, 스트레스 양산이라는 부산물을 남긴 것처럼, 엉터리 불자가 되어 가고 있지나 않은지 살펴볼 일이다.

"그까짓 연등 축제 가지고……."

할는지 모른다. 자칫 내실을 잃고 형식에 치우친 행사는, 지혜의 눈을 뜨고 밝은 빛을 보라는 부처님의 말씀과 멀어지는 것이다.

그나마 다행스런 점은, 사회복지에 눈을 돌려 좋은 일로 연등 불사 회향을 한다는 데에 희망이 있다.

수년 전, 프랑스 길상사에서 초파일을 맞이한 추억의 하나. 예술품으로 연등을 감상하고 감탄하는 프랑스 사람을 만나 본 적이 있다. 옛날에는 병 허리에 실로 감아 주름 잡히기를 했던 연꽃 종이를 보았더라면! 모두 사람의 손으로 작업을 해서 만든 연꽃이었다. 지금으로부터 불과 50여 년 전의 일인데도 옛날 이야기 같다. 이런 옛날 완전 수작업手作業 과정을 프랑스 사람이 지켜보았더라면 어떤 감탄을 할까 궁금하다.

삼생의 원수

삼생三生의 원수.

노스님의 법문이다.

지난해에 '20세기 고승 기념메달' 중 노스님 기념메달을 제작할 때에 전면 디자인에 쓰일 사진과 뒷면 법문 재료를 제공하는 일을 주로 맡은 적이 있다. 사진은 삼일암 마루에 편하게 앉아 계시는 모습. 가사 장삼을 수하시고 결가부좌하신 좀 근엄한 모습보다는 이쪽이 더 자연스럽다는 주위 의견이다. 효曉 자 봉峰 자 노스님의 법문 가운데서 '삼생三生의 원수'란 글귀는 대구 관음사에 소장된 친필. 그러나 나중에 알고 보니 이 글씨는 복각품이지 첫 친필이 아니라는 원명 주지 스님의 설명이 있었다. 수년 전에 문도가 노스님의 사료를 모은다고 할 때에 첫 친필 목각품은 가져갔으니 지금은 아마 어디에 소장되어 있을 것이라는 이야기이다.

그건 그렇다치고, 과거 현재 미래 삼생의 원수는? 내게 밥을 주고 옷을 주고 칭찬을 하면 곧 마음이 우쭐해진다. 이래서 그게 다 삼생의 원수라는 말씀이시다. 내게 잘해 주는 이는 모두가 삼생의 원수이고 나를 욕하고 비난하는 이는 참으로 은인도 그런 은인이 없다는 지적이다.

내게 잘해 주어야 은인으로 여기는 세속의 생각과는 정반대로 원수라고 지적하셨으니 도인의 말씀은 이렇게 빛이 나는 모양이다.

요즘 일어나는 의약분업 등 여러 분쟁들을 살펴보고 놀랐다. 분쟁 당사자가 삼생의 원수라는 법문에 눈을 돌린다면 과연 어떤 생각이 들까? 자신들의 이익만을 눈앞에 두고 아옹다옹하는 '집단 이기주의'가 취할 태도는 어떨까?

아마 산중 무지렁이라고 웃기가 십상일 것이다.

그뿐만이 아니다. 인간관계에서 서로 잘해 주기를 바라는 게 인지상정人之常情인데 어찌 이리도 잘해 준 게 도에서 방해되는가 하는 말씀을 수용하기에는 우리는 너무 이기적이다. 내게 잘했다고 인사를 자꾸 하게 되면 마음에 아만심이 생겨 윤회輪廻를 끊기가 어렵다니 무서운 일이다.

"미워해 달라. 꾸짖어 달라."

이런 말이 막 나와야 하는데 쉽지가 않다. 또 말로는, 미워해 달라, 꾸짖어 달라, 해 놓고는 정작 그런 눈치만 보여도 날벼락이 떨어진다. 한때 성인의 마음으로 가 있다가 금세 중생의 마음으로 돌아오기 때문이다.

"나의 잘못을 지적해 주십시오."

용기가 있는 자만이 이런 말을 하고 덕이 있는 자만이 잘못을 지적한 말에 귀를 연다고 하니 한번쯤 귀를 기울여 볼 만한 말씀이다.

선지식 세 분

선지식善知識을 범어로 **kalyāṇamitra**, 팔리어로 **kalyāṇ-mitta**라고 하는데 음역을 가라밀迦羅蜜, 또는 가리야낭 밀달라迦里也囊 蜜職羅라고 하여 대단히 소중하게 받들어 모시는 스승의 이름이다.

선지식을 모시는 데서 초심에는 공부가 시작이 되고 나중에는 공부가 완성된다고 옛사람은 말씀하셨다.

선우善友는 선지식의 다른 이름이다. 선우의 두 가지 요건은 우선 도반으로서의 정직성正直性이며, 다음으로는 다른 사람을 정도正道로 이끌 수 있는 선각先覺 지도자로서의 덕행이다. 지식知識, 친우親友, 승우勝友, 선친우善親友란 말은 다 같이 선지식을 말하는데 깨달음 여부를 분명하게 말할 수가 있어야 한다. 왜냐하면 아직 수행이 부족한 사람이 도인인 양 자신의 처지를 얼버무리면 불법이 크게 쇠퇴하기 때문이다.

사분율四分律 卷四十一에는, 선우칠사善友七事가 나와 있다.

첫째, 조고불사遭苦不捨로, 보살의 자비심이다. 중생이 고통을 받는 걸 자식처럼 연민히 여겨서 고뇌에서 벗어나도록 힘껏 돕는다. 중생의 고통을 대신 받을 때에는 그 고통도 피하는 법이 없다.

둘째, 빈천불경貧賤不輕으로, 보살의 평등심이다. 공덕이 티끌만큼도 없는 중생을 대하더라도, 그 중생에게도 본래의 법신이 있는 줄 알아, 귀한 손님 맞이하듯이 맞는다. 이런 까닭에 마음에는 항상 사랑으로 가득 차 있고 중생을 가벼이 업신여기는 마음이 없다.

셋째, 밀사상고密事相告로, 중생에게 법문을 내려주되, 본성本性이 원명圓明함을 비밀히 알려 준다. 중생이 몇 차례고 어리석은 일을 하더라도 본성을 깨닫도록 돕는 일을 그치지 않는다.

넷째, 체상복장遞相覆藏으로, 중생에게 선근善根이 번뇌에 덮여 있어서 아직 미숙하다는 사실을 정곡을 찔러 일러 준다.

다섯째, 난작능작難作能作으로, 하기 힘든 일을 해내서 중생을 끌어들인다. 혹시 중생이 어려움에 처해 있을 경우 모두 걷어붙이고 나서는데, 예컨대 지금 옷을 입은 채 맨손으로 똥 오줌을 치운다고 하더라도 망설이지 않는다.

여섯째, 난여능여難與能與로, 주기 어려운 것, 금은보화 등을 흔연하게 내준다. 방편으로 중생을 교화하는데서 마음속에는 전혀 아깝다거나 후회하는 생각이 없다.

일곱째, 난인능인難忍能忍으로, 참기 어려운 것을 꾹 참는다. 중생이 악업을 지어 악도에 떨어짐을 보고는 곧 자신의 일처럼 슬픈 생각을 낸다. 방편을 써서 악도에서 벗어나게 하는 데에는 시간이 아주 오래 걸리더라도 물러나는 법이 없다.

이와 같은 선지식으로, 내 마음속에는 늘 세 분 스님이 살아 숨쉬고 있었다. 막 출가를 해서 방황하던 시절의 이야기이다.

모두 신선이고 부처인 줄로 안 건 아니지만, 산중에서 잠시 지내보고는 주위 사람들에게 실망이 컸기 때문에 갈등이 생겼다. 내 마음의 갈등이 그런 외부 형식을 빌려 나타난 것인 줄 안 때는 한참 지나서였다.

하여간, 강원 생활을 중도에 종지부 찍고 선지식을 찾아뵙는 일을 시작했다.

그때 적지 않은 영향을 받은 세 분이 계신다. 직접 공양을 지어 올리거나 경전을 매일 밤 강독 받거나 그냥 몇 차례 면담으로 그친 경우가 전부인데 깊은 감명을 받았기 때문인지 기억에 오래 남는다.

인천 용화사 스님은 본분사本分事가 무엇인지, 공부인이 어떻게 살아야 할 것인지 느끼게 한 분이다.

처음 뵌 것은 일요 법회 때였다.

경주에서 나는 일요 법회를 위해 밤 완행열차를 타고 가서 새벽에 도착, 절에서 아침을 먹고 사시 법회를 본다. 당시에는 해제철 일요일마다 용화사를 오르락내리락 하였던 것이다. 점심은 대개가 국수였다. 천막 아래서 먹는 국수가 그렇게 맛이 있었다. 지난날 용화사 옛 조그만 법당 시절 이야기이다.

스님은 근엄하면서도 자상하시다. 붓글씨로 써 주셨는데,

"대의대오大疑大悟, 크게 의심하는 자 크게 깨닫는다."

하는 법문이다.

불일암 스님은 글쓰기에 영향이 크다. 글을 쓸 제목을 두어 차례 내려 주셨는데, 그리고는 파격적으로 당신의 고정란 정도로 굳어진 불일탑佛日塔 란에 내 졸고를 실었다. 아주 귀한 만년필 한 자루도 스님으로부터 받은 기억이 있다. 첫 원고 법보의 소중함이란 제목 역시 스님이 내려 주신 제목. 글을 씀으로 해서 얻은 바는 마음의 큰 위안과 머릿속이 잘 정리되는 점 등이 좋았다.

대여섯 달 가량 시자 생활을 했다. 공양을 지어 올리면서 처음에는 서장書狀을 스님 아래서 공부하고 싶었다. 시작에 들어가서 동산 수상행東山水上行 대목에서 그치고 말았다.

내가 기대한 바는 독강獨講 방식이었으나 스님은 그냥 서장을 읽다가 의문이 있을 때만 물으란다.

하여간 피부로 느끼는 절실한 그 무엇이 있었다. 스님의 체취가 지금도 내가 거처하는 방 어느 구석에서인가 늘 배어나는 기분이 들 정도이다.

가장 오랫동안 모신 분이시다. 수련회 때는 스님의 다실이나 아랫간 공양방에서 미리 준비 단계로 스님을 모시고 관련자들의 모임을 갖는다.

위트는 일품. 간혹 나의 주저주저 하는 성격이 스님의 위트로 해서 영향을 받아 많이 쾌활해졌다. 스님은 내 귀를 잡아당기기도 하고, 당신이 초콜릿이 드시고 싶을 때에는 이렇게 말씀하신다.

"지묵 수좌, 초콜릿이 먹고 싶지 않아?"

이때 "네" 그래야 사 오라고 하시지, "아니오" 하면 두어 차례 더 묻고 그리고는 가만히 계신다.

원효암 스님으로부터는 선문촬요禪門撮要 한 권을 겨울 한철 동안 가르침을 받은 바가 있다. 지극히 겸손한 모습에서 하심下心이 무엇인지 보여주신 분. 소위 스님의 상 같은 것이 잡히도록 하였다.

하필이면 따로 선지식이 있으랴! 눈을 확 뜨고 보면 좋으면 좋은 대로 나쁘면 나쁜 대로, 모두가 선지식인 줄 알고 다 받아들이는 게 공부인의 태도라고, 선지식은 법문에서 누누이 말씀하지 않으셨는가.

음으로 양으로 선지식인 양 영향 받은 사람이 적지 않다. 우선 강원 도반이 많다.

행자 도반을 만나기는 무척 귀하고 그래도 강원에서 책상을 맞대고 곧장 이론 싸움을 일삼아 공사에 또 공사로 세월을 보냈는데도 아련한 추억처럼 떠오른다. 밉고 고운 점이 다 정겹다.

선지식으로 모시고 싶은 이들이 요즘 와서 부쩍 는다. 출가 재가를 막론하고 존경심이 우러나게 하는 분들이 있어 힘이 난다. 예를 들면, 시장 가게에서 만나는 이들이 사람 냄새가 물씬 나는, 인간적이고 소박하기에 아주 좋다.

3

불교가 좋아

수련여담修鍊餘談

4박 5일 과정 여름 수련회는 다섯 차례에 참가 총인원——자원봉사자까지를 포함해서 600여 명, 그런대로 큰 허물 없이 마쳤다. 중도 하차자는 단 두 사람이 있었을 뿐 똑같이 회향의 기쁨을 맛보았다.

각즉부동覺則不動 깨달음은 부동이요
동즉유고動則有苦 동요하면 고통이라

마음의 동요가 있다면 고苦의 세계이지 깨달음의 세계가 아니다. 초심 수련생들의 몸이 조금도 움직이지 않도록 좌선의 자세에 역점을 두는 것은 부동심不動心을 얻기 위해서는 부동신不動身을 갖추어야 하기 때문이다.

몸과 마음은 하나. 몸이 움직일 때에 마음도 따라서 동요한다. 수련생 중에는 의외로 말뚝같이 장시간 앉아 선정 삼매를 맛보는 이도 적지 않다. 수련 진행자로서는 놀라운 일이었다.

반면, 무더위 속에서 초보자가 부동의 자세로 좌선 시간 3,40분을 억지로 견디어 낸다는 건 큰 고행이었다.

"이-뭣-꼬?"

화두는 간 데가 없고 죽비 소리가 언제 안 들리나 하는 생각만 가득 차 있다는 게 대부분 수련생들의 소감이다. 덥고 답답하지요, 화두는 안 들리지요, 허리 다리는 아프고 구부러지지요……

어떤 수련생은 '이-뭣-꼬?' 에 대해서 이렇게 말한다.

'이-뭣-꼬?' 는 경상도 방언이니 전라도 방언을 쓰면 '이 죽은 시체를 끌고 댕기는 이놈은 뭣이랑가? 이 뭣이여?' 해야 한다고.

수련을 마치고 자원봉사자 일행 네 명과 함께 강진 김영랑 가家 사적지로 가는 길이었다. 전남 보성군 바다를 낀 산골에 그림 같은 녹차 밭이 있다.

유수불부流水不腐란 편액이 걸린 보성 다원에 들려서 녹차를 마셨다.

우리는 차를 마시면서 이 글귀를 두고 이야기를 나누었다. 흐르는 물은 썩지 않는다. 생명력은 흘러 넘쳐야 기가 잘 통한다.

대자유인大自由人은 진리라고 하는 것이나 진리가 아니라고 하는 것이나 그 어떤 허상에도 걸리지 않는 것.

이렇게 보면 변할 수도 있어야 진리. 너무 쉽게 변하는 걸 고苦라고 말하지만 그렇다고 변치 않는 게 낙樂인가. 변화=고苦, 불변=낙樂이라는 공식은 위험천만하다.

모든 것은 변한다. 변하지 않는 것은 아무것도 없다. 부처님의 법문이다.

이 변하는 세계를 보는 마음이 부동不動하기에 깨달음을 얻은 성자聖者는 진리의 세계에 사는 것이다.

조용한 시간

　지금은 조용한 시간, 아무것도 하지 않는다. 그렇다고 전혀 무기력한 건 아니다. 아무것도 하지 않지만 머리는 맑게 깨어 있다.

　아주 귀한 음식을 어울릴 만한 사람들과 맛있고 유쾌하게 먹었다. 헤어진 뒤에는 다른 걸 먹고 싶지 않아 그냥 입을 쉬었다.

　다만, 다실에 들어가 옆방 스님과 향기로운 귀한 녹차를 마셨다. 입안에 녹차 한 모금을 넣고 혀끝으로 느낄 때 녹차의 향기가 온몸으로 전해졌다. 무엇과도 바꿀 수 없는 시간이다. 삶의 기쁨이 용솟음쳤다.

　지난날에는 아주 멋진 절 생활을 꿈꾸었는데 이런 좋은 분위기가 가까이 다가온 느낌이었다.

　작은 감격이지만 선방 안에 들어와서도 오래갔다.

　선방 안에는 존경하는 효봉曉峰 노사老師의 사진이 오른쪽 벽에 걸려있다. 아주 큰 사진은 사람의 실물 크기만 하다. 엉덩이가 사뭇 물어서 앉은 좌복에 진물이 배어나 바지와 좌복이 서로 맞붙을 정도로 치열하게 정진한 '절구통 수좌' 의 가풍이 효봉 노사老師의 가르침이다.

　왼쪽 벽에는 구산九山 스님의 사진이 작은 액자에 걸려 있다. 삼일암에서 평소대로 소참 법문을 하시는 모습이다. 선방 입구에는 구산 스님의 부처불佛 자 붓글씨가 걸려 있다. 가까이 어른 스님을 친견하고 있는 느낌이다.

　그 뒤에 묵묵히 시간을 보냈다. 잠을 잘 때까지 그렇게 지냈다.

　한밤중이었다. 잠을 자다가 언뜻 꿈을 꾸었다.

　인도 산사의 선방이었다. 커다란 단층 건물 선방 가운데에는 범어로 쓰여진 선방 현판이 붙어 있었지만, 무슨 말인지 알 수가 없었다. 선방 대중은 인도 사람들이었다. 인도의 길거리에서 흔히 볼 수 있는 흰 치마에 흰 터번을 두른 남자, 화려한 비단 사리를 두른 여자들로 꽉 차 있었다. 그들은 정진을 하다가 잠시 포행 중이었다. 바짝 마르고 약간 검은 얼굴의 사람들이지만 정진 이외에는 딴생각이 없어 매우 경건하고 아름다운 분위기였다.

잠이 깨자, 세수도 않고 곧바로 선방으로 갔다. 새벽 두 시 무렵이었다.

촛불을 켜고 좌복 위에 앉았다.

기쁨에 그냥 지족知足할 뿐 다른 바램이 없었다. 간밤에 정진으로 다리가 뻐근하게 아팠지만 만족스러웠다. 온몸을 용광로 속에 내던져서 벌겋게 끓는 쇳물과 하나가 된 느낌이었다. 몇몇 불자들은 알고 있는데, 경험한 사람들은 이 맛에 정진 시간을 꼭꼭 찾는 것이다.

좋은 분위기가 무르익어 주인공을 생각하고 삶을 반조返照하는 시간을 가졌다.

그냥 정진하는 시간, 텅 빈자리이다. 먹는 것, 자는 것, 일하는 것, 다 놔버리고 봄날 씨앗이 땅속에서 싹이 틀 때처럼 푹 썩어 있는 것이다.

모든 것을 쉰다. 선어禪語에 쉬는 게 공부라는 말이 있다. 푹 쉬고 마음의 큰 여유를 가진다는 뜻이다. 짧은 감동이지만 여운은 한계가 없어 보인다.

한번 만족을 경험해서 삶을 오래 지족知足할 수 있다는 것은 결코 작은 행복이 아니다.

운雲 수좌의 토굴 생활

신심이 깊은 운雲 수좌가 마을 집에서 토굴 생활을 해 온 지 벌써 수삼 년이 지났다. 반가우면서 한편 놀랍기도 하다.

토굴 생활은 정말 견디기 어려운 일이 한두 가지가 아니다.

지난 경험을 돌이켜 보면, 하루 세 끼니를 잘 챙겨 먹는 일만도 대단한 공부였다. 천봉산天峰山 까치봉 아래에서 반 년 가까이 지낼 때에, 어른 스님이 말씀하셨다.

"먹을 때 먹고, 잘 때 잘 줄 아는 사람은, 공부가 아주 많이 된 사람이야!"

또한 10여 년 전, 토굴 아파트를 구입하려던 이야기가 있다. 서너 명 도반 스님들이 뒷방에 모여서 아파트를 구입하자는 이야기를 나와 함께 하였다. 산 철에 쉬고 지낼 토굴로 아파트 한 채를 구입하자는 것이다.

그때 청량清涼 국사 10원율신十願律身 가운데 있는 말이 나와서 그만 두기로 하였다.

"숙불리 의발측宿不離 衣鉢側 잠은 의발의 곁을 떠나지 않겠다.

협불촉 거사탑脇不觸 居士榻 옆구리는 마을 집 거사의 잠자리에 붙이지 않겠다."

그렇다. 삼보의 도량은 불자가 떠나지 말고 상주常住해야 할 것이다. 재력이 있고 능력이 있는 존경받는 스님이 마을 집을 구해 토굴 생활을 해 버린다면, 뒤에 오는 젊은 스님들이 배워서 토굴로 나가는 일이 더욱 많아질 것이 염려된다.

은사 스님이 들려주신, 효봉曉峰 노사의 당부의 말씀이 있다.

"대중과 함께 지내라. 혼자서 토굴 생활은 하지 말아라. 암만 도인이라도 토굴에서 오래 지내면 장가가고 환속하기가 쉽다.”

더구나 산중 큰절에 딸린 토굴이 아니고 속가 가운데에 있는 토굴이다.

마을 속가 가운데에서 토굴 생활을 하는 스님들은 나름대로 이유가 있다.

“불교 복지가 문제이며, 병약할 때나 노후가 불안하다.”

“큰절에서 받아주지 않아서 오고 갈 데가 없다.”

“대중과 지내면 번거롭고 불편하다.”

이상과 같은 이유에 타당성이 있는가, 하는 문제보다 과연 승가의 근본 정신에 맞는지 생각해 볼 일이다.

절은 점점 대형화하는 추세이지만, 큰절에 참배를 가면 스님들이 많이 머물지 않는 것을 보곤 한다. 능력 있는 스님들이 대개 대중 선방에서 지내거나, 큰절을 떠나 토굴 생활을 즐기는 까닭이다.

한 노스님은 독살이의 대표적인 예이다. 체질이라 어쩔 수가 없고, 평생 그렇게 살았으니 고칠 수가 없겠지만, 당신의 열반의 모습은 큰절 대중처소가 맞을 것이다.

큰스님의 열반은 후학들에게 법문이다. 독살이가 혼자서는 편할지 모르나, 다음 세대에 오는 젊은 구도자에게는 모범이 되지 않는다.

허운虛雲의 경우가 있다. 토굴 생활을 신선처럼 모범으로 잘 지낸 허운 스님이었으나, 어른 스님이 크게 꾸짖었다.

“그건 공부가 아니고 외도外道의 짓이야, 외도의 짓! 능엄경에서 말하는 열 가지 외도의 하나, 신선이야!”

이웃의 곁을 떠난 성자는 이미 성자가 아니라는 말씀이다.

달이 휘영청 밝은 밤, 운雲 수좌의 생각을 잠시 접고 풀벌레 소리를 들으며 가을 호젓한 숲길을 더 걸어야겠다.

일이관지一以貫之

일이관지一以貫之의 출전은 논어이다.

풀이하면 하나로써 전체를 뚫는다는 뜻이다. 예를 들면, 음악을 하는 사람은 음악으로써, 장사를 하는 사람은 장사로써, 공부하는 사람은 공부로써, 제각기 자기가 하는 일로써 모든 일을 해결하고 필경에는 진리에 도달한다는 뜻이다.

관심일법 총섭제행觀心一法 總攝諸行이란 달마대사의 법문도 일이관지一以貫之와 통하는 명구이다. 마음을 관찰하는 하나가 천만 가지 일을 다 해결한다는 뜻이다.

비유를 들면, 여기 끝이 아주 날카로운 송곳이 하나 있다. 이 송곳을 힘있게 쓰려면 수직으로 곧게 내려 꽂을 때이다. 조금이라도 옆으로 기울면 그만큼 약해진다.

붓을 쓸 때에는 중봉中鋒이라는 말을 쓴다. 수직으로 곧게 세워서 쓸 때에 가장 힘찬 붓놀림이 있다.

사람이 살아가는 데에도 힘있게 사는 법이 있다. 많은 데에 신경을 분산시키지 않아야 한다고 옛사람은 가르친다. 만일 하나로써 만족한다면 무적無敵의 강자일 것이다. 일이관지一以貫之의 뜻을 알고 보면 하나로써 세상을 꿰뚫는 비결은 그리 어렵지 않다.

화두話頭와 기도의 경우도 마찬가지이다.

화두를 바꾸지 않고 오직 하나만으로 일관할 수가 있다면!

그래서 출발이 중요하고 선지식을 통해서 화두를 받는 일이 반드시 필요하다.

선종에서 활구活句 참선법으로 엄한 격식을 갖추는 데에는 나름대로 이유가 있다.

의문이 꺼지면 그 순간부터 죽은 화두. 화두선은 눈덩이처럼 불어나는 큰 의문덩이를 필요로 한다. 그러기 위해서는 반드시 화두가 하나여야 한다. 딴 헛생각이 들지 않게 주의를 세심하게 기울고 화두에 주의 집중을 철저히 하는 것이다.

한 화두로써 8만 4천 화두를 꿰뚫는 게 화두 참선의 묘법이다.

기도 역시 마찬가지이다. 오롯한 마음, 깨끗한 마음이 기도하는 마음 바탕이고 흔들림이 없이 일관된 수행 정신이 기도의 작용이다.

반야 지혜의 빛은 바로 일이관지에서 나온다.

그러나 우리 중생심은 여러 군데를 오고 간다. 크게는 망상 번뇌와 무기無記, 망상과 번뇌 사이의 흐리멍텅한 정신 상태, 혼침昏沈, 수면 상태의 두세 가지 작용 사이이다.

망상 번뇌가 아니면 졸음, 숙면, 무기이다. 평생을 그렇게 허비하고 사는 게 우리 중생의 살림살이이다.

만일 맑게 깨어 있는 시간을 다소라도 즐기는 사람이라면 이 두세 가지를 벗어난다. 화두 참선을 하는 시간, 기도 염불을 하는 시간, 그 외 일에 열중해서 선정 삼매에 빠져 든 시간 등등은 마음속에 반야 지혜의 빛줄기를 새어 들게 하는 힘이 있다.

예를 들면, 밤에 무변대해를 항해하는 한 항해사가 있다. 그믐달조차 없고 배의 불빛도 꺼졌다. 항해사는 오직 감각에 의지해서 앞으로 나아간다. 불안하고 무엇이 꽝하고 부딪칠 것만 같은 조마조마한 순간이다.

파도가 치면 파도가 두렵고 잔잔하면 잔잔한 바다가 두렵다. 앞이 전혀 안 보이기 때문에 깜깜한 대해를 무작정 나아갈 수밖에 없는 것이다.

이때 악몽에서 벗어난 듯 새벽을 환하게 맞이하여 살 것 같고 하늘과 바다가 모두 아름다워서, 파도가 쳐도 즐겁고 잔잔하면 잔잔한 대로 즐겁다.

이렇게 볼 때, 매사에서는 밝은 빛이 우선한 줄을 알 것이다.

일이관지—以貫之, 하나로써 뚫고자 한다면 빛이 우선이다. 선정의 원리를 설명할 때에, 고요한 마음에서 맑은 기운이 일고 맑은 기운 속에서 밝은 빛이 나온다고 하였다. 산란하게 흔들리는 마음을 차분하게 안정시키는 일이 우선 필요하다.

우리가 일상생활에서 자주 쓰는 말이 있다. 서두르는 마음에서, 빨리 빨리란 말이 아주 많이 쓰는 말 가운데 하나라고 한다. 외국 사람은 한국 사람에게서 빨리 빨리란 말을 먼저 배운다고 한다.

계미년 새해부터는 인도 사람들처럼 좀 늦더라도 느긋하게, 마음을 푹 놓고 차례를 기다리는 모습을 기대해 본다.

이분법 세계에 떨어지지 말라

"나는 교도소에 있는 사람이다.

나는 장기 복역수이다.

오, 자유를 잃은 나의 몸이여."

이것은 교도소에서 죄인이 쓴 시가 아니고, 사바세계의 죄인으로 자처하면서 쓴 내 글이다. 전생에 죄를 지어 현생의 교도소에 갇혀 있다고 좋게 생각한다.

간혹 나를 이분법 세계에 떨어뜨리려고 한다.

"스님, 인터넷 지도 법사는 제가 되면 어떨까요?

스님, 선방을 옮기도록 하십시오.

스님, 법회를 마치고 신도들과 늘 차를 마십니까?

스님, 언제부터 법상法床 위에서 법문을 하십니까?"

이분법 세계에서 신경을 놓아 버려야 서울 생활이 가능하다. 비단 서울 생활뿐이겠는가. 어디서나 사바세계에서는 마찬가지일 것이다. 가정의 부부 생활도 그렇고, 직장에서 동료들과도 그러할 것이다.

이 사바세계가 교도소치고는 썩 좋은 교도소이다.

"다각실茶角室에서 작설차를 마시는 멋이 있고, 가까운 산기슭 노천 냉탕에서 목욕을 하는 즐거움이 있고, 불전에서 철야정진을 하는 기다림이 있고, 방송으로 부처님의 말씀을 나누는 기쁨이 있다."

일파만파一波萬波

호랑이 굴이니 여우 굴이니 하는 말을 들은 지도 한참 된 것 같다. 큰스님네가 꾸짖으시면서,

"네 이놈, 사자 새끼를 키우는 굴에서 무슨 짓거리들이냐?"

하시던 사자후. 들을 때에는 큰 감동이 없었는데 시간이 흐를수록 간절한 생각이 든다. 큰스님네의 법문을 정리한다.

상근기上根機 선방은 호랑이 굴, 사자 굴이다. 참선 납자는 호랑이 새끼, 사자 새끼가 되어야 하기 때문이다. 비록 지금은 어리지만, 언젠가는 산이 찌렁찌렁 울리도록 사자후하는 큰 어미 사자를 기약한다. 사량분별思量分別이 없고 선악시비善惡是非가 떨어진 무심처無心處에서 우러나오는 참선 납자의 신구의身口意 삼업三業인지라, 어디에도 걸리지 않는다.

척량골脊梁骨을 높이 세우고 앉은 참선 납자의 기상은 하늘을 찌르고 땅을 진동시켜서 번뇌가 붙을래야 붙을 수가 없다.

선지식의 방의 위치는, 학자를 맞아 탁마하는 거처로 대중방 바로 곁에 붙어 있었고, 지금 조실채처럼 멀리 떨어져 있지 않았다.

일촉즉발一觸卽發! 순간이 중요하다. 확 풀리기도 하고 확 막히기도 하는 한순간에 선지식의 지도가 아주 중요하다.

공부에 의문이 생긴 참선 수좌는 즉시 가까이서 대기하고 있는 선지식의 가르침을 받는다. 선지식은 어떤 사람에게 별거別居를 명하여, 의식주를 자유롭게 하고 오직 화두 참구 공부에만 열중하도록 배려한다.

일일점검제日日點檢制. 공부가 되었든지 안 되었든지 선지식의 탁마를 매일 받도록 한다. 사자 새끼를 키우겠다는 간절한 염원을 가진 눈 푸른 선

지식이 바로 곁에 있는 선방에서 그냥 시간 때우기 안거는 불가능하다.

법담法談을 나누고 깨우침을 주는 선지식의 거처는 아주 작고 소박하였고, 지금처럼 귀한 장식품, 외국 물품이 걸려 있거나 기기묘묘한 괴목 탁자가 방 가운데에 놓여 있는 그런 큰방이 아니었다. 시선과 관심이 공부 외에 분산되기 때문이다.

중근기中根機 선방은 늑대 굴, 여우 굴에 비유하고, 하근기下根機 선방은 도둑 굴에 비유한다. 그냥 큰 허물없이 석 달 안거를 마친 것으로 만족해하는 유야무야有也無也한 선방이다.

이렇게 정리해 보니, 오늘의 선방 구조와 옛날 선학 황금 시대의 선방 구조가 크게 다른 점을 알 수 있다. 좀 더 살펴본다.

사판이판事判理判이 모두 선방 안에서 지낸 데에는, 정진 선방이 이중 구조로 되어 있어서 가능한 것이다.

주지, 총무 등 사중 불사에 매달리며, 정진 대중을 외호하는 사판 대중은 일차 통과 공간에 자리가 정해져 있었고, 오직 화두 공부에만 열중하는 이판은 일차 공간을 지나는 문을 거쳐서 이차 대중 큰방 공간에 자리가 정해져 있었다. 서로 방해를 받지 않으면서 이판 사판이 선방 대중 하나로 묶는 역할을 하였다.

선방에서 멀어져 버린 요즘 사판승의 시세를 살펴보고는 격세지감이 있다. 한 마음에서 세계가 생기고 한 마음에서 세계가 없어지듯, 한 생각이 8만 4천 가지를 일으키는 일파만파一波萬波의 파장을 기대한다.

정언正言에는 선신이

옛날 고사 한 토막.

산중 저녁 무렵에 승당僧堂에서 수행하는 스님 두어 사람이 한담을 나누며 지낼 때였다. 처음 내용은 지난 세월 속에서 정진한 수행담이었다. 서로 화기애애한 분위기에서 유쾌한 웃음소리가 간간 새어 나왔다.

어느 때에 세속 이야기가 쏟아졌다. 이러쿵저러쿵 우열과 시비를 한참 논하는 자리가 되었다. 누가 무엇을 잘못해서, 화가 나지만 참는다고 크게 말했다. 정말 지겹고 짜증나는 사람이라고 분통을 터뜨렸다.

처음 이야기에서는 방 안에서 광명이 새어 나왔다. 부처님께 예경을 올린다는 대목에서는 더 큰 빛이 빛났다. 환희심이 넘쳤다.

다음의 이야기에서는 방 안에 차츰 어두운 빛이 드리워지다가, 속되고 짜증이 섞인 대목에서는 아주 암울해졌다.

때마침 승당 밖에서 천안天眼이 열린 큰스님이 이 광경을 보고 말씀하셨다.

"정언正言에는 선신善神이 귀를 기울고, 악언惡言에는 악신惡神이 귀를 기울고 엿보느니라."

선신과 악신이 번갈아 가며 승방 들창을 엿보는 모습을 큰스님이 지켜보았던 것이다.

여기서 선신과 악신은 밖에 있지 않고 곧 우리 자신의 마음인 것이다.

긍정적이고 밝은 마음이 선신으로 표현되고 부정적이고 어두운 마음이 악신으로 표현된다고 어느 자리에서 법정 큰스님은 말씀하셨다.

말을 하는 데에는 몇 가지 수준이 있다.

예를 들면, 0점 짜리 아이가 시험에서 30점을 맞아 왔을 때이다.

“아휴, 이 바보!” 하고 군밤이라도 먹이고 또 꾸중만 할 것인가. 아니면,

“야, 대단하구나! 어떻게 실력이 늘었지? 나한테 평생 기쁜 날도 이런 날이 없구나!”

하고 기를 살려 줄 것인가.

말을 할 때에, 0점짜리 기준으로 보면 칭찬을 할 게 많지만, 100점짜리 기준으로 보면 칭찬할 게 하나도 없다. 이제는 기준을 모두 불보살 성인으로 보는 시선에서 크게 180도로 바꿔야 할 때이다.

이 땅에 자라는 인삼이 특효약이고, 은행나무 잎이 수출되어 약재로 외국에서 쓰인다고 한다. 비단 인삼과 은행나무 잎뿐이겠는가.

우리나라 땅은 사시사철 기후 변화가 적당하여 생물의 성장에 최적지이고 바다는 한류와 난류가 만나서 이상적인 해상계를 이룩한, 하늘로부터 혜택을 받은 반도半島 국토라고 뜻 있는 사람들은 말한다.

다만, 아쉬운 점이 있다면, 남을 말하는 습관이다. 우리 모두가 이 좋은 땅에서 만난 인연이 결코 작은 인연이 아닐 것이다.

새해 아침에 자비심에서 정언正言의 덕담을 나누는 것처럼 365일 늘 덕담을 나눌 때에 우리 마음이 밝아지고 아울러 사회와 국가도 더욱 튼튼해질 것이다.

숫타니파타에서 부처님이 말씀하신다.

“세상 사람들이 훌륭하다고 보는 것들을 으뜸가는 것이라고 생각하고, 그 생각에 붙들려 그 밖의 다른 것들은 모두 뒤떨어졌다고 생각하는 사람이 있으니, 이런 사람은 여러 가지 논쟁을 뛰어넘을 수가 없느니라.”

조득현상

조득현상俎得現狀이 있다.

사람이 한 환경에서 다른 환경으로 옮겨 갈 때에는 적응력을 기르는 기간이 필요하다. 산행을 하는 사람들이 갑작스럽게 높은 산에 올라가면 고산지대에서 생기는 고산병을 경험한다. 이 고산병을 방지하기 위해서는 천천히 시간을 두고 높이 올라가면 고산병을 면할 수가 있다.

또한 수맥이 심한 방을 버리고 수맥을 피한 방으로 급작스럽게 이사했을 때에도 조득현상이 일어난다. 이를 방지하기 위해서는 간혹 중간 지대를 거쳐 천천히 이사하기를 권장한다.

중생은 모질고 시기 질투와 인색하기 짝이 없어 그 마음은 흐리고 시커멓다.

불자의 마음이 기도로써 차츰 맑고 깨끗해질 때에 조득현상이 올 수가 있다. 기도를 용맹심으로 할 때 더 심하다.

경에서는 말한다.

"도가 높아갈수록 마구니의 장애가 심하다."

마구니는 마왕 파순이고 파순은 죽음을 뜻하며, 심신이 아프고 되는 일이 없게 한다.

스스로 살펴보기 바란다.

쓸데없이 점을 치거나 다른 방법을 찾는 일이 없도록 한다.

간혹 천도재를 말한다.

그렇다. 천도재를 만병통치로 알고 무조건 몇 차례씩 천도재를 모시기보다는 잘 알고 천도재를 모시기를 권한다. 천도재를 권하는 스님이 수행력과 도력이 높은 선지식인지 아는 일이다.

결론지어 정리한다. 사람은 한 경지에서 다른 경지로 뛰어들었을 때에 적응력이 딸리면 이상이 온다. 그것은 과거 세상에 제가 지은 업의 결과이기 때문이다. 업장은 그렇게 해서 나타나는 것이다.

무심無心하게 수행을 할수록 그런 장애는 쉽게 떠난다고 옛사람은 말하였다. 집착심을 떠나는 것이 한 요인을 없애는 비결이 될 것이다.

종잡을 수 없는 중생심衆生心

종宗을 잡지 못하는 마음, 이게 중생심이다. 종잡을 수가 없어서 예측불허하며 무상한 것이다.

사람은 때론 재주 잘 부리는 원숭이이고 꼬리 아홉 달린 여우이다. 왜냐하면, 약속을 철석같이 하고 돌아섰다가 곧 취소하고는 변명을 그럴 듯하게 늘어놓는다. 자신을 속이고 남을 속이기가 일쑤이다.

실례로 헤어진 부부 이야기 편을 싣는다.

갑이라는 남자는, 을이라는 여자와 뜨거운 사랑을 나누다가 결혼을 하였으나, 성격 차이로 이혼을 결심하게 되었을 때였다. 슬하에 자녀를 두지 않는 게 천만다행이었다.

서로가 말한다.

"나, 믿지 말아요! 믿지 말라니깐!"

입버릇처럼 서로 크게 어긋날 때마다 다투면서 상투 쓰는 용어. 변명을 겸하는 이 말이다. 잘 새겨서 들으면, 언젠가 헤어질 것을 예감케 한 말투가 배어 있다. 티격태격 잘 하는 사이라면 더욱 의미가 곧 드러난다. 이혼이 그림자처럼 따라다닌다고 해도 과언이 아니다.

결국 이별의 시간이 왔다.

남자가 말한다.

"이혼이오!"

그러나 여자는 버럭 역정을 낸다.

"내, 이럴 줄 알았지…… 당신이 결국 나를 차 버리는구면. 난, 지지리도 인덕이 없는 년이여."

태도가 돌변한 여자는 속내를 숨기고 말한다. 왜냐하면, 이미 새 신랑 후보가 있고, 지금의 남자가 지겨웠던 차에 여자에게 이별을 요구한 것이니, 여자가 바라던 바가 아닌가. 한데도, 여우처럼 교활하다. 이혼의 책임을 슬쩍 떠넘긴다. 이럴 때에는 남편이 알면서도 속아 넘어가는 게 상수.

또 다른 실례로 아내의 문자 메시지가 있다.

필요할 때는 찾고 귀찮을 때는 멀리한다. 이게 중생심이다. 불청지우不請之友, 청하지 않아도 친구가 되어 주는 원력이 있어야 진정한 친구이다. 친구를 살펴서 그를 위해 할 일을 찾는 노력이 없이는 그 유명한 지음知音의 고사는 없었을 것이다.

"나, 자기 좋아해!"

그러나 사탕발림 말에 속고 사는 게 중생심이다.

어름어름하다가 결혼하는 것이지 정신 똑바로 차린 상태에서 어찌 고생 보따리이며 애물단지인 것을 평생 옆구리에 꿰어 찰 것인가.

하여간 그렁저렁 결혼을 했겠다.

"아이 깜짝이야. 정신 없이 늦잠 자다 보니 한낮이야. 흑흑."

이런 문자 메시지가 남편 핸드폰에 들어온다. 출근해 버린 남편에게 미안하다는 인사를 아내는 보낸다. 늘 이 모양이다.

늦잠 자는 아내 때문에 오늘도 아침을 못 먹고 그냥 출근한 남편. 이런 일로 속이 옹졸해질 남편이 아니지만, 곰곰 생각해 보면 언젠가 짚고 넘어가야 할 문제. 흑흑 하고 우는 문자 메시지가 간혹 남편의 간장을 녹이고 사로잡는다. 이게 중생심이 아닌가. 하하.

지실장허指實掌虛

오랜만에 붓을 잡아보았다. 손에 힘이 넘친다. 하고 싶을 때에 하는 일은 재미도 있다. 나는 새우도 몇 장 쳤다. 천여 장이 넘어서고부터는 하고 싶을 때에 마음대로 붓이 가도 새우가 되어 나온다. 한번은 부채에 새우를 치다가 잠이 들었을 때였다. 희미한 달밤이었다. 선잠에서 깨어나서 다시 새우 작업을 하였다. 불을 켜지 않고 하였다. 아침에 보니 괜찮다. 발이 달릴 데에 발이 달려 있고 눈이 달릴 데에 눈이 달려 있다.

한석봉 어머니를 생각해 보았다. 떡을 눈으로 보는 게 아니라, 손으로 만져서 마음으로 하는 일이니 그리 쉽다고 볼 수가 없다. 어린이들에게 감동을 주는 교훈적인 이야기임에 틀림이 없다. 어둠 속에서 쭉 고르게 떡을 써는 일이 어디 그렇게 쉬운 일인가. 여기서 느낀 바가 있다. 내가 어두컴컴한 속에서 새우를 친 이후부터는 그 어머니의 마음을 더 잘 이해하게 되었다.

누가 전각을 배워 보겠다는 이야기를 엊그제 꺼낸다. 최초로 친다면, 이십 년 전에도 두어 명이 있었다. 해인사 강원 시절이었다. 전각 기초를 함께 배우는 마음으로 가르쳤다. 그들이 이제는 나보다 훨씬 더 잘한다.

나는 전각 이야기를 할 때에 지실장허指實掌虛로 시작해서 지실장허로 마친다. 그만큼 중요한 까닭이다. 물론 일반적으로 서법書法 필세筆勢를 가르칠 때에 지실장허를 이야기한다. 나는 좌선에서도 응용된 점을 이야기한다.

좌선의 기초를 다루고 있는 좌선의坐禪儀란 책에는 인결印結이 나온다. 결가부좌나 반가부좌를 취하는 자세의 기본 손 모양으로, 수인手印이라고도 한다. 불교미술 분야에서는 이 수인을 법계정인法界定印이라고 이름한다. 먼저, 오른 손바닥이 천장을 향하도록 펴서 편안히 왼발 위에 올려놓는다.

그 다음 왼손을 오른손과 같이 천장을 향하도록 펴서 오른손 바닥 위에 올려놓는다. 이때 두 손이 겹치는 정도는 오른손 가운데 손가락의 첫째 매듭이 왼손 가운데 손가락 뿌리에 와 닿는 정도면 무난하다.

손 모양은 타원형이다. 그렇게 하기 위해서는 두 엄지손가락을 위로 세워 서로 마주치도록 한다. 두 엄지손가락의 끝은 서로 닿을락 말락하면 좋다. 너무 힘을 주어 꽉 붙여도 안 되고 너무 힘을 빼서 서로 틈이 약간만이라도 벌어져서도 안 된다. 그러나 이제부터가 문제다. 이런 수인을 유지한다고 해도 지실장허가 되어 있지 않으면 별로 공덕이 없다. 좌선에서도 지실장허가 이렇게 중요한 문제이다.

지실장허란, 다섯 손가락은 마디마디에 힘이 꽉 차 있는 반면, 손바닥은 허공처럼 텅 비어 있다는 뜻이다. 진공묘유眞空妙有의 비유로 피리를 연상해도 좋다. 텅 빈 대통을 불어 아름다운 노래의 곡조가 흘러나온다. 가운데 속이 텅 비어 있어야 연주를 할 수가 있는 이치.

탁구 야구 골프 권투 춤 등 어디에고 통한다. 어깨에 힘이 들어 있어서는 안 된다. 온몸에서 힘이 빠져야 한다. 글씨를 쓸 때에는 붓을 쥔 손가락에 힘이 꽉 차 있을 뿐, 손바닥부터는 힘을 빼야 한다. 유위법有爲法의 속기俗氣를 떨쳐 없애고 무위법無爲法의 탈속한 경지, 우아한 고품격 풍류를 유지하기 위해서는 지실장허가 필요하다.

단 1분이라도 좋으니 지실장허의 수인을 가지고 앉아야 한다. 제대로 지실장허의 상태에서 앉아 보면 확실히 무엇인가 달라짐을 느낄 것이다.

전각은 이런 이론으로 시작한다. 마음을 바탕으로 삼는다. 부처님의 가르침을 배우는 일과 조금도 다름이 없다. 전자篆字와 칼을 쓰는 법은 다음 문제이다. 지실장허를 먼저 익히고 나면 그때부터는 문제의 차원이 달라진다.

이와 같이 전각의 지실장허를 통해서도 탐진치 삼독三毒을 떠나 계정혜 삼학三學의 문으로 들어가는 길이 활짝 열려 있는 것이다.

칠완다가七碗茶歌

칠완다가七碗茶歌는 당唐나라의 시인 노동盧同이 지은 차에 관한 유명한 시이다.

차 한 잔에 목과 입술을 축인다.
차 두 잔에 고독과 번민을 씻는다.
차 세 잔에 마른 창자를 뒤진다. 글자가 무려 오천 권 분량이다.
차 네 잔에 가벼운 땀이 솟아 평소 불평스러운 일들이 모두 털구멍,
　　　　　땀구멍으로 사라진다.
차 다섯 잔에 살과 뼈가 맑아진다.
차 여섯 잔에 신령스러움과 통한다.
차 일곱 잔에 아직 마시지도 않았어도 두 겨드랑이에 맑은 바람이 솔솔
　　　　　일어나는 것을 느낀다.
봉래산이 어디 있는가. 이 맑음을 타고 돌아가고 싶구나.

일완 후문윤一碗 喉吻潤
이완 파고민兩碗 破孤悶
삼완 수고장三碗 搜枯腸
유유문자 오천권惟有文字 五千卷
사완 발경한四碗 發輕汗
평생불평사 진향모공산平生不平事 盡向毛孔散
오완 기골청五碗 肌骨清

육완 통신령六碗 通仙靈

칠완 끽부득七碗 喫不得

유각양액 습습청풍생唯覺兩腋 習習淸風生

한식寒食 날

　예로부터 설날, 단오, 추석과 함께 4대 명절이었다.

　동지冬至 날부터 105일째 되는 날이 한식 날이며, 시기는 청명절淸明節 당일이나 다음날이 된다.

　음력으로는 대개 2월이 되고 간혹 3월에 드는 수도 있고, 양력으로는 4월 5·6일경이다.

　한식이라는 이름은, 이날에는 부엌에서 불을 피우지 않고 찬 음식을 먹는다는 뜻이다.

　한식의 기원은 십팔사략十八史略에 실려 있다.

　중국 진晉나라의 때의 일이다.

　춘추시대, 진晉나라의 공자 중이重耳가 국외로 도망하여 19년 만에 돌아오게 되었는데, 뒷날 뜻을 얻어 나라에 돌아왔을 때였다. 중이는 왕위에 올라 진나라 문공文公이 되었다.

　당시 중이는 공신功臣들에게 상을 주면서 개자추介子推를 빠뜨리고 말았다. 개자추는 진나라 문공이 숨어 지낼 때 그에게 허벅다리살을 베어 먹였을 정도로 문공을 따르던 사람이었다. 다른 신하는 높은 벼슬에 올랐으나 추는 홀로 오르지 못하였고 게다가 간신에게 몰려 추는 면산山에 숨었다. 뒷날 문공은 그의 충성심을 알고 찾았으나 산에서 나오지 않자, 그가 나오게 하려고 면산에 불을 놓았다. 그러나 추는 나오지 않고 불에 타 죽고 말았다. 사람들은 그를 애도하여 찬밥을 먹는 풍속이 생겼다. 충신의 혼령을 위로하기 위해서이다.

　한편, 고대에 매년 봄에 나라에서 새불〔新火〕을 만들어 쓸 때이다. 이에 앞서 일정 기간에 구화舊火를 쓰지 못하게 한 예속禮俗이 있다.

이날 성묘하는 습관은 신라 때부터 있었던 것 같다.

농가에서는 이날 농작물의 씨를 뿌린다.

개자추와 관련이 있는 말로, 조카가 있다.

형제자매의 아들을 호칭하는 조카라는 말의 어원은 중국의 개자추介子推로부터 시작되었다. 족하足下라는 말에서 온 단어이다.

개자추는 어머니와 함께 금상(錦上: 지금의 산서성 개휴현)의 산에 들어가 은거하였을 때였다. 뒤늦게 이 사실을 알게 된 문공은 개자추가 살고 있다는 산속을 찾아보았으나 그는 나오지 않았다.

문공은 결국 산에 불을 질러 그를 산 밖으로 나오게 하려고 하였다. 그러나 개자추는 어머니를 업은 채 나무를 붙들고 불에 타 죽었다.

문공은 그 나무를 치면서 슬피 울었고 그 나무를 베어 신발 바닥으로 만들어 신었다. 문공은 국외로 피난하는 동안 식량이 떨어지자 자신의 허벅지 살을 베어 자기에게 먹여 주었던 개자추의 은공恩功을 생각할 때마다, 그 신발을 보며 이렇게 말하였다.

"슬프다, 발 아래悲乎, 足下 신세야!"

즉 문공 자신이 스스로 개자추의 발 아래에 있는 신세로 표현한 말로, 족하足下라는 호칭은 여기에서 생겼다. 지금도 이 말은 옛투 편지를 쓸 때 남을 높여 부르는 말로 쓰인다.

족하라는 호칭은 그 후 달리 쓰여졌다. 전국시대에는 천자 족하, 대왕 족하 등으로 임금을 부르는 말로 썼다.

그 후에는 임금의 발 아래서 일을 보는 사관史官을 부르는 말로 썼다.

각하脚下 역시 같은 뜻이다

후대로 내려오면서 같은 나이 또래에서 상대방을 높여 부르는 말로 썼다.

지금은 조카라는 말로 변하여 형제자매가 낳은 아들딸을 가리키는 말로 쓴다.

즉시시절卽是時節

즉시시절卽是時節은 계미년을 맞아 조계종 종정 법전法田 큰스님이 모일간지에 발표하신 신년 법어.

임제臨濟 스님의 어록에는 다음과 같은 법문이 실려 있다.

즉시현금卽是現今 바로 지금이지

별무시절別無時節 따로 시절이 없느니라

호시절好時節은 시간으로 보면 지금 이 시간이고 공간으로 보면 처해 있는 바로 이 자리란 뜻이다.

베풀 생각이 나면 바로 베풀어야지, 다음을 기다리면 이미 늦으며, 공부할 마음이 나면 바로 공부를 해야지, 다음을 기다리면 이미 늦다는 가르침이다.

이렇듯 금년에는 지체 없이 행동하는 것이다.

청소를 할 것이면 바로 청소를 하고, 빨래를 할 것이면 바로 빨래를 하는 것이다.

기도를 할 것이면 바로 기도를 하고, 예불을 올릴 것이면 바로 예불을 올리는 것이다. 또한 참선 정진을 할 것이면 바로 참선 정진을 하고, 독경을 할 것이면 바로 독경을 하는 것이다.

착한 마음이 났을 때는 곧 행동으로 옮겨야 결과가 따른다. 그렇지 않고 우물쭈물 다음으로 미룬 사람은 평생 뜻을 이루지 못할 것이다.

다음은 황벽黃檗 스님의 화두에 대한 간절한 법문이다.

황벽 스님은 백장 스님의 법을 이었고 뒷날 임제 스님에게 법을 전한 선지식. 만약 화두話頭를 철저하게 타파를 하지 못하면, 죽음의 문턱인 납월

30일에 이르러서, 급해서 불같이 날뛰는 사람이 될 것이다. 어떤 외도가 있었다. 화두 참선을 하는 사람을 잠깐 보고 냉소를 머금으며 말한다.

"지금 시대가 어느 땐데, 아직도 저러고 있소?"

그렇다면, 산승이 여러분에게 묻겠다.

"홀연 임종할 때를 당해서, 여러분은 무엇으로 생사에 대적對敵하겠소?"

한가로운 때에 미리 준비를 해 놓은 사람은 위급한 때에 그 힘을 쓸 것이다.

이래야 힘을 줄인다. 목이 말라서야 그때에 가서 우물을 파는 일은 하지 말라. 손발을 쓸래야 쓸 수가 없어 앞길이 망망하다.

천방지축 마구 닥치는 대로 뚫고 손발 가는 대로 부딪치나 죽도록 고생만 하니,

"아이고, 아이고, 괴롭고 괴롭구나!"

할 뿐이다. 이런 선사의 어록은 언제 펼쳐 보아도 정신이 바짝 드는 법문이다.

이심전심以心傳心의 이치가 근본인 선방에서는 책을 읽지 않는 게 예나 지금이나 이 집안의 가풍이다. 그러나 윤장輪藏 책꽂이는 참선자에게 새롭게 돌아보게 하는 그 무엇이 있다. 6세기경 부대사傳大士가 살았던 시절에 필요했던지, 금강경 오가해五家解에서 짧은 시구로 뜻을 명쾌하게 갈파한 부대사가 곧 발명하여 절집 공간 한쪽에 비치해 두게 하였다. 말하자면, 오늘날 문고본 소형 책자 시리즈를 좁은 공간에 비치해 놓은 회전용 책꽂이에 해당되는 셈이다.

이 윤장輪藏은 공부인이 필요할 때에 적절하게 열람하여 경전 법문을 마음에 새겨 담아 둔다.

우리가 선지식의 법문이 간절하게 필요한 때인데, 선지식이 곁에 안 계시면 어떻게 할 것인가. 이때에는 윤장을 가까이 하여 목마른 사람이 갈증을 해소하듯이 해갈한다면 경전과 어록의 가치는 크게 빛이 날 것이다.

꽃처럼 웃는 일주일

일요일은 일월 비비추 꽃처럼 웃는 날
월요일은 월견초 꽃처럼 웃는 날
화요일은 화초 호박꽃처럼 웃는 날
수요일은 수선화처럼 웃는 날
목요일은 목화꽃처럼 웃는 날
금요일은 금난초 꽃처럼 웃는 날
토요일은 토끼풀 꽃처럼 웃는 날

마음의 문을 열고 꽃처럼 웃는 사람 곁에는 행복이 늘 그림자처럼 따른다.

일요일은 일월 비비추 Hosta capitata

백합과. 산속 습지나 시냇가에 자라는 다년초로 잎은 넓은 난형이며 잎자루의 밑부분에 자주색 점이 있다.

꽃은 7~9월에 피고 꽃줄기의 끝에 달린다. 꽃잎은 연보라색이다.

월요일은 월견초

달맞이꽃이라고도 한다. 여름철 여행길, 날이 흐리면 국도 변에서 자라는 노란색의 달맞이꽃Oenothera odorata을 볼 수 있다.

이 꽃은 밤에 피어, 해가 뜨면 시들면서 붉은색으로 변한다. 하지만 달을 맞이하는 꽃이라 해서, 밤에만 볼 수 있는 것은 아니다. 해가 구름 사이에 숨은 흐린 날이나 이른 아침이면 활짝 핀 달맞이꽃들을 볼 수도 있다. 그래서 달을 바라본다는 뜻에서 월견초月見草이다.

끝이 옴폭 파인 꽃잎이 4장 있어서 언뜻 보면 8장처럼 보인다. 7~9월에 꽃이 피며, 10월이 되면 씨앗이 익는다.

이 씨앗에서 달맞이꽃 기름을 짜는데, 현재 한방에서 신장염 · 감기 · 고혈압 등에 처방한다. 또 민간에서는 비만증을 치료하는데 쓰기도 한다.

달맞이꽃은 남아메리카 칠레 원산의 귀화식물로 지금은 전국에 널리 분포해 야생화野生化 되었다. 씨앗 수가 한 포기당 수백 개로 워낙 많으며, 아무 땅에서나 잘 자라고, 다 자란 풀잎은 가축도 먹지 않는다.

이년초 두해살이풀로써 싹이 튼 후 햇수로 2년 만에 죽는 생리 때문에, 인디언 처녀의 전설이 있다.

어느 해 여름, 아름다운 처녀 로즈는 한 청년과 사랑에 빠진다. 다음 해 마을 축제에서였다. 그 청년은 로즈의 사랑을 저버리고 다른 처녀를 신부로 택한다. 축제에서 로즈는 끝없는 슬픔에 잠긴다. 또한 마음에도 없는 다른 청년이 로즈를 신부로 택하여 슬픔은 극도에 도달한다. 첫사랑을 마음에 간직한 로즈는 죽음을 무릎 쓰고 다른 청년의 청혼을 거절한다.

결국 로즈는 마을 전통에 따라 처벌된다. 귀신 골짜기라는 깊은 산골로 추방당한다. 인적이 끊어진 골짜기에서 한 마음으로 사랑을 한 로즈는 일년을 기다리다가 쓸쓸히 죽는다.

로즈가 죽은 뒤 어느 여름날이다. 로즈가 사랑한 청년이 골짜기로 찾아온다. 그러나 보이는 것은 희미한 달빛 아래 활짝 핀 노란 달맞이꽃이었다. 그것은 사랑의 미소를 띠고 편안하게 세상을 떠난 로즈의 마지막 모습이었다.

보통 달맞이꽃은 꽃 지름이 2~3cm이지만, 간혹 그보다 큰 왕달맞이꽃을 볼 수도 있다. 왕달맞이꽃은 키도 1.5m까지 자라는데, 미국이 원산지이다.

우리나라에서는 경남 지리산과 전남 영광군 섬 지방, 강원 북부 지방 해

변가에 있다. 또 키가 작은 애기 달맞이꽃이나, 낮피기 달맞이꽃도 있다.
꽃 색깔은 종류에 따라 노란색 외에도 흰색이나 담황색도 있다.

화요일은 화초 호박꽃

남과, 당호박, 펭귄호박이라 불리기도 하는 외과의 1년생 초본이며 덩굴성 식물. 원산지에서는 다년생초본이며 열대 아메리카 및 멕시코 북부 원산으로 관상용으로 들여와 각지에서 흔히 심고 있는 귀화식물이다.

열매의 색깔과 모양에는 여러 가지가 있으며, 길이는 3m 안팎이다. 덩굴손이 있어 감으며 뻗어 나간다.

7~9월에 황색꽃이 피고 9~10월에 열매가 익으며, 열매를 호박과 같은 용도로 쓴다.

수요일은 수선화

수선水仙, daffodil, Narcissus은 백합목 수선과 수선속에 속하는 알뿌리풀의 총칭.

알뿌리는 비늘줄기로 둘레가 8cm인 소형에서 20cm에 이르는 대형인 것까지 있다. 줄기는 품종에 따라 10~50cm로 크기에 따라 차이가 있다.

꽃 색깔은 노랑, 흰색, 다홍, 담홍색 등이다.

꽃피는 시기는 겨울철에서 5월 무렵까지이고, 화단, 화분에 심거나 꽃꽂이 이용으로 많이 이용된다. 유럽, 지중해 연안, 북아프리카, 중동지방에서부터 중국, 한국에까지 널리 분포하며 약 30종이 있다.

그리스신화에서 수선은 물에 비친 자신의 모습에 반해 물속에 몸을 던진 나르키소스, 혹은 나르시스의 화신이다.

나르키소스는 수선에 들어 있는 알칼로이드인 나르시틴이 마취 상태를 일으키는 것에서, 마취나 혼수를 뜻하는 그리스어의 나르케narke를 어원으로 볼 수 있다. 고대 페르시아에서는 수선을 나르기라고 하였다.

중국에는 당唐나라 때 전해졌으며, 유양잡조酉陽雜俎에는 날기捺祇라고 쓰여져 있다.

목요일은 목화

목화木花, cotton plant, Gossypium. 무궁화목 무궁화과의 섬유작물이다.

에티오피아 남부 원산으로, 서아시아에 분포된 황면G. harbaceum과 인도에서 재배되는 인도면G. arboreum은 모두 한국을 비롯한 동남아시아 일대에 퍼져 있어 아시아면이라고 한다.

해도면海島綿, G. barbadense은 중남미지역이 원산지이고 카리브해 일대에 분포되었으며, 16세기에 아프리카에 전해져 이집트면을 낳았다.

육지면陸地綿, G. hirsutum은 중남미에서 전해져 18세기 미국에서 대량 재배되기 시작하여 남아메리카, 러시아, 동남아시아, 이집트를 제외한 아프리카 등 전 세계에 걸쳐 널리 재배되고 있다.

현재 주로 재배되고 있는 목화는 한해살이초본으로 가지가 많이 갈라지며, 키가 0.6~1.2m이다.

잎은 품종에 따라 2~4개가 손바닥 모양으로 갈라지며, 길이는 5~10cm, 여름에 가지의 잎겨드랑이에서 결과지結果枝가 나와 각 마디에 꽃이 핀다.

꽃은 3개의 포엽包葉에 싸여 있고, 안쪽에 꽃받침이 있다.

목화의 재배와 이용의 역사는 오래 전으로 거슬러 올라가나 그 기원은 명확하지 않다. 현재 파키스탄에 속한 인도 모헨조다로 유적지에서 BC 2500~BC 1500년경의 지층에서 면사가 발굴되었다.

따라서 목화가 고대로부터 인간에게 이용되어 왔고 인도, 페루에서 각각 독자적으로 개발하여 직물을 만들었음이 밝혀졌다.

중국에서는 11세기경부터 중요한 작물로서, 특히 화중華中, 화남華南에서 재배되었고, 아메리카 대륙에서는 콜럼버스가 오기 이전부터 중남미, 서인도제도 일대에서 목화가 재배되고 있었다.

한국에 목화가 전래된 것은 1363년, 공민왕 12년에 원元나라에 서장관으로 갔던 문익점文益漸이 원나라에서 붓뚜껑 속에 목화씨를 숨겨 가져온 후 그의 장인 정천익鄭天益이 재배에 성공, 경상도 산청山淸에서 재배하여 전국 각지에 보급되었다.

정천익의 아들 문래文來가 제사법製絲法을 발명하였으며, 그의 손자 문영文英은 면포 짜는 법을 고안하였다.

문익점이 가져온 아시아면은 방직원료에는 부적당하였기 때문에 점차 육지면으로 바꾸어졌다.

금요일은 금난초

과명은 꿀풀과이고, 분포지는 제주도와 울릉도를 포함한 영호남 지방이며, 개화기는 4~6월 사이다.

여러해살이풀로 산지 낮은 지대나 논 밭둑에서 자라는 자주색 꽃이 아름답다.

자주색 꽃은 윤산화서를 이루고 개화한다. 꽃 몸높이는 10cm 내외로 갓나기 시작한 풀밭 사이에서 자세히 관찰해야만 볼 수 있다. 원줄기가 옆으로 뻗고 전체에 다세포로 된 털이 있다.

윗부분의 잎은 마주 보고 나며, 긴타원형 또는 난형이다.

꽃받침은 5개로 갈라지며 털이 있다. 화관은 순형이며, 길이 1cm 정도다. 수술은 2강 웅예다.

한방과 민간에서 나력 감기 고혈압 두창 등에 약으로 쓰며, 방향식물이다.

토요일은 토끼풀

토끼풀white clover, Trifolium repens. 장미목 콩과의 여러해살이풀.

줄기는 지상으로 40~50cm 정도 길게 뻗으며, 밑부분에서 갈라진 가지가 옆으로 기면서 마디에서 뿌리가 내린다.

잎은 어긋나며 잎자루가 길다. 작은 잎은 길이 15~25mm, 나비 10~25mm로 3개이며, 거꿀달걀꼴로써 잎 끝은 둥글거나 오목하게 들어가 있고 가장자리에 톱니가 있다.

턱잎은 달걀 모양 바소꼴로 끝이 뾰족하다.

잎 표면에는 은백색 무늬가 있고 두상꽃차례로 많은 꽃이 산형傘形으로 달리며 향기가 있다.

유럽이 원산지이며, 목초로 재배하거나 넓은 들판의 조경용 지피식물로 이용한다.

간혹 작은 잎이 4개인 것이 있는데, 4잎 클로버를 희망, 신앙심, 애정, 행복의 상징으로 믿는 유럽에서 이것을 찾은 사람에게 행운이 찾아온다는 전설이 있다.

변종인 라디노 클로버는 화이트 클로버와 형태는 같으나 크기가 2~4배가량 큰 품종으로 사료작물로 쓰인다.

꽃 내력은 퍼온 글을 간략히 정리한 것이다.

한산 스님의 마지막 법문

한산寒山 스님은 당나라 때 천태 시풍현 한암 깊은 골에서 오래 지낸 까닭에 한산이라고 하였다.

그는 승가에서 찾아 보기어려운 매우 파격적인 인물. 요즘 말하는 노숙자 선배격이 될 터이고, 외형 옷차림은 신경을 전혀 쓰지 않는 초탈한 기인의 차림새였다.

지금도 우리 가슴속에 청량한 샘물 줄기를 용솟음치게 하는 그런 신선한 법문이 전해온다.

어느 때 한암에서, 지방 고급관리인 자사 여구윤 거사가 공양을 올리는 자리였다.

몇몇 사람들과 함께 약, 음식, 옷 등 공양물을 챙겨서 깊은 산중에 찾아들었을 때, 한산 스님은 강도 높은 출가 기상의 사자후로써 매우 이례적인 태도를 취하였다.

여 거사가 공양물을 여법하게 올리고 절을 하였을 때에, 한산 스님은 지극히 담담해 하였다. 어쩌면 혹자는 몸으로 감격해서 안절부절 몸들 바를 모르면서, 입으로는 극구 공양의 공덕을 찬탄했을 것이다. 더구나 주위 이목과 자사의 체면을 생각해서 공덕무량功德無量이란 말이 떨어질 법한 일이다.

우리 주위에서는, 금강경에서 무주상無住相 보시 법문을 그렇게 많이 읽고 혹은 듣고 있으면서도, 상相을 버리지 못하기는 마찬가지이다. 목탁 하나, 경쇠 하나를 절에 보시해도 목탁과 경쇠 모서리에 이름 석 자를 새겨두는 세태이다. 간혹 손이 큰 보시자는 시주를 했다는 위세가 등등하고, 여기에 비례해서 살림하는 스님은 그 앞에서 아주 작아진다. 어느 것이나 공짜가 없다는 뜻인가.

원칙을 말한다면 출가자의 인사말로, 고맙습니다, 감사합니다, 하는 말은 보시 정신에 어긋난 표현이다. 왜냐하면 보시란 그런 게 아니기 때문이다. 주어도 주는 자가 없고 받아도 받는 자가 없어야 보시 바라밀을 성취한다. 여기에, 고맙습니다, 감사합니다, 하게 되면 훌륭한 작품에 개칠한 격이 되어 버린다.

한산 스님은 여 거사를 향해 이렇게 법문을 내렸다.

"도적놈아, 도적놈아, 이 도적놈아!"

하고 크게 소리치고는 굴속으로 숨어 버렸다. 이것이 마지막 자취였다.

정말 정신이 번쩍 깨어나게 한 대목이다.

도적놈의 의미는 무슨 뜻일까? 숨긴 바가 전혀 없이 말을 돌려서 은근한 표현법을 쓰지도 않았다. 있는 그대로 드러냈다. 그래서 힘이 있다. 삼계를 생사 윤회하는 중생은 마음 도적놈이지 다른 게 아니다.

천태산에서 기인처럼 은거하기를 즐긴 한산 스님은 도교 불교 유교 등에 박식하였다.

그는 약 300수 되는 시를 나무와 바위에 써서 남겼고, 편집은 국청사 스님이 하였다.

스승인 풍간豊干 화상의 시 2수, 도반 습득拾得 스님의 시 약 50수를 합하여 《삼은三隱 시집》으로 엮어지기도 하였다.

출가 전에는 젊은 혈기로 과거에 응시하여 부귀영달을 꾀하였으나 이 꿈이 좌절되자, 깨달은 바가 커서 철저하게 무소유의 삶을 살았다.

왜 이렇게 살았을까? 인생무상를 느끼고 달관한 삶의 모습은 주옥같은 선시禪詩 속에 살아 남아 있다.

진시 심중화嗔是 心中火　　화는 마음의 불길
소진 공덕림燒盡 功德林　　공덕의 숲을 다 태운다
욕행 보살도欲行 菩薩道　　만약 보살도를 수행하려고 한다면
인욕 호진심忍辱 護眞心　　먼저 자성 참 마음을 보호하라
　　　　　　　　　　　　　　林, 心이 韻

아견 세간인我見 世間人　　내가 본 세간 사람
세이 환부사世而 還復死　　세간에서 살다가 또다시 죽을 뿐
작조 유이팔昨朝 猶二八　　어제까지 아침에 이팔 청춘 젊은이
장기 흉금사壯氣 胸襟士　　혈기가 장한 모습이 흉금에서 넘쳤지
　　　　　　　　　　　　　　死, 士가 韻

여금 칠십과如今 七十過　　이제는 어느새 인생 칠십 고개였어
역곤 형초췌力困 形憔悴　　힘은 부치고 모습은 초췌해
흡사 춘일화恰似 春日花　　봄날에 피어오른 꽃송이 같아서
조개 야락이朝開 夜落已　　아침에 피었다 한데 저녁이면 시들해
　　　　　　　　　　　　　　悴, 已가 韻

무착 문희 스님의 하심下心 공부

당나라 때의 일이다. 앙산 혜적仰山慧寂(840~916) 스님을 만나 깨달음을 성취한 무착 문희無着文喜(821~900) 스님의 일화이다.

앙산 스님은 스승인 위산 영우潙山靈佑(771~853) 스님의 가르침을 받들어서 위앙종潙仰宗을 개창한 탁월한 선사.

"저어기, 오대산은 문수 도량이라, 문수보살이 오만 명 대중을 거느리고 계시며, 주야로 쉴 새 없이 화엄경을 설법하고 계신다지. 나는 이렇게도 번뇌 망상이 많구나. 아, 그렇지. 한시바삐 문수보살을 친견해서 옛 스님들처럼 업장이 일시에 녹도록 해야 하겠다. 자, 망설일 때가 아니다!"

문희 스님은 오대산으로 길을 떠났다. 오대산에 닿아서 종일 나무 그늘에 앉아 문수보살 친견을 발원하였으나, 매미 소리만 요란하고 개미 그림자도 보이지 않았다.

문수보살, 문수보살. 목이 말라 바짝 타오를 뿐 문수보살은 보이지 않았다.

해 저물 녘이었다. 홀연 잠방이 차림의 한 노인이 지나가다가,

"허어, 문수보살을 친견할 수가 있을까?"

하는 말을 던지고는 사라졌다. 문희 스님은 급히 일어나서 노인 뒤를 따라가 보았다. 눈앞에는 고래 등 같은 기와집이 번뜻 나타났다. 좀 지나서 단정하게 차려입은 한 동자가 마중을 나왔다.

방 안에 안내되어 노인이 따라 준 차를 마시면서 이런저런 문답을 전개한다. 요즘 주위의 수행에 관한 이야기 끝에, 문희 스님이 묻는다.

"여기는 수행자가 몇 사람이나 됩니까?"

노인은 화두 같은 말로 대답을 한다.

"전삼삼 후삼삼前三三 後三三이라……."

"전삼삼 후삼삼?"

알쏭달쏭한 말끝에 당황하여 몸둘 바를 몰랐다.

문희 스님이 자리를 털고 밖으로 나올 때였다. 노인이 법문을 게송으로 들려준다.

약인정좌 일수유若人靜坐 一須臾

만약 어떤 사람이 정좌하기를 잠시 동안만 하여도

승조항사 칠보탑勝造恒沙 七寶塔

항하강 모래알만큼 많은 칠보탑을 쌓는 일보다 수승하나니

보탑필경 쇄위진寶塔畢竟 碎爲塵

보탑은 부서져 필경에는 티끌 한 줌으로 돌아가지만

일념정심 성정각一念淨心 成正覺

일념의 청정한 마음은 정각을 이루기 때문이니라.

잠시 동안만 정좌靜坐한 인연을 맺더라도 견성성불見性成佛을 하게 된다는 말씀이다.

문희 스님은 이 노인이 다름 아닌 문수보살의 화현인 줄을 뒤늦게 깨닫는다. 홀연 환영에서 깨어난 문희 스님은 걸망을 챙겨서 오대산을 벗어났다.

"진짜 문수보살이 나타나기만 해 봐라, 그때는 속지 않으리라!"

이런 분한 마음을 먹고 한 걸음 한 걸음 발걸음을 떼어 놓았다. 어떤 상相에 매어 지내는 자신이 가여울 정도였다.

동지 무렵의 일이다. 문희 스님은 공양주를 자청해서 부엌 안에서 복 짓

는 일을 하고 있었다. 수행자의 뒷바라지를 한 힘으로 공부의 힘을 얻고자 하였다.

새벽이었다. 부뚜막 위에 올라앉아서 큰 주걱으로 팥죽을 뒤적일 때였다. 만萬 문수가 팥죽을 쑤는 솥 안에서 보골보골 피어올랐다. 김이 새하얗게 피어오르는 속에서 계속 솟아오르는 문수보살.

이때였다. 문희 스님은 정신이 번쩍 들어 한 손안에 큰 주걱을 꽈나 쥐고 외쳤다.

"문수는 너 문수이고, 문희는 나 문희야!"

그리고는 만 문수의 뺨을 이 뺨 저 뺨 돌아가면서 철썩철썩 쳤다. 훗날 휘호로 붙여진 이름 그대로 무착無着! 어디에도 집착함이 없는 경지에 올라, 다시는 문수의 모습에 끌려 다니는 일이 없어, 통쾌하기 이를 데가 없는 모습이다.

862년 42세 때의 일이다. 홍주 관음원에서 자기보다 세속 나이가 20살 아래인 앙산 선지식을 만나 깨달음을 성취한다. 그때 선지식인 앙산 스님은 새파란 젊은 나이 23살이었다. 백장 스님에서 앙산 스님, 앙산 스님에서 다시 무착 문희 스님으로 법맥이 이어진다.

시비분별을 떠난 진리의 세계에서 가능한 일이다. 스승과 제자 사이에 노소老少를 떠난 예가 옛날 부처님 당시에도 있었다. 10대 제자의 하나인 목련 존자와 사리불 존자의 세속 나이는 부처님보다 10살쯤 위였다.

수류거隨流去

수류거隨流去는 대매大梅 법상法常(752~839) 88세 스님의 법문 선구禪句이다.

배경인 대매산大梅山은 절강성에 있는 산으로, 이 산에는 큰 매화가 많았다고 해서 이름한 것이다.

45세 때의 일이다. 당 정원 12년 796년, 마조馬祖 스님의 법을 이은 법상法常 스님이 천태산에서 이 대매산에 들어가 은거한 데서 대매大梅가 법호로 되었다.

법상法常 스님은 호북湖北 양양襄陽 사람. 속성은 정鄭씨. 동진 출가하여 옥천사玉泉寺에 지낼 때에 불망지不忘智를 얻었는데, 전하는 바에 따르면, 백 권의 책을 읽고 보는 쪽쪽 모두 암송하는 무서운 기억력을 가졌다고 한다.

스무 살 때에 용흥사에서 비구계를 받았다.

이때 스님이 선禪에 뜻을 세우고 스승을 찾아 나선 곳이 마조馬祖 도일道— 스님의 회상이다. 용생용龍生龍 봉생봉鳳生鳳이라, 좋은 스승을 두고 좋은 제자를 둔 것을 찬탄하는 말이 있다.

> 학생 유양사적 재배學生 有良師的 栽培
> 저시전도 최유력적 조연這是前途 最有力的 助緣.
> 공부하는 학생이 좋은 스승 아래서 자라나는 것은
> 전도가 가장 유력한 선근 인연이다.

노사 유영재적 전수老師 有英才的 傳授
저시학계 최미호적 가화這是學界 最美好的 佳話.
노 스승이 영특한 제자를 두어 전수하는 것은
학계의 가장 좋은 미담이다.

경덕전등록 7권과 다른 기록에 따르면 다음과 같은 일화가 있다.
참선 정진을 하던 어느 날이었다. 마조 스님에게 여쭈었다.
"여하시불如何是佛 뭣이 부처입니까?"
마조 스님이 대답하였다.
"즉심시불卽心是佛 마음이 바로 부처!"
한마디 말끝에 홀연 대오大悟하였다.
그 뒤로 대매산에 들어가 은거하며 지낼 때의 일이다.
길을 잃고 헤맨 한 스님이 법상 스님을 만나 잠깐 이야기를 나누다가 길
을 물었다.
"스님, 산을 내려가려면 어디로 가야 합니까?"
법상 스님이 대답한다.
"수류거隨流去 흐름에 따라가시오."
길을 잃었을 때에는 골짜기 물 흐름에 따라가다 보면 아랫마을이 나온
다. 산을 타 본 경험이 있는 사람은 이런 이치를 잘 안다.
좀 깊이 생각하면 삶의 교훈이다. 거스르지 말고 물 흐름에 따라 편하게
살아가라는 뜻이다. 힘들게 사는 건 거스르는 데서 온다. 고생 고생을 하는
경우는 대개 순리에서 벗어난 까닭이다.
우리 눈앞에 전개되는 현상은 변화무쌍하다. 폭포수 같은 순행順行도 있
고 웅덩이 같은 역행逆行도 있다. 잘 나간다고 오만하지 말고 잘못 나가더
라도 위축되어 기죽지 말라는 말씀이다.

　한 스님이 마조 스님의 지시에 따라 대매산에 들어가 도담道談을 나누었을 때의 일이다.

　법상 스님은 야생화野生化하여 들짐승과 다름없는 생활을 하고 있었다. 본래 입은 옷이 있었지만, 세월이 흐름에 따라 몹시 낡아서 벗어 버렸다. 알몸뚱이인 채로 지내는 일이 다반사茶飯事였다. 혹간 사람의 기색이 있어 보일 때면 긴 연잎으로 앞을 가릴 뿐이었다. 먹는 것은 초근목피草根木皮로 해결하였다. 무소유의 삶, 그대로였다.

　방문한 스님이 법상 스님에게 마조 스님의 정황을 전하였다.

　"근일 우도 비심비불近日 又道 非心非佛 근일에는 또 마음도 아니고 부처도 아니라고 말합니다."

　법상 스님이 말하였다.

　"이 노인네가 사람 현혹시키는 걸 그치지 않고 있네! 노인네가 비심비불非心非佛이라고 하더라도 나는 즉심즉불卽心卽佛이여!"

　마조 스님이 법상 스님의 이야기를 전해 듣고 말하였다.

　"매자숙야梅子熟也 매화가 익었구나!"

　이때부터 법상 스님은 명성을 크게 떨쳤다. 제자로 학인은 네 사람이다.

　839년, 개성開成 4년 어느 날이었다. 홀연 대중을 향해 이런 법문을 하였다.

　"내막가거來莫可拒 오는 것을 막지 말고

　　왕막가추往莫可追　가는 것을 잡지 말라."

　이어서 말하였다.

　"이 한 물건 주인공은 다른 사람의 것이 아니다. 여러분이 잘 보호해서 지켜라. 나는 이제 떠난다."

　하는 말을 마치고 열반에 들었다.

노파소암老婆燒庵

불심佛心이 지극한 한 노파가 살고 있었다. 그녀는 자신의 피난처인 부처님과 법과 승가 등 삼보三寶에 생명을 바쳤다.

그녀는 이미 선禪의 깊은 경지에 올라 선사 못지 않은 기량을 지니고 있었다.

노파가 초암草庵에 불을 지른 일화 하나.

화창하게 날이 갠 어느 이른 봄날이었다. 초암에서 참선 공부를 하는 한 수좌首座의 뒷바라지를 10년 넘게 해 오던 노파는 문득 수좌의 공부 정도를 시험하기로 하였다. 연극을 꾸며서 수행의 깊이를 한 번 재 보고 싶었던 것이다.

노파에게는 예쁜 딸아이가 있었다. 젊은 나이의 딸아이는 한창 장미꽃같이 피어오르는 아름다움이 흘러 넘쳤다.

"애야, 내 말을 잘 듣거라. 초암에 들어가서 말이다. 한 번 스님을 시험해 보아라. 어떻게 하는가 하면, 무조건 스님의 무릎에 올라앉아서 스님의 기색을 살펴보아라.

이때, 두 손으로 양 귀를 꽉 잡고 스님 입을 한차례 쭉 맞춰 보아라. 그런 후에 스님에게 질문을 던져 보아라.

스님, 이 경계境界가 어떻습니까? 하고 실수 없이 해 보아라."

그 어미에 그 딸이었다. 대담하게 딸은 연극에 뛰어들었다. 옷을 비단으로 잘 꾸며 입고 천연스럽게 연극을 소화해 냈다.

그리하여 수좌 스님이 한 말이 노파에게 전해졌을 때였다.

"스님이 이렇게 말씀하십니다. 삼동三冬 고목 나무에 차디 찬 바위덩이가 기대어 온 것 같다, 하십니다."

딸아이의 말이 떨어지기가 무섭게 노파가 와락 소리를 질렀다.

"이런, 숭악한 속한俗漢을 보라구!"

노파는 그 길로 내달려가 초암에 불을 질렀다. 수좌가 10년 참선 공부한 결과를 허송세월로 간주한 까닭이었다.

일등 수좌는 가르쳐 주는 것이 아닌데, 사사무애事事無碍이기 때문이다.

이등 수좌는 수류거隨流去 상황의 자연스러운 흐름에 따르는데, 이미 나와 너라는 분별심을 내어 고집해야 할 주객主客 능소能所가 사라졌기 때문이다.

삼등 수좌는 아무 감각이 없다고 맨송맨송한 표정을 짓는데, 공空의 집착에서 벗어나지 못하였기 때문이다. 위에서 예를 든 수좌와 같이, 삼동 고목 나무에 차디 찬 바위 어쩌고저쩌고 하는 부류이다.

열등 수좌는 딸아이에게 탐착하고 마는데, 업력에 끄달려서 색욕에 흔들렸기 때문이다.

경봉 스님의 일화 하나.

참선 공부를 시작한 거사와 초등학생 아이가 극락암에 참배를 갔을 때의 일이다. 차를 한차례 마시고 났을 때, 경봉 스님이 거사에게 말하였다.

"야반 삼경에 문빗장을 만져 보거라."

"……"

거사는 영문을 몰라 잠시 어리둥절하였다. 이때였다. 곁에 따라온 아이가 입을 열었다.

"아빠, 아빠, 그 동네에는 도둑이 많은가 봐요."

공부는 이런 것으로, 즉시 말이 나오지, 머뭇거림이 없다. 어린아이는 천진해서 꾀가 없이 단순하게 대답한다.

어른은 그렇지 못하다. 동쪽으로 가려고 하다가 서쪽으로 멀리 가고 만다.

"왜 삼경일까? 초경, 이경도 있는데…… 초경, 이경에 문빗장을 만지면 안 될까?"

혹은 이런 망상을 피운다.

"곡식 창고를 살펴보고 귀중품을 넣어 둔 서랍을 살펴보지, 왜 하필 대문의 문빗장일까?"

서산 스님의 법문에 이런 말이 나온다.

어생일각 학삼성魚生一角 鶴三聲
고기에게는 뿔이 돋고 학이 세 번 울었다.

여기서도 학이 두 번도 울고 네 번도 우는데 왜 꼭 세 번일까 하고, 의문을 가지면 빗나간다. 고기에게는 뿔이 돋았다, 하는 말에 속아서는 안 된다. 그냥 있는 그대로 보고 들을 줄 알아야 진면목을 알 수가 있는 것이라고 옛사람은 말하였다.

초등학생 아이같이 순진해야, 그 동네에는 도둑이 많은가 봐요, 하는 말이 나온다. 그렇지 않고 어른의 번뇌 망상으로는 안 된다. 3이나 2, 4의 숫자에 매이는 건 문제 핵심을 더욱 흐리게 한다.

답을 맞추고 못 맞추는 데에 있지 않다. 사물을 보는 눈이 바르게 떠져 있어야 한다. 일이관지一以貫之 하나로써 꿰뚫는 것, 하나를 꿰뚫음으로 해서 전체를 꿰는 일이 중요하다.

예양豫讓의 칼

석우石牛 선사가 법상에서 찻잔을 들어 보이면서 대중에게 말하였다.

"대우는 받은 만큼 대우하는 법. 불보살님으로 대우하면 불보살님으로 보답하는 법이다. 너희는 별 볼일 없는 사람으로 객을 대우하지는 않았는가? 그 객은 너희에게 별 볼일 없는 사람으로 대우할 것이다.

자, 이 찻잔은 예양의 칼이다. 잘 참구해 보라."

예양豫讓의 칼에 대한 내력은 다음과 같다. 그는 한나라 때 사마천司馬遷의 사기史記에 나오는 인물이다. 이야기에는 다음과 같은 말이 있다.

"국사우지國士遇之　국사로 나를 대우했다.

국사보지國士報之　나도 그렇기 때문에 국사로 갚는다."

때는 춘추 말기에서 전국 초기로 넘어가는 시기였다.

예양은 진나라 사람. 처음에는 진나라 육경六卿의 범씨范氏와 중행씨中行氏를 섬겼다. 이때 그를 알아주는 사람이 아무도 없었다.

뒷날 예경은 지백智伯이란 대인의 신하가 되었다. 예경을 스승처럼, 친구처럼 극진히 대우해 주었다.

세월이 흘렀다. 지백은 조양자趙襄子와 싸웠을 때에 지백은 패하여 죽고 말았다. 이때였다. 조양자는 지백에게 원한이 사무쳐서 해골에 옻칠을 해서 술잔으로, 혹은 요강으로 썼다고 세간에 전해졌다.

산중에 피신한 예양이 이 소식을 듣고 분개하면서 말하였다.

"사위지자사士爲智者死 선비는 나를 알아주는 사람을 위해 죽고

여위열기자용女爲說己者容 여자는 자기를 기꺼워하는 사람을 위해 얼굴을 다듬는 법이다.

지백 대인이 나를 알아주셨다. 나는 지백 대인을 위해 원수를 갚으리라.”

예양은 성명을 바꾸고 일부러 죄를 지어 죄인이 된 다음, 조양자의 궁중에 들어가 화장실을 짓는 데에서 죄인들과 함께 벽 바르는 일을 하면서 기회를 노렸다.

어느 날이었다. 조양자가 화장실에 들어서자 느낌이 섬쩍지근하였다. 화장실을 조사한 결과, 칼을 품은 예양을 찾아냈다. 예양이 태연히 말하였다.

“지백 대인을 위해 원수를 갚을 생각입니다.”

조양자는 곰곰이 생각한 끝에 그의 의기義氣에 감동하여 예양을 놓아주었다.

예양은 다시 변장한 모습으로 거지 생활을 하였다. 수염과 눈썹을 밀어서 문둥이처럼 하고 얼굴은 전혀 알아보지 못하도록 옻칠을 하였다. 예양이 이 집 저 집 빌어먹으면서 기회를 노렸으나 알아보는 사람이 아무도 없었다.

어느 날 그의 고향 집으로 갔을 때였다. 그의 아내가 달려 나와 그의 목소리를 알아보고,

“얼굴은 아닌데……목소리가 어쩜 그렇게도 그이를 닮았을까?”

하면서 갸우뚱하였다.

예양은 다시 목소리조차 변하도록 하였다. 뜨거운 숯을 삼켜서 전혀 다른 목소리가 나오도록 하였다.

두 번째 기회가 왔다. 조양자의 행차가 있다는 소식을 듣고 예양은 다리 밑에 숨어 있었다. 이때 조양자가 탄 말이 다리 가까이 와서는 걸음을 멈추고 하늘을 향해 히힝 하고 울었다. 조양자의 행차는 멈추었다. 주위를 조사한 결과 예양이 다리 밑에 숨어 있었다. 조양자가 끌려 나오는 예양을 보고 꾸짖었다.

“듣거라. 그대는 처음에 범씨와 중행씨를 섬기지 않았느냐? 지백이 그들

을 죽였다. 헌데 그대는 오히려 지백의 신하가 되었지? 지금 지백은 죽고 없다. 그런데 그대는 무슨 까닭에 그토록 집요하게 지백의 원수를 갚고자 하는가?"

예양이 대답하였다.

"신이 범씨와 중행씨를 섬길 때에는 그들이 저를 보통 사람같이 대우했으니, 저 역시도 그들에게 보통 사람같이 갚은 것이지요. 그러나 지백은 저를 국사같이 대우했으니, 저 역시도 국사같이 보답코자 합니다."

"가엾다, 그대의 처지가. 그대는 이미 지백을 위해 명분이 선 일을 했다. 내 용서도 이것으로 충분해. 자, 그대가 알아서 처신하길 바란다."

"신이 듣건대, 훌륭한 임금은 남의 좋은 일을 말리지 않는다고 들었습니다. 앞서 저를 놓아주심은 천하가 다 훌륭한 임금이라고 칭찬하는 바입니다. 오늘 일은 죽어 마땅합니다만, 마지막 청이 하나 있습니다.

임금님께서 입고 계신 옷을 벗어 주십시오. 신이 옷으로 원수를 갚도록 해 주시면 죽어도 한이 없겠습니다."

조양자가 예양의 의로운 마음에 감동하여 서슴지 않고 웃옷을 벗어 던져 주자, 예양은 칼을 뽑아 들고 껑충껑충 세 번을 날뛰면서 웃옷을 향해 세 번을 찔렀다. 마치 산 사람을 향해 칼을 찌르는 모습과 같았다. 이 일을 마치자 예양은 편안하게 자기 가슴에 칼을 대고 앞으로 고꾸라져서 죽었다. 이 모습을 지켜본 사람은 물론이고 멀리서 이 소식을 들은 조나라의 의로운 선비들은 모두 예양을 위해 눈물을 뿌렸다.

"자, 이 찻잔은 예양의 칼이다. 잘 참구해 보라."

선열당禪悅堂

선열당을 이야기하기 전에 먼저 사식四食을 살펴본다.

다음은 내용과 방법에 따라서 나눈 네 가지 먹는 방법이다. 화엄경 수소연의초華嚴經 隨疏演義抄에 나오는 말이다.

1. 단식段食

단段은 곧 작은 부분으로 나눈다는 뜻이고, 식食은 영양가가 있다는 뜻이다. 사람과 동물이 단식을 위주로 살아간다.

향기와 맛, 감촉香味觸 등 삼진三塵을 근본으로 삼고 뱃속에 넣어 소화를 시켜서 육근에 영양가가 있게 하는 것을 단식段食이라고 한다.

옛 율장에서는 대개 박식摶食이라고 번역하였다. 손으로 덩어리지게 만드는 것을 박摶이라고 하였다. 뒤에 두 손으로 물을 움켜 마시는 것을 박摶이라고 표현할 수가 없어서 마침내 단식段食이라고 번역하였다.

2. 촉식觸食

촉觸은 곧 상대이다. 전5식前五識이 색등色等 여러 경계에 상대하여 부드럽고 말랑말랑하며 섬세하고 미끄러우며 차고 더운 것 등을 감촉하여 기쁨과 즐거움을 낸다. 모두 여러 근根에 자양분이 될 수가 있어서 촉식觸食이라고 말한다. 수상행受想行의 심소心所가 근본이 된다.

전5식前五識은 안식眼識 이식耳識 비식鼻識 설식舌識 신식身識이다. 번역명의주석翻譯名義註釋에서 말한다.

"사물을 보고 애착하는 것도 식食이라고 이름한다. 어찌 촉식觸食이 아닐까? 만약 촉식이 아니라면, 어찌 희극을 보는 등으로, 종일 먹지 않아도 배가 고프지 않을 것인가?"

앵무새·공작 등은 알을 품었을 때에, 어미가 온기로써 즐거운 감촉을 느끼고, 알은 어미의 따뜻한 기운을 서로 느끼는 것을 온식溫食이라고 한다.

사람이 옷을 따뜻하게 입는 것과 깨끗한 물에 목욕하는 것도 촉식의 하나이다.

3. 사식思食

사思는 곧 의사意思이다. 심왕心王인 제육식第六識이 사랑스러운 경계를 생각하여, 희망希望의 뜻을 내어서 육근을 윤택하게 하는 것을 말한다.

마치 굶주리고 목마른 사람이, 음식이 있는 데에 도달한다면, 먹고 마실 수가 있겠구나, 하는 희망을 가져서 몸이 죽지 않는 경우와 같다.

나폴레옹이 알프스를 넘어 이탈리아를 정벌할 때의 일이다. 병사들이 긴 여로에서 기진맥진 녹초가 되었을 때였다. 나폴레옹은 명연설을 하였다.

"병사 여러분, 우리는 이를 악물고 바로 이 알프스 산을 넘어가기만 하면 된다. 저기 산 너머 이탈리아에는 맛있는 음식과 향기로운 술과 아름다운 여자가 우리를 기다린다. 자, 나서라! 프랑스 병사, 용감한 전우들이여!"

거의 쓰러질 듯한 병사들이 다시 일어나 알프스를 넘어서, 전쟁을 승리로 이끌었다.

이런 까닭에 사식思食이라고 이름한다. 제육식第六識이 곧 의식이다.

새끼를 낳을 시기에서 어미 거북은 육지에 나와 모래밭 속에 알을 낳고 다시 물속으로 돌아간다. 이때 알은 어미를 생각하고 잊지 않는 까닭에 바로 썩지 않는다. 만약 어미를 생각하지 않는다면 알은 곧 썩어 버린다.

또 사람이 갈증을 느낄 때에 신맛이 나는 매화 열매를 생각하여 영양가를 얻고 갈증을 잊고, 화두를 공부하는 선 수행자는 화두를 양식으로 삼은

따위이다.

열반의 즐거움을 생각하는 수행자는 열반락涅槃樂이 희망적이어서 배고픔을 이 식識으로 해결할 수가 있다.

4. 식식識食

식識은 잡아 가진다는 뜻이고, 잡아 가진다는 뜻은 곧 제8식이다.

앞서 유루有漏의 세 가지 먹는 방법이, 영양가를 섭취하는 힘을 더욱 키워서, 심왕心王인 제8식第八識 곧 아뢰야식, 장식藏識을 근본으로 삼아, 유정有情의 신명身命이 사라지지 않고 지탱하도록 하는 것을 말한다. 이것은 마치 지옥 중생과 무색계 천의 하늘 사람과 같아서 식식識食이라고 말한다.

의상 스님의 일화에서 볼 수가 있듯이, 수행력이 아주 높은 대덕 스님이 천공天供을 받아먹고 지냈다는 일화가 있다. 예로부터 한 달, 일 년, 혹은 삼 년 동안 물만 마시고 온전히 곡기穀氣를 끊은 선 수행자가 있었다. 이들은 식識으로써 식食을 삼았다.

지옥고地獄苦를 받는 중생은 식식識食을 하지만 먹자마자, 그 음식은 곧 욕화慾火로 변해서 고통을 더해 준다. 하늘 사람은 무엇을 먹겠다는 생각을 내면, 곧 먹는 효과를 가져오는 식식을 한다.

역명의주석譯名義註釋에서 말한다.

"식식識食은 지옥 중생과 무색계無色界 하늘 가운데서 식무변처識無邊處 등 하늘 사람이 식識으로 가지고, 식食으로 삼는다."

선찰禪刹 공양방이나 선방 앞에는 선열당禪悅堂 판이 붙어 있다. 선 수행자는 선정 삼매 속에서 그윽한 즐거움으로써 식識을 삼는다는 뜻이다. 이 단계는 이미 유루有漏의 식食이 아니다. 무궁무진한 무궁천無窮泉인 지혜의 샘, 반야의 샘에서 식食이 흘러 넘친다. 감로수甘露水, 불로불사不老不死의 묘약妙藥이다.

학륵나 존자

부처님 이후 조사로서 스물 세 번째인 학륵나鶴勒那 존자는 월지국의 바라문 출신이었다.

그는 동진 출가를 하였으나, 수행에 진전이 없이 허구한 세월을 덧없이 보냈다.

그러던 어느 날이었다. 그가 절 밖으로 포행을 나갔을 때였다. 이상스럽게 학 떼가 주위에 몰려와 다녔다. 그 숫자는 수백 마리를 헤아렸다.

마침 이 무렵에, 마라라摩拏羅 존자가 월지국에 와서 법문을 하고 지낸다는 이야기를 듣고, 학륵나는 마라라 존자에게 참배를 가서 여쭈었다.

"스님, 무슨 까닭에 학 떼가 제 주위를 맴돌았습니까?"

마라라 존자가 말하였다.

"그건 바로 네 전생의 인연인 거야! 네가 공양 초청을 받아서 여러 제자들을 데리고 용궁에 갔던 일이 있었지. 그때 공양 초청에 따라가서 큰 공양을 받은 박복한 제자들이 학의 몸으로 과보를 받았던 거야! 제자들이 공부를 잘 하지 않았으면서, 큰스님이나 받는 공양 초청 자리에 경솔하게 응한 것인데, 그 경솔한 과보로 몸이 아주 가벼운 새의 몸을 받은 게야!"

"그럼, 이들을 해탈시키는 방법이 있습니까?"

"이렇게 하게나. 학 떼가 모이거든 해탈의 법문으로 게송 한 구절을 일러주게."

이렇게 마라라 존자가 대답하고 게송을 말하였다.

심수 만경전心隨 萬境轉   마음이 세속을 따라 굴러도
전처 실능유轉處 悉能幽   구르는 데마다 다 해탈의 땅이어라
수류 인득성隨流 認得性   세속을 따라가도 근본을 지키니
무희 역무우無喜 亦無憂   기쁨과 근심거리는 잡아매지 못하네.

다음은 이 게송의 직역이다.

마음이 만 경계를 따라 굴러도
구르는 데마다 능히 다 그윽하다
흐름을 따라가도 성품을 알아차리면
기쁨이 없고 근심 역시 없다.

학륵나는 스승의 가르침대로 학 떼를 향해 이 게송을 읊었다.

이때 학 떼는 게송을 듣고 나서 모두 사라졌는데, 학의 몸에서 모두 벗어났다고 한다.

그 후 학륵나는 스승의 뒤를 이어 제23조 조사가 되었다.

여기서 화제를 옛날 소위 〈쟁이〉란 업의 이야기로 바꾼다.

뱀을 아주 잘 그린 그림쟁이는 죽어서 뱀 몸의 과보를 받았고, 말을 아주 잘 그린 그림쟁이는 죽어서 말 몸의 과보를 받았다는 이야기이다. 또한 새우를 잘 그린 그림쟁이는 죽어서 새우 몸의 과보를 받을 게 분명하다.

이 까닭은 그림쟁이 모두가 그림 자체에서, 뱀이면 뱀, 말이면 말, 그 대상인 뱀과 말에서 집착심을 버리지 못한 탓이리라. 업의 흐름에 따라가서 근본 자성自性을 잃은 탓이리라.

예를 들면, 컴퍼스가 원을 그릴 때에, 중심을 한 번 이탈하면 원이 그려지지 않는 이치이다. 왜냐하면, 컴퍼스가 구심점을 잃었기 때문이다.

옛말에도 암만 호랑이에 물려 가더라도 제정신을 차리면 살길이 열린다는 말이 있다. 밖의 온갖 경계에 따라가더라도 헛것에 팔리지 않는 마음, 그래서 마음이 희로애락에 빼앗기지 않는다면, 뱀을 그려도 뱀 몸의 과보를 면할 것이고, 말을 그려도 말 몸의 과보를 피할 것이다.

이로써 볼 때, 염불문의 뜻을 생각하지 않고 오직 소리만 곱게 내서 염불을 하는 사람은, 앵무새 과보를 면키 어렵고, 절을 무수히 계속하지만, 전혀 참회와 하심이 따르지 않는 사람은, 방아깨비 과보를 면키 어렵고, 참선을 한다고 우두커니 앉아 졸음과 망상을 떠나지 못한 채, 이것이 선禪이라고 고집하는 사람은, 앉은뱅이 과보를 면키 어려울 것이니, 이 까닭은 모두가 근본에서 이탈하였기 때문이다.

자성심自性心을 떠난, 거짓 모양을 따르는 무리는 옛날이나 지금이나 다름이 없는 모양이다.

다음과 같은 말에도 팔리는 경우가 흔히 있다. 오죽했으면, 이 시대에 수행자가 귀한 까닭에 그런 외형적인 일에도 대접을 받는가 본다.

"그 도인은 몇 년 동안 어느 산에서 내려오지 않고 지냈다."

"그 수행자는 말을 끊고 몇 년 동안 묵언을 하고 지냈다."

"그 선지식은 몇 년 동안 잠을 자지 않고 앉아서 정진하고 지냈다."

"저분은 하루에 밥을 한 끼니만 먹고 지낸다."

그러나 이런 말에 속아서는 안 된다.

잠은 잘 때 자고, 밥은 먹을 때 먹고, 말은 할 때 해야 정한 이치이다. 산에서 몇 년 동안 안 내려온 것이 자랑일 수가 없는 데도 우리는 그 말에 속아 살고 있다. 말할 것도 없이 중요한 것은 그 내용이다. 산에서든지, 도심에서든지, 그가 무엇을 하고 지냈느냐가 내용으로 문제되어야 이 시대 바른 수행의 길이 크게 열릴 것이다.

닭 벼슬보다 못한 스님 벼슬

한 50여 년 전의 일이다. 큰스님네가 함께한 자리. 언제 어느 장소인지 알 길이 없다.

먼저 용성龍城 스님이 안수정등岸樹井藤 공안公案을 내었다. 무상한 삶을 비유한 불교문학의 내용이다.

"스님네께서는 안수정등岸樹井藤 이야기를 잘 알고 계시겠지요?

광야에서 광폭한 한 마리 코끼리가 나그네를 보고 질풍같이 달려옵니다. 급한 김에 나그네는 주변에 있는 우물 안으로 내려 들어갑니다. 마침 등나무 덩굴이 아래로 늘어뜨려져 있었습니다.

헌데 여기에도 위험이 도사리고 있었습니다. 흰쥐 검은 쥐 두 마리가 등나무 덩굴을 갉아 내고 있고 발 아래는 네 마리 독사가 꿈틀거리면서 위를 향해 위협합니다.

다행스런 것은 벌통이 머리 위에 있습니다. 허기진 배를 단 몇 방울 꿀물이 있어서 이것을 받아먹느라고 다소 위안이 됩니다. 지금 매달린 두 팔은 빠질 듯이 매우 아픕니다.

이렇게 사람이 생사 기로의 위기에 몰려서 등나무 덩굴에 대롱대롱 매달려 있는 것입니다.

그때 몇 방울이 안 된 꿀 방울에 입맛을 다시고 있는 자가 바로 우리입니다. 이런 때를 당해서 스님네는 무엇이라고 이르시겠습니까?"

먼저 만공 스님이 대답하였다.

"어젯밤 꿈속의 일이오〔昨夜夢中事〕."

혜봉 스님이 대답하였다.

"알래야 알 수가 없고 모를래야 모를 수가 없소〔念得不明〕."

고봉 스님이 대답하였다.

"아야, 아야!" 하고 크게 고함을 쳤다.

이때 전강 스님이 말하였다.

"달~다!" 하고는 천연스럽게 입맛을 다셨다.

전강田岡 스님을 통해서 한국의 육조 스님 모습을 본다.

스님은 학문보다는 실 수행 위주였고 뛰어난 변재를 가지고 법석에서 사람을 웃기고 울렸다. 남아 있는 녹음 법문을 통해서 뒷사람은 평한다.

"가장 법문다운 법문, 간절한 공부 법문이 바로 이런 법문이다."

생생한 체험 이야기이며 철저한 활구活句 참선이었다. 이런 법문은 제자인 송담松譚 스님 역시 예외가 아니었다.

스님은 무술戊戌년 1898년 11월 16일 전남 곡성군 입면 대장리에서, 아버지 동래 정鄭씨 정해룡鄭海龍, 어머니 황계수黃桂秀 사이에 태어났다.

어려서 가출하여 택한 최초의 직업은 대장간 풀무질이었다. 이때 조그만 도둑질을 한 게 평생 마음에 남는다고 술회하였다. 놋쇠 조각을 주워 모아 두었다가, 주인 몰래 땅속에 묻어 숨겨서 돈으로 만들어서 썼던 것이다.

좀 지나서는 동네에 유기를 지고 팔러 다니는 행상이 되었다. 이때 유기 장사를 해서 번 돈으로 집에 돌아가 부모 제사 모시는 효성심이 있었다.

유기그릇 장사를 하다가 한 스님을 알게 되었다. 이것이 불문佛門과의 최초 인연인 셈이다.

16세 때인 1913년에 출가를 하였다. 전남 곡성군 옥과면 소재 관음사에 출가하였을 당시는 대처승 절이었다.

관음사를 떠나 순천 송광사로 걸어갔다. 송광사에서 한 30리 못 미쳐 왔을 때, 신작로에서 농부에게 송광사 가는 길을 물었다. 농부는 남루한 옷차림새를 훑어보고는 이렇게 말하였다.

"너 같은 애는 큰절 송광사에서 받아 주지 않는다."

스님은 실망해서 다시 해인사로 무거운 발길을 돌렸다.

17세 때인 1914년에 계를 받고 스님이 되었다. 법명은 영신永信이고 은사는 인공印空 스님이며 계사는 응해應海 스님인데, 혹은 다른 데서 제산齊山 스님이 은사이자 계사였다고도 말한다.

오도悟道는 전남 곡성 태안사에서 하였다.

23세 때인 1920년은 삼일운동 이듬해. 견성오도는 경허鏡虛 스님이 열반을 후 10년쯤 지난 때였다. 만공 스님의 법맥을 잇고 제77대 조사가 되었다.

33세 때인 1930년에 영축산 통도사 보광선원 조실 소임을 맡아 참선 납자를 지도하였다. 이어서 조실로 법주사 복천 선원, 동화사 선원, 범어사 선원, 천축사 무문관, 용주사 중앙 선원 등으로 교화의 길에 올랐다. 그러나 종단의 크고 작은 직책에는 단호하게 눈을 돌렸다.

"닭 벼슬보다 못한 스님 벼슬!"

그렇다. 버리고 떠난 자리에 무슨 닭보다 못한 출가자의 벼슬이 있으랴?

마지막 회향처는 인천 주안 용화사 법보 선원. 이곳 주안 염전鹽田 옛터에서 10년쯤 지내다가 78세를 일기로 열반에 들었다. 1975년 1월 13일의 일이다.

선원 운영과 천도재 봉행은 명분과 실리. 법보 선원은 이런 원리로 번창해서, 도심지 선원의 대표적인 성공 사례로 꼽힌다. 더 나아가 설악산 산중 기슭에 법보 선원의 오색 선원 분원이 개설되어 돋보이게 날로 발전하고 있다.

니우입해泥牛入海

선림禪林 용어.

자취가 없어지고 소식消息이 끊어진 것에 비유하며, 곧 한번 가 버리고 나면 다시 돌아오지 않는다는 뜻이다.

진흙 소[泥牛]는 중생의 사량분별思慮分別 작용에 비유比喩한 말이다.

이런 까닭에, 진흙 소가 바다에 들어간다[泥牛入海]라는 말은, 바른 것과 기울어진 것, 평등과 차별이 서로 뒤섞인 것에 비유한다. 또한 진흙 소가 큰 바다 가운데에 들어가 곧 녹아 버리면, 그 모양이 사라진다. 이런 까닭에, 사람이나 사물이 한번 가 버리면 다시 돌아오지 않아, 소식이 털끝만큼도 없는 것에 비유한다.

경덕 전등록景德傳燈錄 卷八 용산 화상장龍山和尙章에서는 말한다.

동산洞山 스님이 용산龍山 스님에게 물었다.

"견개십마도리見箇什麼道理

무슨 도리를 보셨습니까?

변주차산便住此山

곧바로 이 산에 머무르시게."

용산 스님이 말하였다.

"아견양개니우투입해我見兩箇泥牛鬪入海

저는 진흙 소 두 마리가 싸우다가 바다로 들어가는 것을 보았는데

직지여금무소식直至如今無消息

여태껏 소식이 없습니다."

선요禪要에는 고봉(高峰, 1238~1295, 58세, 법납 43세) 스님의 오도송이 실려 있다. 대웅전 주련에서도 간혹 찾아볼 수가 있는 유명한 게송.

해저니우 함월주海底泥牛 啣月走

암전석호 포아면巖前石虎 抱兒眠

철사찬입 금강안鐵蛇鑽入 金剛眼

곤륜기상 노사견崑崙騎象 鷺鷥牽

바다 밑 진흙 소는 달을 물고 달리고

바위 앞의 돌 호랑이는 새끼를 안고 자는구나

쇠 뱀은 금강의 눈을 뚫고 들어가

곤륜이 탄 코끼리를 백로가 끌고 가는구나.

고봉高峯 스님의 법문은 구구절절이 몸소 겪으신 진실한 말씀으로, 경험 없는 사람들이 남의 경험담을 듣고 하는 허망한 말과는 다르다고 평한다.

고봉 스님이 말하였다.

"공부하는 사람은 모름지기 화두 살피기를, 마치 기왓장을 만 길 깊은 못 속에 던져서, 곧장 쉬지 않고 밑바닥으로 가라앉는 것과 같이 하라. 이렇게 하였는데도, 만약 7일 안에 깨닫지 못하였다면, 내 머리를 자르라!"

사관死關은 고봉 스님의 수행 정신이다. 화두를 든 사람은 이마 위에 죽을 사死 자를 써 붙이고 다녀 생사生死 문제를 하루 한시도 잊어서는 안 된다는 뜻이다.

경전에 나오는 이야기. 사형이 집행되는 순간이었다. 사형수에게는 다른 생각이 없었다.

사형수가 기름이 가득 담긴 발우를 들고 공원 한 바퀴를 돌고 오되, 기름을 한 방울도 흘리지 말아야 한다는 것이 왕의 엄명이었다. 사형수는 이 극한 상황 시험대에 올라, 사활을 건 마지막 대결을 하였다. 사형수 뒤에는 칼을 든 무사가 바짝 따라붙었다. 만일 기름을 흘리는 날에는 사형을 그 자리에서 집행하기 위해서이다. 이런 삶과 죽음의 긴박감이 있는 공부가 사관死關인 것이다.

1257년 20살 때에 사관死關을 내걸고 정자사淨慈寺에 들어갔다. 3년 안에 깨닫지 못한다면 그대로 죽겠다는 각오였다.

1261년 3월 16일, 24살 때의 일이다. 밥 먹고 잠자는 일을 잊을 정도로 깊이 화두 참구를 하기 시작하여, 타성일편打成一片이 되었다. 타성일편이란, 모든 사량 분별하는 마음을 떠나, 천차만별의 사물이 하나로 되는 단계이다. 마치 쐐기가 박힌 것처럼, 더 이상 옴짝달싹 화두가 빠지지 않았다.

같은 해 3월 22일, 달마 스님 재일에 조사당에서 오조 법연法演 화상의 영찬靈讚을 읽다가, 화두, 송장을 끌고 다니는 이놈을 깨달았다.

1274년 37살 때에 밤중에 잠을 자다가, 옆에서 목침을 베고 자던 도반이 잠 정신으로, 잘못해서 베고 있던 목침에서 미끄러져 크게 굴러 떨어지는 소리에 크게 깨달았다. 1279년 43세 때에 천목산天目山 서쪽 봉우리 사자암에 걸망을 풀고 일생을 지낼 생각을 하였다. 거처인 바위 동굴에는 이곳을 오르내리는 사다리를 치우고 다른 사람이 오는 것을 막았다.

1281년 46세 때에 사관死關이라 하여 장공동張公洞으로 들어가 문밖으로 모습을 보이지 않았다.

고봉 스님의 열반송 역시 사관死關이다.

내불입사관來不入 死關　　올 때에도 사관을 들어오지 않고
거불입사관去不入 死關　　갈 때에도 사관을 나가지 않느니라
철사찬입해鐵蛇 鑽入海　　쇠 뱀이 수미산을 뚫고 들어가
당도수미산撞倒 須彌山　　수미산을 쳐서 무너뜨리는 구나.

선방의 복룡과 봉추

그때에 정말 선방에서 진땀을 빼고 지냈던 때가 그립다. 줄잡아 선방 생활은 6하六夏 안거安居였다.

공부가 잘 안 된 편이었지만, 오나가나 공부 한 생각에 몰두하여 퍽 진지했다는 생각이 든다. 가장 공부다운 공부를 한 시기가 아니었는가 싶다.

이때에 내 주위에는 선기禪機가 번득이는 수좌가 있었다. 삼국지의 재사才士 가운데 한 사람일 것이라고 하였다. 우스운 말이지만 나도 그 재사의 말석에 끼어 있었다.

삼국지 한 대목에는 다음과 같은 내용이 나온다.

어느 날이었다. 쫓겨서 도망쳐 다니는 유비劉備에게 사마휘司馬徽는 조언한다.

"살펴서 들어 보시오. 복룡伏龍과 봉추鳳雛 두 사람 중 한 사람만 얻어도 천하를 평정할 수가 있습니다."

제갈공명諸葛孔明은 와룡臥龍 혹은 복룡伏龍, 즉 누워 있는 용으로 불렸다.

방통龐統은 봉추鳳雛, 즉 봉황의 새끼로 불렸다.

용과 봉황은 현실에 없는 상서로운 길동물吉動物이고 길조吉鳥인데, 제갈공명과 방통은 그만큼 당대에 쌍벽을 이루는 뛰어난 인물이었다.

어느 해였다. 지대방에서 이야기를 나누다가 문득, 대중 가운데서 이런 제안이 나왔다.

"지대방 조실도 조실이니, 법담이든 이야기든 돌아가면서 해서 조실 뽑기 대회를 열어요."

곁에서 영문을 모르는 스님 하나가 물었다.

"뭐, 조실 뽑기 대회?"

"네, 그래요!"

다시 분위기가 고조되었다.

"하하, 그것 좋구먼!"

이렇게 해서 봉추라는 스님, 달마라는 스님, 와룡이라는 내가 이야기를
차례로 해서 진행되었고……. 그 결과 나의 느닷없는 돌출 발언으로 조실
아닌 조실로 내가 뽑혔는데, 한 고참 스님은 노가리 존자라고 악평하여 한
동안 자숙하는 뜻에서 묵언도 해 본 적이 있다.

벌써 옛이야기가 되었으니.

임제 스님의 분한 마음

벽암록 상권 제11칙의 내용이다.

당나라 때의 일이다. 선종이 활기를 띤 황금시대에 기봉機鋒이 아주 높은 황벽 스님의 회상에서였다.

목주睦州 스님은 그 선방에서 수좌首座였고, 임제臨濟 스님은 평 대중 가운데서 그냥 정진에만 몰두하는 착실한 스님이었다.

어느 날이었다. 목주 스님은 임제 스님이 정말 화나는 일을 하였다.

목주 스님이 임제 스님에게 다가가서 물었다.

"스님, 오랫동안 여기에 지내면서, 왜 법을 물으러 가는 일이 없지요?"

임제 스님이 공손히 되묻는다.

"제가 무엇을 물으면 되겠습니까?"

"왜 가서, '무엇이 불법佛法의 뚜렷한 대의大義입니까?' 하고 묻지 않습니까?"

임제 스님이 바로 가서 '무엇이 불법佛法의 뚜렷한 대의大義입니까?' 하고 묻고 황벽 스님의 법문을 기다렸을 때였다. 황벽 스님이 느닷없이 장군죽비로 때려서 임제 스님을 내쫓았다. 정말 분통이 터질 일이었다. 가만히 있는 사람을 건드려서 죽도록 매만 맞도록 한 것이다.

이렇게 거듭 세 차례나 당하였다. 분을 참지 못한 임제 스님은 이젠 더 있을 필요를 느끼지 않았다. 황벽 스님의 회상에서 떠나려고 하면서 목주 스님에게 말하였다.

"스님, 저는 수좌 스님이 시키신 대로 세 차례나 방장 스님께 여쭈었으나, 두들겨만 맞고 쫓겨 나왔습니다. 아마 여기는 인연이 없는 것 같습니다. 이만 하산하겠습니다.”

“좋아요. 그렇게 떠나려거든 꼭 방장 스님께 인사를 드리고 떠나는 게 좋겠소.”

그리고는 목주 스님이 미리 방장 스님께 가서 말하였다.

“스님, 종전에 질문을 한 스님은 아주 얻기 어려운 인물입니다. 스님께서는 어찌하여, 땅을 파서 한 그루의 나무를 길러, 후인에게 시원한 그늘이 되게 하시질 않습니까?”

“나도 알고 있다.”

임제 스님이 찾아와 하직인사를 하자, 황벽 스님이 이렇게 말하였다.

“자네는 딴 곳으로 가서는 안 돼. 곧바로 고안高安 여울가 대우大愚 스님을 친견하시게나.”

임제 스님이 대우 스님을 뵙고, 종전에 있었던 일을 다 이야기해 드리고 나서 이렇게 여쭈었다.

“스님, 제 허물이 어디에 있는지 모르겠습니다.”

대우 스님이 말하였다.

“허허, 황벽 스님이 그처럼 노파심으로 간절하게, 자네를 위해서 사무치게 수고를 했는데, 다시 무슨 허물이 있고 없는 것을 말하느냐?”

임제 스님이 홀연 크게 깨닫고 말하였다.

“황벽의 불법이란, 참으로 핵심을 찌르는 것이구나!”

대우 스님은 임제 스님의 멱살을 움켜주고 말하였다.

“네가 아까는 허물이 있고 없는 것을 말하더니만, 이제는 오히려 불법이 핵심을 찌른다고……?”

임제 스님이 대우 스님의 갈비뼈 아래를 주먹으로 세 번 치자, 대우 스님이 밀치면서 말하였다.

“네 스승은 황벽 스님이야. 나와는 상관이 없어.”

목주 스님과 황벽 스님이 아니었던들 어떻게 분한 마음을 냈을까. 분한 마음이 꽉 차 오를 때에 공부 의욕도 매우 높아진다는 사실이다.

인터넷에서 질문을 한 청신녀는 임제 스님을 한번 돌아보면 좋을 것이다.

"스님, 안녕하세요. 제 나름대로 열심히 기도 정진한다고 하지만 어쩔 수 없이 힘들어 하고 있는 중생입니다.

다름 아니라, 제가 남편이나 자식들 때문에 힘들어 하지만, 남편이나 자식한테 잘못이 있어서가 아니라, 모든 게 제 업의 결과라고 생각합니다. 저의 생각이 맞는지요. 그리고 어떻게 하면 힘들어 하지 않고 상대를 미워하지 않고 생활을 할 수가 있는지요?

저의 업이라 생각하면서도, 힘든 것은 중생이기에 어쩔 수 없나 봅니다. 백중 기도 기간이라, 맞서서 다투지 않으려 참는데 하루 하루가 힘이 듭니다.

남편이 너무나 짜증을 내서 말을 해도, 대꾸를 하지 않고 화가 나지만 업이라 생각하고 참습니다. 그러나 사실 너무나 힘이 듭니다.

이럴 땐 어떻게 해야 하는지요?"

고인이 말하였다.

"쐐기가 박혀서 빠지지 않다가 한꺼번에 통 밑이 쑥 빠지는 것처럼 깨달음이 있는 법이다."

이 쐐기를 박는 일의 하나가 바로 분한 마음이다.

아쉽게도, 우리 주위에는 속을 확 뒤집는 소리를 하는 사람이 그리 흔치 않다. 그런 사람을 만나면 큰 보살을 만나는 것이다.

그리하여, 잘 알고 보면 고마운 분들이니, 도처에서 속을 확 뒤집는 사람들은, 바로 불보살의 화현이며, 화가 나게 하는 사건은 모두가 예정된 각본일 것이다.

아난 존자

영화 서편제에서, 아버지가 딸에게 말하는 대목은 듣는 사람에 따라 법문으로 들린다.

"송아야, 넌 앞을 못 보면, 한이 있을 법한데, 어찌 그리 한도 없냐? 넌, 목소리만 곱지, 한이 없어! 목소리에 한이 없단 말이야!"

한恨은 참선자參禪者에게도 해당되는 말이다.

"참선자는 한이 있어야 한다. 자세가 곱고 마음이 편한 것으로 정진을 삼아서는 안 된다."

옛 아난 존자의 일화가 있다. 불멸 후 3개월, 혹은 6개월이 지난 때였다. 칠엽굴七葉窟 안으로 들어가려던 아난 존자가 아라한 과를 얻지 못하여서 제지를 받았을 때였다. 칠엽굴 안은 깨달음을 얻은 사람만 들어가서 부처님의 법문을 정리하여 결집하는 곳이다. 이때 마하가섭摩訶迦葉 존자의 심한 꾸지람을 받고 충격을 받는다.

머리가 좋고 용모가 빼어난 아난 존자, 더구나 부처님의 전속 시자로 20여 년을 모신 입장에서 당연히 칠엽굴 안으로 들어갈 것이라고 믿었던 아난 존자였다. 분한 마음에 잠이 안 온 아난 존자는 그때 교족翹足 정진을 한 것으로 알려졌다. 교족 정진은 오리나 닭이 잠을 자는 모습과 같이, 한 발을 들고 서서 정진하는 모습이며, 혹은 발뒤꿈치를 들고 서서 정진하는 모습이다. 공부 한 가지에 몰두하기 위해서는 낭떠러지 위에 극한 상황으로 자신을 내몰았던 것이다. 마음에 충격을 받아서, 먹고 자고 마시는 것을 온전히 잊고 아무 데도 손을 붙일 수가 없는 이때가 일을 이뤄내는 절호의 기회이다.

아난阿難 존자의 범명은 ananda, 팔리어도 같다. 부처님의 10대 제자의 한 사람. 갖추어 말하면 아난다阿難陀이며, 의역은 환희歡喜, 경희慶喜, 무념無染이다. 용맹 정진으로 아라한 과를 얻어서 뒤늦게 칠엽굴에 들어간 아난 존자는 여러 차례 경전결집 모임에서 경문經文의 송출자誦出者로 뽑힘으로써, 경전 법문을 되살려 전법하는 데에 공적이 매우 컸다.

아난 존자가 갖춘 여덟 가지 법〔阿難具八法〕이 있다.

북본北本 열반경涅槃經 卷四十에 따르면, 부처님이 문수사리文殊師利 보살에게 아난 존자가 갖춘 여덟 가지 법을 설하셨으며, 12부경十二部經, 十二分教을 잘 기억한 까닭에, 아난 존자를 다문장多聞藏이라고 하셨다. 여덟 가지 법은 다음과 같다.

1. 신근견고信根堅固

믿음〔信〕은 곧 믿고 따르는 신순信順이며, 근根은 곧 잘 낳는다는 능생能生의 뜻. 아난 존자가 여래가 말씀하신 12부경을 듣고, 견고하게 믿고 따라서, 이런 까닭에, 신심이 모든〔一切〕 선법과 공덕을 잘 생장生長시킴을 말한다. 큰스님을 시자한 것만으로 호가호위狐假虎威하여, 자칫 교만에 빠지기 쉬운데도 아난 존자의 경우는 대단한 것이다.

2. 기심질직其心質直

질質은 곧 질박質朴의 뜻이다. 아난 존자가 12부경十二部經을 들은 뒤에, 그 마음이 질직하여, 항상 정법에 의지하여 머물며, 허망하고 삿된 견해를 영원히 떠난 것을 말한다.

3. 신무병고身無病苦

아난 존자가 누겁 동안 훈수熏修하여, 이타利他의 선행이 헤아릴 수가 없을 만큼 많아서, 그런 까닭에 몸에 병고病苦가 없음을 말한다.

4. 상근정진常勤精進

뒤섞이지 않음으로써 정精을 삼고, 틈이 없음으로써 진進을 삼는다. 아난 존자가 12부경十二部經을 들은 뒤에, 일심으로 수지受持하고, 여법如法하게 수습修習하여, 게으름이 없음을 말한다.

5. 구족념심具足念心

아난 존자가 12부경十二部經을 들은 뒤에, 마음이 항상 기억하고 생각하여 잊혀지지 않도록 함을 말한다.

6. 심무방만心無放慢

아난 존자가 12부경十二部經을 들은 뒤에, 모두 잘 기억하여 마음이 방일放逸치 않으며, 또한 대중에게 오만하지 않음을 말한다.

7. 성취정의成就定意

아난 존자가 12부경十二部經을 들은 뒤에, 이 법에 의지하여 그 마음을 수섭修攝하여 선정禪定을 성취함을 말한다.

8. 종문생지從聞生智

아난 존자가 12부경十二部經을 들은 뒤에, 의취義趣가 무량하고, 지혜가 더욱 밝게 되어, 요달치 못함이 없음을 말한다. 이외에, 아난 존자가 부처님의 상수제자常隨弟子인 것처럼, 후세에 총림에서도 드디어 구족한바 8법은 담임 시자 직위의 사람이 필수 구비해야 할 바의 덕행이 되었다.

아이 같으신 스님

만년필 하나가 어른 스님의 천진함을 생각하게 한다. 질 좋은 펜촉인 이 만년필은 조계산 그해 여름에 시자 시절에 스님이 주신 것이다.

소중한 만년필 탓인지 자주 쓰는 편은 아니다. 책 사인용이라는 말이 어울리는데, 요즘 새로 책 한 권을 내고 더 자주 이 만년필을 쓰면서 스님을 생각한다. 한 스승의 아이 같으신 모습이 체온처럼 따스하게 전해온다.

어른 스님이 처음 외국에 가셨을 때, 그때에도 그림엽서 한 장을 소탈하게 써서 보내 주셨다. 엽서의 끝에는 1992년 1월 26일 LA 라고 적혀 있다.

물이 흐르는 듯한 매끄러운 글씨는 읽을 때마다 기쁨이 크다.

길 떠나올 때 마침 부재중不在中이라 만나지 못하고 왔소. 따뜻한 햇볕과 바다가 있소. 이곳에서 가지고 온 일거리 하면서 별일 없이 지내고 있소. 토굴土窟에서는 혼자였는데 이곳에 와서 승가僧伽를 이루어 중노릇을 익히고 있는 셈이오. 이곳에 와서 생각한 바인데 단순한 삶이 얼마나 본질적인 삶인지를 시시로 부딪쳐 새기고 있소. 잠 귀신 붙은 의자와 함께 지내고 있소.

어른이 아이와 같이 천진하게 행동하면 더 젊어지고 아이가 어른 흉내를 내면 쉬 늙어진다고 한 옛말이 있다. 어른 스님은 늘 유머가 넘쳤다.

잠 귀신 붙은 의자는 내가 LA에서 썼던 의자다. 왜 잠 귀신이 붙은 의자라고 하신 것인지는 설명이 좀 필요할 것 같다.

처음 내가 외국에 나가 시차에 시달리는 동안 내내 의자에서 잠을 자고 지냈다. 낮 동안에 침대나 방바닥에 눕는 일이 익숙하지 않아 방편을 쓴 것이다. 어른 스님보다 먼저 미국 생활을 했을 때의 이야기다.

어느 휴일에 가든 세일 벼룩시장에서 거금 20여 달러를 주고 구했다. 뒤로 약간 넘어간 안락의자로 재료는 등나무로 뼈대를 세운 것이다.

내가 낮에 그냥 앉기만 해도 잠이 사르르 왔다.

절의 공양주 노 보살님이 이것을 보고,

"참, 스님은 저 의자에 앉기만 하면 졸아요. 호호."

하였다. 호기심이 많은 어른 스님도 잠 귀신이 붙은 이 의자를 이용하신 것이다. 이 의자에서 한두 시간은 편히 잘 수가 있고 그 이상은 어렵다. 허리가 괴여서 아프기 때문이다.

엽서 뒷면은 바닷가의 풍경을 배경으로 수영복 차림의 사람들이 남녀 가릴 것이 없이 북적대는 모습이다.

조금 지위가 높아져도 어른인 체하는 사람들에 비해 얼마나 편안한지 모른다. 어른이라는 상을 내는 모습이 전혀 없어 부담이 없다.

가야산 백련암에서 성철 스님의 이런 일화가 있었다.

큰스님이라고 대접을 받기 좋아하는 한 스님이 주위 몇몇 스님과 함께 성철 스님께 설날 인사차 갔을 때였다. 대본산 주지를 지내고 그 뒤에 종단 어른으로 총무원장을 지낸 스님이다. 절을 세 차례 올리고 법문을 청하였을 때, 성철 스님이 느닷없이 말씀하셨다.

"너, 그동안 많이 컸어, 제법 어른이구나!"

그때 큰스님이라고 대접 받기를 좋아한 스님은 얼굴이 벌개져서 어쩔 줄 몰라 했다. 주위 스님들도 깜짝 놀랐음은 물론이다.

법문으로 친다면 이보다 큰 법문이 없고, 이런 말씀을 서슴없이 던지는 성철 스님 역시 천진한 아이 같으시다.

흰 고무신

"아니, 어느 분이 이렇게 깨끗이 씻어 놨어요?"

내가 주위 스님에게 물었다. 알고 보니 주인공은 태허太虛 큰스님이시다.

스님은 오후 한때 짬을 내어 대중의 흰 고무신을 말끔하게 씻어 놓으신 것이다. 줄잡아 대여섯 켤레다.

용기가 부족한 사람은 선행을 하기도 쉽지 않은데 스님은 척척 해내신다.

객실 스님 중에는 법문을 하러 오는 분이 계신다. 스님 역시 그 가운데 한 분으로 이날은 평소 스님의 다른 모습을 보여 주셨다.

학교에 다니는 등 외출이 잦은 대중 스님은 흰 고무신보다는 운동화를 좋아한다. 대체로 흰 고무신은 때가 잘 타서 자주 신지 않고 그냥 신장에 넣어 두는 편이다. 어느 흰 고무신은 해를 넘겨 늘 보기에도 좋지 않지만 그냥 그렇게 신장에 놓여 있을 뿐이었다.

스님은 대중이 모르는 사이에 신장에 놓인 대중 스님네의 흰 고무신을 말끔하게 씻어 놓으셨다.

이때 스님의 다른 모습을 보고 관세음보살님이 늘 우리 곁에 계신다는 믿음을 크게 갖게 하였다.

"스님, 감사하고 정말 미안합니다."

절로 머리가 숙여졌다.

스님이 고무신을 닦으신 이유는 일하는 즐거움 그 자체 때문일 것이다.

옛사람은 말한다.

"상이 없이 하는 행은, 어두운 구석에서 밝게 빛나는 명등明燈이고 아름답고 향기로운 꽃이며, 그 과보는 만겁을 두고 부서지지 않는 금강불괴金

剛不壞의 몸을 얻게 한다.”

지난날에 들은 해우소解憂所에 얽힌 미담이 있다. 절에서는 크고 작은 걱정거리를 해결하는 곳이기 때문에 화장실을 해우소라고 부른다.

우선 서울 여의도에 사는 한 노보살님의 미담이다.

노구老軀인데도 불구하고 매달 한 차례씩 산중 절에 가서 해우소를 청소한 뒤 바로 그날 서울로 돌아오는 생활을 20년 가까이 해 오신 노보살님이 계신다. 노보살님은 공양의 하나로 생각해서 해우소 청소를 택하신 것 같다.

해우소 청소는 여러 가지 의미가 있어서 스님네는 첫 입산 시절에 수행의 하나로 해우소 청소를 거친다.

다음에 옛날 선방 한 조실 스님의 해우소 일화다.

한밤중에 대중이 잠든 틈을 타서 해우소 청소를 가만히 해 오신 분은 선방 웃어른이신 조실 스님이셨다. 어두운 그믐날 밤에는 대중의 눈에 잘 띄지 않다가 보름 무렵 달이 밝아 그만 대중에게 알려지고 말았다. 한 스님이 여쭈었다.

“스님, 여기서 뭘 하십니까?”

이때 청소를 하시던 조실 스님이 말없이 조당祖堂 안으로 들어가 버리고 말았다. 그리하여 밤마다 해우소解憂所 바닥을 쓸고 낙엽과 초목 재를 그 밑에 깔아 둔 사람에 대한 의문이 풀렸던 것이다.

백 마디 말보다는 숨은 보살행이 설득력을 가진다.

보살행을 하는 수행자 곁에는 항상 즐거움과 넉넉함이 따른다.

있으라고 이슬비

화안애어和顏愛語의 실례 하나.

스무 해도 넘은 조계산 불일암 시자 시절 이야기다.

서장書狀을 공부하면서 불일암 공양주로 지낼 때였다. 몇 달이 지나도 계획했던 서장의 학습 진도가 안 나가고 갑갑증이 나기 시작하였다. 큰스님은 큰스님대로 내게 일을 시키시는데 시장에 다녀온 뒤에는 몇 번이고 돈의 쓰임새를 물으셨다.

"얼마치를 샀어?"

저녁때에 묻고는 다음날 아침에 또 물으신다.

"삽, 괭이, 호미, 대꼬, 오함마, 돌 망치지요."

똑같은 대답이 두어 차례 되었다.

점심때에 또 물으신다.

"얼마치를 샀어?"

이때 노트에 낱낱이 기록해서 올렸더니 더 이상 묻지 않으셨다. 그 이후부터는 시장 다녀와서 보고 드릴 때에는 아주 상세하게 말씀 드리고 잔금도 낱낱이 계산하였다. 스님이 금전 계산에서 꼼꼼히 챙기시는 것은 아마 후학들의 교육적인 면에서 그러신 것이라는 생각이 든다.

하려는 이야기는 이제부터다.

불일암 공양간 마루 앞에 놓인 섬돌 대용의 통나무 토막 하나는 너무 오래되어 썩은 나무 속에서 개미가 바글바글 끓었다. 며칠 전부터 스님의 분부는,

"묵 수좌, 저걸 새 나무토막으로 갈아 보지."

라고 말씀하셨다.

아래 큰절에서는 법당 불사가 한창이어서 쓸 만한 나무토막이 더러 눈에 띄었으나 얻어 올 만한 처지가 못되었다. 그 까닭은 나무에 대한 책임을 두 사람이 서로 떠넘겼기 때문이다.

이 사람에게 말하면 저 사람에게 물으라고 말하고, 저 사람에게 말하면 이 사람에게 물으라고 떠넘긴다. 도목수 처사와 도감 스님 사이를 몇 차례 오가다가 나무 얻는 일을 포기할 수밖에 없었다. 생각다 못해 불일암 해우소 뒤에 놓인 큰 기둥을 발견하고는 이것을 잘라서 쓰기로 혼자 생각하였다.

그러나 스님은 나중에 쓸 것이라고 말리셨다.

이때 나는 지쳐 있었다. 결국 스님이 말리는 해우소 뒤의 나무를 잘라 일을 저지르고 말았다. 점심 무렵 일을 마치고 났을 때에는 흐린 날씨였다. 하늘 절반이 먹구름으로 덮여 있었다. 대숲에서 불어오는 바람 소리가 예사롭지 않았다.

점심 공양을 마치고 스님의 꾸중을 들었다. 말리는 나무토막을 썼다고 하면서, 함께 못살겠다, 는 말씀을 내비치셨다.

공양 후였다. 걸망을 챙긴 다음 두루마기를 입고 불일암을 떠날 참이었다. 떠나기 전 마지막으로 부엌 아궁이에 쓰레기를 태우고 있을 때에 스님이 부엌 안으로 들어와 홀연 나를 한 두어 번 밀치고는 꽉 껴안으면서 말씀하셨다.

"어이, 밖을 내다봐! 있으라고 이슬비가 오잖아? 이슬비!"

품에 안겨 부엌 문 밖으로 눈을 돌렸다. 아, 정말 돌담 밖 대숲에는 이슬비가 내리고 있었다. 이때 스님의 품 안이 참 따스한 것을 생각하였다.

지금 생각해 봐도 스님의 유머가 일품이시다. 경에서는 말한다.

빨래 예찬

고개를 들면, 알알이 맺힌 오동나무 푸른 열매가 하늘을 가리고 있고, 귓전에는 오동나무 무성한 잎과 가지 사이에서 들려오는 까치 소리가 끊일 듯 이어지고 있다.

무더운 여름날 오후, 빨래를 손질해서 햇볕에 널어 두고 잠시 쉬는 시간이다.

누가 이 즐거움을 노동이라고 했는가.

시원한 그늘 아래서 쉬는 시간 역시 빨래를 하는 즐거움 못지않게 즐겁다.

우스운 일화 한 토막이 생각난다.

때는 조선 말기, 궁중 한쪽에서 서양 사람들의 테니스 시범 경기가 처음 열렸을 때였다. 이때 신기한 게 한두 가지가 아니었다. 원숭이처럼 노란 털이 난 서양 사람들은 가운데 네트를 친 사이에 신이 나 있었다. 흰 공을 라켓으로 힘껏 치는 경기자는 흥겨워하고 있는데 주위에서 구경을 하고 있는 궁내 사람이나 대신들의 반응은 의외였다.

"아니? 이 더운 날 왜 저렇게 뛰어다니지요?"

"허 참, 하인들에게 시키고 구경이나 하실 일이지, 점잖은 사람들이 땀을 흘리시다니!"

"도무지 서양 사람들은 알 수가 없어요. 힘들게 공을 쫓아다니는 저걸 좀 봐요!"

개화기 당시에는 무지無智로 이런 우스운 일화가 속출하였다.

허나, 어떤 면에서 보면, 아직도 우리는 이런 사고의 연장선에서 살고 있는지도 모른다.

오늘날 어떤 가정주부는 가사 일을 제쳐두고, 운동을 따로 한다. 곧 세탁기로 빨래를 하고, 건강체조를 따로 하는 경우이다. 건강을 위해서는 에어로빅, 요가, 수영, 춤, 조깅, 사우나 등을 한다고 한다. 손빨래를 하면 운동이 되어 좋을 법한데 그렇지가 않다. 무명 빨래는 양복지 빨래보다 손질이 더 가, 풀하기, 방망이질, 다리미질의 손질이 필요하다.

지난날에는 광목, 무명옷이 양복지 옷보다 떨어져서 가난한 사람의 몫이었으나, 이제는 최고급 옷이 되어 버렸다.

이 무명옷의 경우 옛것의 좋은 예 하나가 될 것이다.

풀을 잘 해서 입은 무명옷의 감촉은 손수 손빨래를 한 까닭에 더 좋다.

무명 빨래는 어떻게 보면 귀찮은 점이 있다. 양복지 옷은 짧은 시간에 빨아서 훌훌 털어 널고 다리미질만 하면 그만이다. 다리미질도 귀찮으면 그냥 개서 눕는 자리 밑에 깔아두었다가 하룻밤 지나서 입으면 된다.

옆에서 누가 내게 묻는다.

"스님, 직접 빨래하세요?"

"네, 제가 하지요."

"네에……."

그래도 쉬 믿어지지 않는 모양이다. 좀 신경을 써서 손질을 한 무명옷이 훨씬 돋보이기 때문이다. 이제 널어 둔 빨래가 거의 다 마른 것 같다. 여름날 빨래는 잠깐이면 된다.

손빨래를 하고 난 날에는 확실히 전신 마사지를 받은 기분처럼 심신이 가볍다. 손가락의 마디마디는 손 지압 운동을 한 뒤의 효과와 같다.

운동을 따로 생각하고 빨래를 따로 생각하는 사람은, 마치 몸이 따로 있고 마음이 따로 있는 양 생각하는 사람과 같이, 두 가지로 나누어서 보는 시각이 있다. 이사理事는 둘이 아니고 하나라는 사실이 중요하다. 모두를 둘이 아니고 하나라고 보는 시각은 곧 부처님의 시각이다.

가 출

　가출자가 연간 **10**만 명이 넘는다는 기사를 읽고 문득 나의 가출이 머리에 떠올랐다. 나의 최초 가출은 **10**살 무렵, 한 아주머니 때문이었다. 이렇게 보면 나 역시 가출을 한 전과자의 한 사람이다.

　오후였다. 우리 집은 쌀을 파는 작은 가게였다. 오전반으로 초등학교에서 돌아온 나는 쌀가게에서 숙제를 하고 있었고 모친은 시장을 보려고 잠시 자리를 떴다. 마침 숙제를 같이 하러 옆집에서 한 아이가 왔다. 조금 지났을 때였다. 기다렸다는 듯이 웬 **40**대 아주머니가 손님으로 들어왔다.

　"야, 너, 쌀을 팔 수가 있냐?"

　"예."

　"그럼, 오늘은 좀 쌀을 많이 살려고 한다. 넌, 똑똑해서 말야, 잘 헤아릴 수가 있겠지?"

　"예."

　"그런데, 내가 좀 바쁘니까, 빨리 빨리 싸 주거라."

　이렇게 해서 쌀을 후닥닥 팔게 되었다. 단숨에 자루에 담고 큰그릇에 담고 또 자루에 담고 해서 쌀을 퍼서 마구 되질을 하였다. 진땀이 나왔다. 어린아이에게는 아주 힘이 부쳤다. 나는 노트 한쪽에 정正 자 표시를 했다. 반장 선거를 할 때에 기록할 때처럼 차분히 하였다.

　그때 반장 선거에서도 뽑혔지. 정正 자 표시는 그래서 더 신이 나서 열이고 스물이고 계속 썼다. 기억에 나지 않지만 거의 한 가마니 정도를 챙기지 않았나 싶다.

　쌀을 그릇 그릇 다 싸 담은 아주머니가 서두르며 말했다.

"야, 이러면 어떻겠냐? 이따 말야, 너희 엄마가 오시거들랑 드리도록 하자. 너는 어려서 큰돈은 안 된다."

"……."

"야, 그럼, 우리 집까지 어서 함께 가자. 우리 집을 잘 알아 두어라. 아주 가깝단다. 넌, 착하지? 공부도 참 열심히 하는구나!"

아주머니의 집은 아주 가까웠다.

길 건너편 골목을 한 50m쯤 돌아가서 큰 대문이 있는 집이었다. 그 집 안에는 들어가 보지 않았다.

"야, 꼬마야, 그럼, 우리 집 문표를 적고 돌아가거라."

난 그때 한문으로 쓰인 문표를 대문 앞에서 읽었다. 일기를 쓸 때에도 한자와 한글을 섞어 쓰기도 하였으니까. 부친의 한문 교육열은 대단해서 아침에는 꼭 한문을 공부시켰다.

절에 와서 좀 똑똑한 체하는 건 아마 한문 실력의 덕인지도 모른다. 어렸을 때에 한문 공부를 해 둔 게 많은 도움이 되었다.

아주머니는 여러 차례를 오고 가면서 쌀을 다 가져갔다. 별 의심이 없이 한 시간이 지났다.

모친이 시장에서 돌아와서 깜짝 놀랬다. 쌀 함지에 소복이 쌓아 둔 쌀이 보이지 않은 까닭이다. 내가 자랑스럽게,

"다 팔았어요."

하고 노트에 적힌 정正 자를 내보였다. 다음은 쌀 판 돈을 내놓으란다. 그 집을 알아만 두고 돈은 받지 않았다고 하니, 어서 그 집으로 찾아가자고 한다.

모친과 함께 가 본 큰 대문이 있는 집은 딴 집이었다. 노트에 적힌 문표 이름을 거듭 확인한 모친이 외쳤다.

"이런, 도둑년어!"

나는 이 말이 떨어지기가 무섭게 두 주먹을 불끈 쥐고 골목 밖으로 뛰었

다. 최초의 가출이었다. 세상과 접한 허무감이었다.

그때 일기에 이야기를 쓸 때에는 무상無常하다고 썼다.

결국 갈 데가 없는 나는 새벽에 주린 배를 안고 다시 집으로 돌아올 수밖에 없었다. 그날 따라 행복하게 웃으며 길을 걷는 사람들이 왜 그렇게 많아 보였는지. 나는 지금도 기억한다. 사람들의 물결 속에서 고독한 나그네처럼 지친 걸음을 떼어 놓은, 그 우울하고 처량하였던 밤길을.

게으른 자 사는 법

한 열흘 전쯤의 일이다. 독립문 로터리 한쪽에는 영천시장이 있다. 노점 과일 가게와 빙수 가게도 길가에 있다. 골목서점이란 조그마한 푯말을 단 헌책방이 그 가운데에 있다.

노점 과일 가게 주인은 뚱뚱한 할머니. 이 할머니가 화제의 주인공이다.

책방 아주머니, 멍게 장수 젊은 아주머니 등 서너 사람이 빙수 가게에 모여서 이야기를 나눈다. 먼저 할머니가 낮에 겪었던 일을 하소연한다.

"아이고 속상해. 사위가 월급 탔다고 봉투에 5만 원 넣어 준 것인데……."

"그걸 누가 치웠어? 언니!"

"모르지. 상자 틈새에 끼워 놓았는데 ……."

"나는 봉투를 보질 못했어, 형님!"

"청소한다고 이것저것 치우다가 돈 봉투까지 내버린 거야!"

"그걸 어찌해?"

내가 가만히 옆에서 듣고 있자니, 5만 원이면 주차 위반으로 견인된 차를 찾는 값과 비슷하다. 실제로 청계천 고가도로가 끝나는 데 가서 견인된 차를 찾아온 적이 있다. 그때 5만 원이 들었다. 주차 위반 벌금과 주차료 등이 포함되어 있다. 보시를 잘 하기 어렵지만, 벌금으로 생각하니 한결 가뿐한 마음이다.

"기분 좋게 5만 원을 써야지!"

이런 생각이 든다. 벌금 내고 온 뒤에는 찜찜한 마음이었지만, 쾌히 투척하는 데에는 보람이 있다. 내가 5만 원을 내겠다고 하였을 때, 곁에서 아주머니가 말한다.

"이 형님은 절대 받을 성질이 아니오!"

"왜, 스님이……?"

내가 말했다.

"그냥 받아 두시오. 저도 한번 내밀면 다시 안 받는 성질인데……."

이렇게 말하다가 결국 내가 빨리 내밀어 주고 떠났다.

그 뒤였다. 하루 이틀 지나서 골목서점에 들렀더니, 책방 아주머니가 반긴다. 고맙다는 이야기를 할머니 대신 전한다고 하다가,

"과일 가게 형님이, 스님한테 드리라고 맡겨 둔 게 있어요. 수박 덩이오!"

라고 말한다.

갑자기 수박 큰 것 두 덩이가 생겼다.

수박을 숙소로 가져왔다. 헌데 이것이 처치 곤란이다. 혼자 다 먹어 치울 수도 없고. 게으른 자는 '발명의 어머니'라고 했던가. 게으르기 때문에 연구를 거듭해서 제 살길을 찾는다. 원고도 재촉하거나 마감 날짜가 다 되어서야 써진다. 많이 게으른데도 뭘 해낸 걸 보면 그런대로 살길이 트인 것 같다.

수박 속을 파서 큰 유리병에 담고 여기 수박 물에 작설차, 유자차, 모과차 등을 넣는다. 특별히 넣는 이유는 없다. 그냥 냉장고 안 혹은 옆에 놓여 있는 것들을 보이는 대로 섞어 넣은 것이다. 먹어 보니 희한한 맛이다. 다시 미숫가루, 사과, 배, 참외도 넣었다.

일단 오래 먹으려고 냉동고 안에 넣었다. 3시간쯤 넣어 두면 맛 좋은 팥빙수. 얼음도 안 얼고 팥빙수 그대로다. 냉동고에서 아래 냉장고에 넣어 두고 오래 먹는다. 삶은 팥은 먹을 때 곁들여 먹는다. 조금 전까지도 새 수박을 손질해서 푸딩 팥빙수를 만드는 일을 하였다.

금년 들어 세 번째. 이번에는 도깨비 방망이를 써서 곱게 갈았다. 세 통을 냉동고 안에 넣어 두고 팥빙수 한 그릇 먹을 때를 기다린다. 요즘은 연유도 넣어서 별미다.

그 시절 지대방

화제의 인물로는 적묵寂默당이 인기 최고였다. 십 오륙 년 전의 봉암사 시절 이야기이다. 두 눈이 맑게 둥그렇고 말하는 데에도 재치가 뛰어났다.

누구 스님은 제갈공명이고 누구 스님은 봉추이고 또 누구 스님은 무엇이고, 삼국지의 재사 인물에 비유한다. 서로가 쟁쟁한 경쟁자들이다.

그해 설날 오전 시간이었다.

지대방 조실을 공개적으로 뽑자는 소리가 나왔다.

모두 차를 나누면서 우스개 이야기를 건넸다. 스님들로 꽉 찬 방 안에 긴장감이 돌았다.

경쟁자는 저마다 이야기 한마디씩을 해서 대중의 동의를 구하였다. 내가 지대방 조실감이지, 하고.

지식도 지식 나름이지만, 중국의 삼대 기서奇書를 쭉 낀 사람들도 있다. 재담은 가히 수준급이다. 선문답이랄 것까지는 없지만, 순발력도 대단하다.

섣불리 말을 건넸다가는 망신살이 뻗치기가 일쑤이다. 두서너 스님이 이런저런 이야기를 재미있게 하였을 때에, 나도 말석에 끼어들었다.

"한때, 성철 스님이 상단에서 법문 하셨지요. 돈 천만 원에다가, 예쁜 아가씨가 와서 멋진 아파트까지 준비했다고 하면, 안 나갈 놈이 하나도 없어! 하고……"

여기 대목에서 주위를 쭉 둘러본다. 누가 내 말에 대답할까 하고.

한 스님은 나이가 드신 노장님인데, 내 곁에서 차를 마시는 중이시다.

내가 다시 말을 잇는다.

"어때요? 이 지묵이 그럴 때에 나가겠습니까? 안 나가겠습니까?"

노장님이 낄낄 웃으면서 대답한다.

"그야, 나가지, 나가. 지가 안 나가고 배겨? 하하."

주위에서 스님들이 차를 마시다가 유쾌하게 웃는다.

"하하. 하하하."

마침 보니 과도果刀가 눈앞에 하나 보인다. 내가 순간 번쩍 치켜들었다. 다음에 노장님 코앞에 바짝 들이대고는, 큰소리로 내질렀다.

"뭐? 그게 중이 할 소리여?"

노장님이 깜짝 놀라서 찻잔을 떨어뜨리고는 혼비백산. 손에 든 찻잔이 방바닥에 떨어져서 찻물에 옷을 적신다.

"……."

순간 주위가 아주 조용하다. 내가 말했다.

"어때? 이만하면 지대방 조실을 할 만하제?"

"하하, 하하하."

다시 웃음이 터져 나왔다. 그러나 노장님은 분이 풀리지 않은 모양이다. 노장님이 정색을 하고 볼멘소리로 나를 꾸짖는다.

"이 사람아, 장난도 그런 장난은 하지 말어! 칼 가지고 무슨 짓이여?"

이 말에 더욱 웃음소리가 높아진다.

물론 이날 지대방 조실은 다른 후보 경쟁자가 없어서 내 차례가 되었다.

지금 둘러보니, 그때 지냈던 도반 태반이 한주閑主로 물러나 있다. 이삼십 년 지나면 한주閑主일 수밖에.

한주란 직책 이름으로, 어디에고 매이지 않은 한가한 주인이란 뜻이다. 입승立繩 찰중察衆 등의 선방 책임자 소임도 지나서 한주이다.

인연 따라 마음 따라

나그네

일전에 후한 나그네 대접을 받은 이후, 나그네를 대할 때마다 그때를 떠올리곤 한다.

십수 년 전의 일이다. 문경 땅에서 한참을 더 들어간 곳으로 이름이 기억나지 않는 절. 크지 않은 대웅전이 있고 주지실이 있는 아주 단출한 절이다. 주지 스님과 나는 초면으로 서로 알지 못한다. 그냥 수인사를 건네고 저녁을 먹었다. 주지 스님은 나보다 젊고 활기가 있어 보였다. 선방에 여름 결제를 하러 가는 길이라고 내가 말하니, 그는 부러워하면서,

"저는 선방에 들어갈 복을 아직 덜 지은 모양이지요?"

하며 여운을 남겼다. 참 깨끗하고 구도의 열이 높아 보이는 주지 스님으로 느껴졌다. 삼경이 가까워서 잠을 자려고 할 때였다. 그는 주지실을 내게 내주고 다른 방이 있어 그 방에서 잔다고 하였다. 신도 카드와 사중 전화가 있는 종무 일을 보는 사무실 겸 주지실을 나그네에게 내어 주고 쉽게 떠난다. 깨끗한 솜이불 아래서 하룻밤을 잘 자고 났다. 헌데 새벽 예불을 마치고 보니 주지 스님이 객실에서 잔 사실을 알고 몹시 감동을 받았다.

"객실을 통 안 써서…… 스님께 내드릴 처지가 못돼서……."

그 친절한 주지 스님의 얼굴과 이름은 기억되지 않고 다만 그의 친절한 마음이 가슴에서 지워지지 않는다.

'친절한 나그네 접대법을 조금이라도 본받아야지.'

하는 생각이 늘 떠나지 않는 어느 날 내게도 기회가 왔다.

한번은 서울 한 절에서 지낼 때에 행자님 한 사람이 저물 녘에 찾아왔을 때였다. 나이가 열 여덟인데 서울에 무슨 볼일이 있어서 잠시 올라왔으나 잘

데가 마땅치 않다는 것이다. 나중에 한 방에 자면서 들은 이야기인데 용건은 이렇다. 마음속으로 존경심이 무척 가는 한 선지식을 면담하려고 행자실에서 급히 나온 것이란다.

"행자 때부터 돌아다녀?"

"지금이 어느 때여? 결제 기간이지 않아? 행자가 겁도 없이 돌아다니는구먼!"

맨 처음 절 소임자가 거절한 데에는 이런 명백한 이유가 있다. 옳은 말이다. 헌데 이런 이유 이전에 옛사람의 말이 생각나서 가만히 행자님을 불러서 내 방에 재워 주기로 하였다.

"밥을 먹을 때에, 나그네를 대하면 밥을 먹었느냐고 인사를 하는 게 도리이다. 날이 저물었을 때에 나그네를 맞이하면 그냥 돌려보내는 건 도리가 아니다. 사람에게는 사람의 도리가 있다."

행자님은 비좁은 방에서 나와 함께 잤다. 원래 율장대로라면 행자와 비구는 한 방에서 자지 못한다. 아침에 죽을 먹을 때에 행자님은 또 꾸지람을 듣고 떠났다.

"떠나라고 했는데 어디서 자고 나와서 죽을 먹으려고 하느냐?"

나보다 웃어른 스님이 하는 말씀이라, 내가 나설 처지는 아니었다. 다만, 내 방에서 함께 잤다는 것, 그가 딱한 사정이 있어 그렇다는 것 등을 가볍게 말씀 드렸을 뿐이다. 그가 떠날 때에는 내게 와서 큰절을 넙죽 올리면서,

"스님의 은혜를 잊지 않겠습니다."

하여 가슴이 뭉클해졌다. 그 행자님은 지금 어디서 잘 지내고 있겠지.

지금은 아주 깊은 밤으로, 비가 자주 내리는 요즘 장마 날씨와는 달리 아주 맑은 날씨. 열린 창 밖으로는 맴, 맴, 매앰, 하는 매미 소리가 아주 시원스럽다. 조금 전에 또 나그네 한 사람이 하룻밤을 자고 가려고 왔단다. 나그네를 거두어 주는 게, 먼저 절에 와서 지내는 사람의 할 일이라는 생각이 든다.

나의 은사 스님

언제였는지 잘 기억이 나지 않는다. 송광사 화엄전에서 있었던 일이니 아마 십여 년이 더 지났지 않나 싶다.

은사 스님이 발이 삐었다. 오른쪽 발인지 아니면 왼쪽 발인지 잘 모르겠다. 성질이 좀 급하신 편인 스님이 급히 물바가지를 찾으러 건너편 수각으로 가시다가 그만 일이 벌어진 것이다.

"내가 과보를 받아서 그렇지."

누워서 간호를 받으시면서 나을 때까지 자주 이런 말씀을 하셨다.

왜냐하면, 낯선 객이 와서 스님이 쓰는 물바가지를 세면장에서 가져가 버렸기 때문에 스님이 좀 안 좋은 마음을 가지고,

"누가 자주 물바가지를 가져가?"

하고는 이리저리 한참 찾으러 다니시다가 그만 발이 삔 것이기 때문이다.

인과인데 나쁜 마음을 먹으면 이런 일이 생긴다고 하셨다.

나중에 알고 보니, 늦은 점심때에 인근 도시에서 대학생들 서너 명이 참배 와서 배가 출출해 하던 차에, 내가 내준 미숫가루를 타서 먹고는 세면장 정리를 하다가 바가지 위치를 잘못 찾아 놓은 것이다.

당장 그릇이 없어서 여기저기 수각에 놓인 바가지를 모아다가 미숫가루를 나눠 먹는 파티였다. 물맛이 좋은 것인지, 배가 고파서 그런 것인지 모르나, 다들 절에 오면 먹는 것이 맛이 있다고 절 음식을 칭찬하였다. 그 뒤 학생들은 다 떠나고 오후 늦게 해질 무렵에 스님이 세면장에 바가지가 사라진 것을 발견하신 것이다.

그 뒤로 세면장 벽에는 이런 글귀가 붙었다.

"세면장 밖으로 물바가지를 마음대로 가져가지 말 것."

물론 스님이 쓰신 것이다.

"내가 과보를 받아서 그렇지."

스님 곁을 떠나서 지내는 일이 많은 나는 인과를 생각하고 스님을 생각할 때마다 이 말씀을 기억하곤 한다.

잘하지는 못하지만 상좌의 한 자리를 지키는 입장에서 은사 스님의 깨끗한 마음을 돌이킬 수 있다는 게 청복淸福이 아닌가 생각한다.

산중에 돌아온 날 밤

아, 얼마 만인가. 방에 들어와 대강 바닥을 훔치고 달력을 보니 2월치가 그대로 걸려 있다. 오늘이 8월 하순. 그러면 반 년 동안 한번도 내 방에 안 왔을까? 그럴 리가 없다. 아마 달력을 넘기지 않은 것 같다. 적어도 넉 달 만에 한번은 회의차 본사에 들르고 그때마다 이 방에 와 머문다.

방 안이 낯설기만 하다. 내 손때가 묻은 일용품이 틀림없지만, 벽시계는 죽어 있고 전체가 거미줄이 쳐진 속에 먼지가 앉아 있어 영 정이 들질 않는다.

냉장고의 문을 열었을 때, 전기 코드를 뽑아 둔 탓에 냉기는커녕 온기와 함께 이상한 악취가 풍긴다.

선풍기는 수년 전에 고장난 걸 내가 뜯어서 고친 그것인데, 강풍 약풍의 조절은 안 되어도 시원한 바람이 나온다. 선풍기 바람에 다소 마음이 가라앉는다. 썰렁하고 습기 찬 방 안에 그래도 선풍기가 있다는 게 위안이다.

향나무 경상經床 위에는 지난 겨울에 눈 속에서 꺾어 와 화병에 꽂아둔 빨간 맹감 열매가 아직 남아 있다.

홀연 조계산의 물줄기 소리가 귀에 가깝게 졸졸 들린다. 어둠 속에서 산이 잔잔히 호흡하는 소리. 비로소 내가 본사에 돌아와 있다는 실감이 든다. 텅 빈방에 앉아서, 향로에 향을 한줄기 태우면서, 무엇을 바쁘게 사느라고 이렇게 늦게 찾아온 것인지 자문해 본다.

내 방을 떠나 미친 듯이 앞을 향해 치달아 살아왔지만 이제 돌아보니 부끄럽고 쓸쓸한 느낌이다.

생방송이 특히 그렇다. 거지인 노숙자가 억만 장자가 되는 법의 대강좌를 맡고 있는 셈이다. 이 일은 처음부터 잘못되었다. 또한 내일 죽을지 모르는 불치병 환자가 건강을 상담하고 있는 셈이다.

말하기 좋게, 부처님 법으로 일심一心이고 삼매三昧로 사는 법을 남에게 말하지만, 사실은 본인이 그렇게 일심 삼매로 사는가, 이 문제가 늘 마음에 따라다니는 의문이다.

오랜만에 돌아온 나그네는 내일 삼일암에서 회의가 끝나는 대로 또다시 서울로 떠날 것임에 틀림이 없다.

이게 나그네다.

만나는 스님들과 인사 몇 마디 나누고 떠난다. 그게 전부다. 나는 부채 몇 개, 책 몇 권을 나눠 주고 돌아선다. 또한 녹차와 몇 권의 책을 싸서 준 대로 들고 노자 봉투를 들고, 나는 다시 서울로 향한다.

조계산과 송광사 절이 반갑지만 많이 낯설고, 만나는 이 역시 마찬가지다.

은사 스님이 계신 절이고 작고 어수룩한 방이긴 하나 내 방이 있는 절이다. 헌데, 떠나고 나면 그만이다. 곧 서울 생활에 적응해서 그렇게 잊고 지낸다.

이제 나이 50 고개를 훌쩍 넘어선 지금, 여전히 옛날 젊은 시절과 같이 다니고 있다. 머지 않아 금방 나이 60이 될 터이다.

주위 사람들을 돌아보고, 많이도 세월이 흐른 것을 느낀다. 타계를 한 분이 적지 않다. 또한 아이들이 자라 그새 장년 줄에 들어서서, 그런 사람이 낳은 아이가 다시 20세를 넘었다.

밤이 조용히 깊어 가는 시간에 정신이 멀뚱멀뚱하여, 영 잠이 올 것 같지 않다. 내일 가져갈 물건을 두어 가지 챙겨 놓고 이렇게 우두커니 앉아 있다.

이제 땀이 식었으니, 산의 얼음 같은 물에 목욕을 하고 쉬고 싶다.

책상 서랍에는 면도와 칫솔 등이 그대로 있고, 나무 가지치기용 전정가위도 보인다.

내일 아침 비가 안 오면 방 앞의 목백일홍木百日紅과 오죽烏竹의 가지치기를 하고 낙엽이 쌓인 구석구석을 쓸어야겠다는 생각을 하는데 와서, 울 컥 눈물이 나올 듯하다.

이 울음은 매우 돌발적이라, 이유가 무엇인지 스스로도 잘 알 수가 없다.

생종 하처래生從 何處來	생은 어디서 왔고
사향 하처거死向 何處去	죽음은 어디로 향해 가는고?
생야일편 부운기生也一片 浮雲起	생은 뜬구름 한 조각이 일어남이고
사야일편 부운멸死也一片 浮雲滅	죽음은 뜬구름 한 조각이 사라짐이니라
부운자체 본무실浮雲自體 本無實	뜬구름 자체는 본래 실체가 없는 것
생사거래 역여연生死去來 亦如然	생사의 오고감 역시 그와 같느니라
독유일물 상독로獨有一物 常獨露	홀로 한 물건 있어 항상 뚜렷하네
잠연불수 어생사湛然不隨 於生死	그건 맑고 밝아 생사에 따르지 않느니.

지혜라는 아이

벌써 일주일이 지났다. 지혜가 공중 화장실 앞 의자에 쭈그리고 앉아서 우두커니 있던 모습이 눈앞에 선하다.

꼭 할머니가 가출한 모습같이, 가방 두 개를 옆에 두고 구슬픈 듯 체념한 듯, 망연자실한 모습이다. 초등학생 11살짜리 여자 아이라고는 믿어지지 않았다. 가방 하나는 책가방이고, 다른 하나는 옷이 든 가방이다.

오후 두 시 무렵, 추위가 시작되는 초겨울 문턱에서 지혜와는 그렇게 해서 만났다.

"너, 집 나온 애지?"

내가 머리를 쓰다듬으면서 말을 건넸다.

지혜가 눈물을 뚝뚝 떨어뜨릴 뿐 말이 없다. 얇은 잠바를 벗어서 무릎을 감싼 폼이 더욱 할머니 같다. 얼굴에는 이내 맑은 눈물이 흘러내린다.

"왜, 누굴 기다린 거니?"

재차 묻자 지혜가 대답한다.

"예, 친구 기다려요."

"친구?"

"예."

"그럼, 친구는 왜 안 오지?"

"저녁때 다섯 시에 돌아온댔어요."

"야, 그럼, 아침 점심도 안 먹었겠구나. 너, 그러지 말고 내가 아는 절에 소개해 줄 터니 가자. 비구니 스님 절이야. 거기서는 너 있고 싶은 대로 있어도 돼."

“예.”

지혜가 고개를 끄덕였다. 그 자리에서 아는 비구니 스님에게 전화를 하자 곧 승낙이 떨어졌다. 비구니 스님은 서울 인근 절에서 전화를 받고 있었다. 서울 시내 절에 부탁해서 방을 치워 놓으라고 했다는 전화도 곧 왔다.

이때 지혜가 나를 보더니 더욱 눈물을 떨어뜨린다. 착한 눈이 애처롭다.

내가 눈물을 닦아 주며, 사연을 듣고 보니 수학을 45점 맞았다고 엄마에게 지혜가 쫓겨난 것이지만, 더 알고 보니 그게 아니다. 아버지는 집에 없고 어머니는 청각장애인이다.

31세인 어머니는 호떡 장수. 2살 난 여자 아이를 등에 업고 일을 한다.

장차 어머니가 결혼할 상대자는 동네 반장인 총각. 지금 교제 중에 있다. 문제는 열 한 평짜리 아파트인데, 방 안이 비좁아 지혜가 살 공간이 없다는 데 있다.

“우리 집에는 다 여자뿐이지요.”

남대문 시장에서 겨울옷을 한 벌 사 입히고, 좋아하는 떡볶이도 먹게 하자, 지혜가 묻지도 않은 말을 한다.

“야, 그렇게 말하는 게 아니야. 내가 말해 볼까?”

“……?”

지혜가 내 손안에 제 손이 잡힌 채 빤히 나를 쳐다본다.

“딸이 많은 집에서는 이렇게 말한대. 우리 집에는 첫째는 딸이고 둘째는 기집애이고 셋째는 여자애이고 넷째는 가시네이고…… 이런 식이지…… 하하.”

“스님, 재밌어요. 호호.”

지혜가 활짝 웃는다.

절에 가방 짐을 놔 두고 남대문 시장에 다녀온 사이 지혜의 마음이 변했다. 날이 저물자 집 생각이 난 것일까. 어머니에게 빗자루로 맞더라도 집에

다시 들어가겠다고 우긴다. 다만, 내가 머물고 있는 절에서라면 같이 살고
싶다나.

"야, 다음 생에서나 만나. 금생에는 고추를 달고 와야 같이 살지."

지혜가 웃으며 대답하였다.

"고추는 내가 달고 안 달고 한 게 아니었는데…… 호호."

할 수 없이 다시 처음 만난 장소에 데려다 주고 떠나왔다. 돌아서는 내게
밤바람이 더욱 차갑게 느껴졌다.

봉　변

　한 보름 전의 일이다. 서대문 영천 시장에 장을 볼 게 있어서 잠시 들른 길이었다. 자주 다니다 보니 어느 집 김치가 맛있고 어느 가게 호박죽이 괜찮고 어느 집 튀김이 맛있고 헌책방은 어떻고 하고 환히 알 정도이다. 인사를 나누는 가게 주인도 여럿 된다.

　최근에는 불교방송을 열심히 들으면서 부부가 함께 일하는 헌옷 수선 가게를 알게 되었다. 다름 아니라, 불교방송 신행 상담에 나가는 관계로 내 목소리가 방송으로 그들에게 익숙해져서 가게 앞으로 지나는데도 내 목소리를 알아차린 것이다.

　"스님, 불교방송에 나오는 스님이시지요? 어떻게 목소리가 똑같아요?"

　지난 겨울부터 안면이 있는 앞집 가게 아주머니가 먼저 알았고 헌옷 수선 가게 주인댁은 나중에 알았단다. 천태종 구인사 신도라고 소개한다. 불명은 아직 없는 형편이다.

　누더기나 장삼이 떨어진 것을 여기에 맡기면 정말 정성스럽다. 목 뒤 등 형편없이 떨어진데도 여기저기를 마음에 쏙 들게 해준다. 그냥 헌옷 맡길 일이 없는 날에는 옷 수선 가게 앞을 지나다가 모니터 역할을 청해서 의견을 묻곤 한다. 과묵한 주인 내외는 별말이 없이 웃음으로 대신한다. 그러는 게 더욱 사람이 좋아 보인다. 넉넉하지 않은 살림이지만, 부부가 오순도순 머리를 맞대고 일하는 모습이 무척 다정스러워서 좋다. 각설하고. 이날은 아주 이상한 여자를 만난 날이다. 나이는 들어 보이는데 나사가 좀 빠진 듯한 여자였다. 내게 느닷없이 다가와서 손을 꽉 잡는다. 악수를 청하는 게 아니라 냅다 쥔 탓에 엉겁결에 악수를 하고 만 꼴이 되었다.

“스님, 나는 절을 천 배 했습니다.”

“……?”

서두를 이렇게 꺼낸다. 재가 불자인가 생각하면서 반가운 마음이 들었다. 혹시 방송을 듣고 반갑다는 뜻인가 여겨지기도 했다. 헌데 그게 아니었다.

“나는 부처님께 천 배를 하고 교회로 왔어요.”

“아니……?”

내가 약간 얼굴을 찌푸리자 손에 힘을 더욱 주고,

“스님도 절을 천 배를 하고 교회로 오시오. 주님을 믿어야 천국에 갑니다.”

하면서 열을 올린다.

“이런…….”

내가 다음 말을 잇기도 전에 내게 다짐하면서 쥔 손을 흔든다.

“어때요? 교회 믿겠어요? 그렇지 않으면 지옥에 가요.”

“전, 진작부터 교회를 다니고 있습니다.”

“스님, 내 말 믿어야 해요. 지옥에 안 갈려면 천 배 절을 하고 교회로 오시오.”

이때였다. 왼손을 들어 여자에게 꽉 잡힌 오른손을 푼다는 게 그만 엉뚱한 방향으로 전개되고 말았다. 왜냐하면 느닷없이 따귀를 맞은 여자가,

“아이고!”

외마디 소리를 지르면서 잠시 후에 주저앉고 말았기 때문이었다. 내 왼손이 번쩍 올라갔다가 그만 순간에 후려친 것이다. 나 자신도 모르는 결이었다.

이 옆 가게 호박죽 가게에서는 이 광경을 지켜보고 나서 그 뒤로 내게 종종 호박죽을 보시한다. 이 집도 절에 다니고 인터넷 불교방송은 뒤에 알았지만 방송에 관심을 기울인다.

“스님, 그때 얼마나 민망스러웠는지 몰라요.”

호박죽 가게 보살의 말이다. 내가 여자에게 다가가서 합장을 올리고 떠나는 모습이 그렇게 보기에 좋았다고 한다. 이번 봉변으로 호박죽 가게 불자를 더 잘 알게 된 셈이다.

서울 일기

어찌하다가 이번 서울에 발을 들여놓고 지낸 게 일 년 반이 지났다. 재작년 겨울에 왔으니 햇수로는 두 해를 넘긴 셈이다. 주로 한다는 일이 방송 출연과 원고를 쓰는 일이다. 그동안 책 한 권을 냈고, 또 한 권은 원고가 거의 다 되어 출판을 기다리고 있다.

그새 못된 버릇이 하나 생겼다. 사람을 의심하는 버릇이다. 노트북을 잃고서부터 그렇게 되어 버렸다. 그때 참 어렵게 노트북을 마련한 것이었다. 예금 잔고를 다 털어서 샀으니 말이다.

"허허, 물건은 다 주인이 있는 법이거니……."

하고 애써 위안을 찾기도 하였다.

어제는 낮에 피곤해서 막 곯아떨어져 자고 있는데 누가 노크도 없이 방문을 삐죽 연다.

"미안합니다."

그는 깨어난 나에게 한마디를 던지고 사라졌다. 목욕탕에서도 발목에 채워진 내 열쇠 고무줄 끈을 끊으려다가 들킨 사람이,

"미안합니다."

하고 사라진 적이 있었다. 한참 후에 정신을 차리고 주위를 둘러보니 이미 그는 사라지고 없었다.

헌데, 참으로 존경스런 한 사람을 만났다. 어제 저녁에 선열당에서 약석藥石, 저녁 공양을 먹는 자리에서였다. 한 객스님과 이런저런 이야기를 나누었다.

"제일 무서운 욕이 무슨 말인 줄 아십니까?"

“네?”

“인과를 모른 사람!”

“하하.”

그는 등산을 하려고 10만 원을 주고 등산화를 산 적이 있었다. 그러나 이튿날 자고 나니 누가 헌 운동화를 놓고 새 등산화는 가지고 사라졌다.

“그 운동화를 끼고 다니는데 어려움이 많았어요.”

발에 잘 안 맞아서 그랬다. 또 한번은 객실에 걸망을 벗어 두고 나왔다가 포행을 한 후에 들어갔을 때였다. 좀 느낌에 이상스러운 생각이 들어 걸망 속을 더듬어 보니, 아니나 다를까, 천 원짜리 한 장 없이 다 가져가 버렸다.

간신히 여비를 마련해서 그곳에서 나오긴 하였으나 힘든 것은 사실이었다.

“스님, 인과를 모르는 사람! 이 말이 제일 큰 욕이래요!”

퍽 점잖은 스님이다. 시옷 자 욕을 않고 인과를 모르는 사람! 한단다. 간혹 당했어도 검은 손님을 욕한 적은 없다.

“가져갈려면 원고 파일이나 남겨 두고 가져갈 일이지…….”

하는 아쉬움이 내게 남았다. 한 달 이상 쓴 원고가 날아가 버렸기 때문이다. 노트북을 가져가 버리면 그게 문제였다. 검은 손님 덕분에 그 이후부터는 파일을 꼭꼭 복사를 해 두는 습관이 생겼다.

생각해 보니 오염된 나의 마음이 더 큰 문제이다. 사람을 일단은 믿어야 하는데 사람을 의심한다. 산중에서 지낼 때에는 크게 없었던 버릇이다.

인과를 모르는 사람이 있다손 치더라도 그럴 수가 없지 않는가.

꿈, 소설가

　한동안 내 마음을 지배했던 소설가의 꿈은 황순원 옹, 김동리 옹, 박영준 옹 등 세 분 소설가의 심사에 의해서, 처녀작 '토끼'로 햇빛을 보게 되었을 무렵 이야기이다. 그 시절 한껏 부풀어오르던 내 가슴에 자리한 세 분 선생님의 인상은 그토록 음양으로 적지 않은 영향을 끼쳤다.

　학원문학상으로는 열두 번째였다. 시 부문에서는 대구의 정호승 시인이 당선작을 내었다.

　당선 통지가 있기 전날 밤에 꿈을 꾸었다. 심사위원 선생님은 추후 발표였는데 꿈에 본 세 분 심사위원 선생님은 깨어 있을 때와 똑같았다. 그 가운데 김동리 옹은 내 머리를 쓰다듬으면서,

　"그동안 애를 많이 썼어요. 작품이 괜찮아."

　하고 격려의 말을 들려주었다. 깨고 나서 나는 기분이 몹시 좋아 꼭 당선이 되리라는 생각이 들었다. 원고를 보내 놓고부터는 가슴 설레이는 밤을 보내다가 이날 밤부터는 숙면에 빠졌다.

　서점에 들러 내 글이 실린 학원 잡지를 살 때였다. 서점 직원이 가까이 다가와 악수를 청하면서,

　"축하합니다. 한 시내에 같이 사는 사람이…… 이렇게 좋은 글을 쓰시다니요……." 하였다.

　이 말을 듣고 우쭐한 마음에 갑자기 곧 문호文豪가 되는 줄로 알았다.

　세 분 심사위원은 심사평에서, 그 무렵 약간 침체기에 빠져 있다는 걸 지적하고 더욱 분발할 것을 격려의 말로 대신해 주었다. 하여간 아무도 내 주위에서 믿어 주지 않았던 당선이 현실로 다가왔을 때 기쁨은 하늘이 높은

줄 모르고 치솟아 올랐다.

그날 밤이었다. 하늘과 바다가 왜 내 앞에 있는지 알았다. 나무가 서 있고 달이 뜬 하늘이 왜 있는지도 그때 알았다. 당선의 기쁨을 나와 함께 나누고자 있는 것이다. 나와 자리를 같이한 대자연을 향해 넙죽 엎드려 절을 올리면서 "천지신명天地神明이여!" 하는 소리가 저절로 터져 나왔다. 나도 모르게 산에서 풀밭 위에 엎드려 부끄러움이 없이 올린 절이었다. 이 이후부터 내 마음은 많이 밝아졌다.

추석 날 인터넷 신문으로 보니, 황순원 옹이 추석 전날 밤에 별세를 하셨다는 소식이 있다. 아니면 새벽에 별세한 것인지도 모른다. 그냥 잠자리에 누워서 잠이 든 이후 그렇게 달라져서 보였으니까. 학처럼 정말 고고하게 살다가 86세를 일기로 조용하게 떠난 것이다. 떠난 후에야 스승 황순원 옹의 대쪽 같은 정신이 정말 좋다는 걸 깨달았다.

소설은 그 이후로 별로 쓸 기회가 없었다. 해인 강원 시절이었다. 도서관에 가서 문학서적을 뒤적이다가 곧 시들해져서 손을 떼었다. 경전을 공부하고 있을 때에는 하나의 우스갯소리밖에 되지 않았다. 도무지 소설책이 눈에 들어오지 않았다.

요즘도 간혹 주위의 청탁에 따라 글을 쓴다. 옛날 다소나마 익혔던 글 솜씨가 남아 있을 리 없다. 일기를 쓰듯이 쓰면 어느새 책 한 권 분량이 되어 그렁저렁 책 모양을 갖춘다. 열 권이 넘게 그런 일을 해 왔다. 문학도 아니고 그렇다고 불교 교리 강좌도 아니다.

한때는 소설 한 편을 쓰려고 했는데 그만두었다. 부질없는 일 같아서였다.

비 오는 오늘 밤, 황순원 옹의 소설을 꺼내서 읽어 봐야지. 오랜만에 맑고 깨끗한 스승의 마음을 읽고 싶다. 세월이 30년이 흘렀어도 아직도 그 시절 그 마음은 변하지 않았는가.

부처님 일대기

그때가 아마 학교 운동장에서였으니 중2때였을 것이다.

초파일 날을 기념해서 밤에 스크린을 치고 부처님 일대기가 상영되었다. 인근 절 주지 노스님이 퍽 포교에 열의가 있었던 모양으로 그런 영화 상영을 하도록 하였는데 인산인해를 이룬 운동장이었다. 아무 영화나 상영해도 사람이 버글버글 들끓던 60년대 시절의 이야기이다.

이 영화를 본 소감이 어떠하였느냐 하면, 그냥 그대로 산으로 직행을 하여, 어두운 밤을 지새웠다. 영화에서 석가모니 부처님이 보리수 아래에서 도를 깨달으신 모습이 하도 인상 깊어서 나는 그냥 산으로 내달렸던 것이다.

"생로병사를 해탈하여……어쩌고 저쩌고……."

하는 법문을 기억해 내고는 소나무 아래에 우두커니 앉아 있기가 뭐해서 그런 대사를 읊었다. 새벽 추위에서도 그렇게 앉아 있기만 하면 도를 깨치는 줄로만 알았다.

그날 학교를 가기 전에 책가방을 가지러 집에 들어가서 식구들에게 당한 꾸지람은 생략한다. 미친놈 취급을 받아도 쌌으니까. 얼마 후에는 친구들도 소문을 듣고 그런 눈으로 보기 시작하였다.

문제아는 아니었다. 공부는 내 자랑이다. 입학 때보다 뛰어서 줄곧 맨 위에 우수 성적자 명단에 게시되었을 정도이니까. 시험 성적은 그렇게 해서 장학금을 타 가며 다니는 데에 올랐다. 가난 이외에는 모두가 만족스러웠다.

헌데 결단을 내릴 때가 옴을 스스로 느끼고 입산을 결행하였다. 중2학년 말에 있었던 일이다. 자퇴서를 위조해서 학교에 냈다. 학부형 도장은 내가 몰래 찍었던가 새로 도장을 팠던가 했을 것이다. 그러나 학교에서는 통과가 되었으나 절에서는 장남이니, 부모 승낙서를 요구하면서 거절했다. 두 군데를 기웃거렸어도 역시 입산은 불가능했다.

지금 생각해 보니 그때는 출가 인연이 덜 되었던 모양 같다.

내 학력은 중졸에서 그쳤다. 엿장수 등 끝없는 방랑 기질에서 떠돌이 길에 부침하기 시작하였다. 되지 않게 분수도 모르고 '자유인의 길'을 간다고 믿고 말이다. 이 이후 이야기는 생략한다. 한편 부처님의 출가 연세 29세를 수첩에 써서 품에 넣고 다녔다.

운동으로는 마라톤을 특히 좋아해서 한밤에는 40킬로 구간을 혼자 뛰어다닐 정도였다.

29세 되던 해 봄 보조국사 종재가 있던 그 무렵에 가야산 해인사 비구니 암자에서 지내는 노스님과 기차에 동승하며 순천 송광사로 향하였다. 차 안에서 비구니 노스님은 이렇게 당부의 말씀을 하셨다.

"출가자는 인욕을 해야 합니다. 어떤 경우에라도 참고 또 참아야 합니다. 참지 못하면 중노릇을 못합니다. 성불하십시오."

그 길로 집으로 돌아와 비가 그치기를 기다리면서 출가 준비를 마쳤다. 부모님께 고하고 남에게 빌린 물건 등을 되돌려 주고, 또 울먹이는 애인에게 고별인사를 하고…… 하하하…… 그러고 보니 엊그제 일 같다. 봄날이 무르익어 가고 초파일 준비로 연꽃을 비비는 이 무렵 때면 나는 해인사 비구니 노스님을 생각하며, 출가의 길에서 참고 또 참으라는 당부의 말씀을 새삼 떠올려 보곤 한다.

아 바

가을 이맘때면 생각나는 사람이 있다. 그가 타계한 이후 누가 그에게 보낸 한 통의 편지와 아바 노랫가락도 함께 생각난다. 편지는 개봉되지 않은 채 지금 내 좌우에 놓여 있다. 그와 친하다는 이유로 내 손에 들어온 것이다.

동갑 나이인데 아깝게도 먼저 세상과 작별하고 말았다. 남은 사람은 그리움을 실은 노래에 잠시 위안의 시간을 갖는다.

오늘은 용기를 내어 〈음악의 마을〉 프로에 전화를 걸었다. 신청곡은 아바의 노래이다. 아나운서가 신청곡의 사연을 말할 때부터는 소년처럼 가슴이 부풀어 올랐다. 왜냐하면, 이런 일은 난생 처음이었으니까. 이어서 흘러나온 노래의 곡명은 〈안단테, 안단테〉. 서곡부터가 마음에 와 닿는다.

노래를 들으면서 지난날, 그와 함께 마지막으로 저녁 식사를 나눈 자리를 떠올려 보았다. 아바의 노래가 생음악으로 들려왔을 때, 그는 밥을 먹다 말고 이런 우스갯말을 하였다.

"저어기, 저 노랫소리를 들어봐요. 꼭 무슨 절에서 하는 관음전 기도법사 기도 소리 같지 않아요?"

"예?"

내가 무슨 소리인가 싶어 귀를 기울였다.

"누가 듣거나 말거나 노래는 흘러나오지요?"

"아, 예."

"기도 법사 역시 〈관세음보살〉 정근을 제 시간에 채우면 되듯이, 노래하는 가수도 누가 귀 기울이든 말든 계속하니깐!"

"아하, 기발한 생각이네요! 하하."

“하, 그래요.”

이날은 낮에 목욕을 한 후 수족관도 구경하고 시간을 함께 보냈다. 그 후, 나는 프랑스로 떠나 지내다가 겨울에 그의 타계 소식을 들었다.

“아, 사람은 이렇게 떠나는구나!”

다만 이 말이 새어 나왔다. 남은 사람이 할 수 있는 일은 아주 미미했다. 기도를 시작하는 일, 49재를 모시는 일이 고작이었다.

그가 떠난 뒤가 이렇게 허전할 줄이야! 함께 보낸 세월이 십 년이 넘는다. 쓸쓸한 분위기가 감도는 요즘 가을의 날씨 탓도 있겠지만 그의 추억 역시 쓸쓸하기 비할 데가 없다.

아바의 노래는 그가 타계한 이후 간혹 즐겨 듣는 곡의 하나이다. 가을날 창밖에 저녁놀이 붉게 번지는 시간에 아바의 노래를 듣는 버릇이 생겼다.

먼저 떠난 사람이 오히려 복이 있는 것일까. 추억의 노래로 마음을 달래야 하는 남은 사람에 비해서 말이다.

옛 말씀에 있는, 애이불상哀而不傷이란 말이 생각난다. 서럽고 애잔한 생각에 푹 젖더라도 마음만은 상하지 않는다는 뜻이다. 그렇다. 타 버린 재에서 새싹이 솟아나듯, 슬픔 속에서도 새 삶의 힘을 얻어야지. 나는 떠난 그를 생각하면서 더 힘찬 내일을 생각한다. 그가 이루지 못한 원도 꼭 이뤄야지 하는 마음이 샘솟는다.

친구와 개봉되지 않은 편지에 쌓인 추억은 아바의 노랫가락과 더불어 가을 낙엽 속으로 차츰 묻혀 간다.

어느 여름날의 일기

맑은 날씨.

요즘에 겪은 두 가지 감동적인 이야기가 있다. 하나는 돈을 꾸어간 청년이 갚아 준 것이고, 다른 하나는 누가 가져갔다고 한 목어木魚, 나무 물고기를 찾은 것이다.

한 달 전쯤, 그때는 동네 공원의 벚꽃이 지고 신록이 짙게 우거지기 시작한 때였다. 도심 포교당에서 지내는 동안, 시간이 날 때마다 공원을 찾는 게 습관처럼 되어 버렸다. 새벽이고 밤중이고 때를 가리지 않는다.

숲에 눈을 씻고 숲에 귀를 씻고 숲에 마음을 씻는다. 이렇게 숲에서 생기를 되찾는다.

노천 냉탕에서는 목욕을 하고 나서 다시 태어난다.

밤중이었다. 술 취한 그는 돈을 꾸어 달라고 말했다.

"술을 좀더 마시고 싶습니다. 스님, 돈을 꾸어 주시겠어요?"

내가 만 원 한 장을 꺼내 주면서,

"부족하지는 않아요?"

하고 물었더니,

"넉넉합니다." 하고는 받아갔다. 그 이후 통 잊고 지냈다.

엊그제 밤이었다. 그가 다시 공원에서 어두운데도 나를 알아보고,

"어두워도 알아보겠습니다. 스님, 만 원을 받으시지요."

하고 돈을 꺼내 주며 고맙다는 인사도 잊지 않았다. 이때도 그는 취해 있었다.

전혀 기대하지 않은 돈이다. 감동이 크다. 착한 사람이다. 돈을 건네받으

면서,

"어두워도 알아보겠습니다."

나도 그도 같은 말을 소리쳤다. 그리고는,

"하하."

하고 환하게 웃었다.

그렇다. 어두워도 아는 사람은 서로 알아보지만, 모르면 밝아도 전혀 알아보지 못한다. 깨달음도 이와 같지 않을까. 아는 사람은 어두워도 자성自性을 알아볼 것이다. 주위 환경이 소란스럽고 어지러워도 맑은 마음을 지키는 사람은 자성을 알아볼 것이다. 등등. 육조단경六祖壇經 내용을 생각하였다.

또 다른 하나. 요즘 불교 목조각전木造刻展이 절 화랑에서 열리고 있다. 절 안에는 네 군데로 나눠진 화랑에 인간 문화재의 불교 미술 작품이 전시되어 있다.

절의 바깥뜰에는 크고 작은 30여 개의 장승들이 설치되어 있다. 이 가운데 나무 물고기가 한 장승의 입에 물려 있었다. 그건 언제든지 빼어 갈 수 있게 따로 끼워 둔 것이다.

아니나 다를까, 하루가 지난 그 이튿날이었다. 나무 물고기가 사라지고 말았다. 모두가,

"누가 가져가 버렸네!"

하고 섭섭해 하였는데 이게 한 보름 전의 일이었다. 헌데, 무성하게 뻗쳐 오르는 호박 넝쿨을 손질하다가, 문득 땅바닥에 떨어져서 화초 속에 가려져 있는 나무 물고기를 찾아냈다. 오해가 풀렸다.

점심을 먹는 자리에서 스님들과 이런 이야기를 나누고 크게 웃었다.

"오해가 많은 중생이라니!"

유월 철야 정진

월드컵 3~4위 결정전이 있는 날은 하필 절에서 유월 철야 정진으로, 1080배를 하는 날과 겹쳤다. 대구에서 저녁 8시부터 시작된 터키와 한국과의 대전이 TV 화면에 방영되면서 천지는 진동하였다.

거리 응원으로 광화문, 시청 주위의 소란스러움이 삼층 법당 안까지 밀려왔다. 응원 소리와 군중의 박수 소리는 천지가 떠나가게 컸다.

"대-한 민국. 짝 짝 짝 짝 짝"

밤 9시부터 예고한 바대로 철야 정진이 시작될 터이지만, 한 명도 안 왔다.

10시 무렵 축구가 끝이 나는 시간에 아직 한 명도 안 왔다.

10시 반에, 절 문 앞에는 다음과 같은 메모를 남겼다.

"알립니다. 밤 12시까지 모인 사람을 봐서 철야 1080배 정진을 실시하겠습니다."

축구 시합이 끝났을 때, 터키와 한국 선수들은 다 같이 어깨동무를 하고 우정을 나누는 모습이 퍽 인상적이었다.

정진 대중이 서서히 하나 둘 모이기 시작한다. 모두 3명이다. 거사가 두 사람이고, 보살이 한 사람이다.

11시에 죽비를 치고 좌선을 시작해서 11시 45분에 마쳤다.

12시에 1080배를 시작하였다. 몇 번 끊어서 실시하는 방법은 108배를 4번, 3번, 2번, 1번 이런 순으로 모두 10번이다. 중간 중간에 쉬었다. 마지막 108배 한 번을 할 때에는 108배 관음예참으로 하였다.

절한 사람들은 마치 땀으로 목욕을 한 것 같았다. 옷이 촉촉하게 젖어서 몸에 감기는 게 거추장스러웠다. 네 사람 중 두 사람은 거의 기진맥진하였다. 그래도 〈석가모니불〉을 부르면서, 거의 안간힘을 다해 일어났다가 엎드리곤 하였다. 보기에 몹시 힘들어 보였다.

중간중간 쉴 때에 마신, 미숫가루를 탄 냉수와 길게 깎아서 먹은 오이는 꿀맛이었다.

밖의 응원 열기는 가셨으나, 절을 하느라고 달구어진 온몸은 흥분의 도가니였다. 유월의 마지막 토요일 밤은 이렇게 지샜다.

아침 예불을 올릴 때에 온몸으로 감싸 오는 상쾌함이란!

근본불교 나카무라 하지메 선생 저서와 법공양문 일타 스님 저서책에 이런 사인을 해서 동참자들에게 보시하였다.

"임오년 유월 철야 1080배 정진일"

한 거사는 미국 애리조나 주로 법학 공부를 하기 위해서 곧 떠난단다.

다른 한 거사는 선방 대중의 한 사람이고, 보살은 〈청년불교〉 인터넷 동우회 회원. 하룻밤 철야 정진을 함께 잘 마친 날은 이렇게 격의가 없이 친근감이 든다.

만나는 사람마다 모두 고향 사람같이 포근하게 느껴지고, 주위가 더 밝아 보인다. 이런 까닭에, 늘 철야 정진 1080배에 동참하기를 좋아한다.

오래 지속되지 않아 아쉬운 느낌이지만, 숲에서 어둠을 씻고 기쁨으로 동트는 아침, 부처의 몸이 온 우주에 충만한 느낌을 어떻게 글과 말로써 표현하랴!

일요일 오후에

일요 법회를 마치고 점심을 끝낸 후 과일을 잘 먹었다.

"원주 스님, 시장 가면 좀 맛있는 걸 사 오시오."

키 큰 스님의 말이다.

"요즘 먹을 만한 게 많아요."

요즘 밥맛이 떨어진 탓인가. 환절기에 감기로 공양을 자주 안 하는 편이다. 갑자기 집에서 모친에게 투정을 하듯이 이것저것 주문을 한다.

내가 머문 방으로 가는 길목에서 초등학생 동녀를 만났다.

"스님, 스님이 안 계시니까 절에 오기 싫어요!"

지난 일요 법회 때의 일이다. 동녀가 절에 왔다가 내가 보이지 않으니까 그런 말을 한 것이다. 그날은 내가 도반 스님의 절에 가서 창건 기념행사에 동참하고 온 날이다.

"애야!"

내가 불렀다. 귀여운 아이라고는 하지만 빈틈이 없어 보인다. 내가 향기 나는 초를 아이에게 주었다. 한 케이스에 3개가 들어 있는 인도산 향초이다.

"이 비싼 걸 줘요?"

곁에서 아이의 모친이 말린다.

"엄만, 아빠를 잘 만났어요!"

아이가 깜찍해서 이렇게 못하는 말이 없단다. 순진한 아이라 보고 들은 대로 말을 한다. 거짓이 없다.

내 일이 생각난다. 지난 여름에 치과에 다닌 적이 있다. 그 치과에 있는 간호사는 한 절의 총무인 아주 신심이 있는 불자로 친절했다. 의사가 따로 있고 다른 간호사도 있다. 내가 아는 간호사는 퍽 잘 해 주어서 그 치과에 가는 이유가 되었다. 물론 가격에서도 봉사에 가깝게 그냥 해 준다. 고마워서 부채에 그림을 그려서 의사 간호사들에게 나눠 준 적이 있었다. 피자를 좋아해서 피자도 사 간 적도 있었다.

어느 날이었다. 돌연 그 간호사가 보이지 않았다. 딴 치과로 떠난 것이다. 갑자기 치과 진료실 안이 텅 비어 있는 것같이 느껴졌다. 이 치과에 오기 싫은 생각이 들었다. 아직 치료 기간 중인데도 말이다.

사람 마음은 참 간사하다. 가까이 있어도 마음의 문을 열지 않으면 천만 리 있는 것처럼 느껴지고, 멀리 떨어져 있어도 마음의 문을 열면 바로 곁에 있는 것이 느껴진다는 말과 같다.

나도 모르게 이렇게 이 치과에 싫은 생각을 낸다.

생각 같아서는 그 간호사가 간 치과를 알아내서 거기서 치료를 받고 싶었으나 꾹 참았다.

며칠 지나서였다. 종로구청 앞길에서 그 간호사 일행과 마주쳤다. 아주 반가웠다. 옮긴 치과는 어디라고 일러 주었으나 끝내 나는 찾아가 보지를 못하였다.

아마 절에 다니는 일도 아이의 말과 같이, 아는 스님이 안 계시면 가기 싫은가 본다. 살림하는 원주 스님이 안면이 있고 친절하면 더 가고 싶은 마음이 나는 게 인지상정이 아닌가. 아는 사람이 있다가 돌연 없으면 어디를 가나 섭섭하다. 마음이 열리면 멀리 있어도 함께 있는 것이라지만 실제 상황에서는 그렇게 되기 힘든 게 사바세계인가 본다.

작은 방

　방은 작아야 편하다. 큰방은 대중방, 선방으로 좋다. 역사에 보존된 옛 선비의 전형적인 방은 보통 한두 평일 뿐이다. 재미있는 건 문화 유적으로 보존되고 있는, 독립운동자를 가둔 서대문 형무소의 독방은, 그 크기가 0.9평이고 화장실이 딸린 조금 큰방이 1.1평이다.

　방 가운데에 앉아 풍류를 즐기다가 손길이 닿는 대로 책을 잡는다. 붓과 벼루도 손이 닿는 데에 가까이 있어야 손길이 한 번이라도 더 간다. 방이 커 버리면 몸을 움직이게 되고 몸을 움직이면 다시 생각이 바뀐다.

　방장方丈은 사방 열 자의 방에서 거처한다는 뜻으로 선방 조실 스님의 대명사이다. 한 평은 사방 여섯 자의 방 길이다. 사방 열 자의 방이니 그리 크다고 할 수가 없다. 도인네의 방이 이렇게 작은 방이다.

　또 방 안의 장식이 아주 없는 단순미가 한눈에 들어오는 방이다. 문방사우, 다구茶具, 선서禪書, 좌복, 요령, 죽비가 있다.

　만일 차 도구를 너무 눈길이 끄는 걸로 준비해도 격이 떨어진다. 게다가 100년이 넘은 괴목나무 뿌리로 멋진 찻상을 만들고, 신기한 외국 기념품을 방안에 두면, 선사에게 법문을 청할 순서에서 여기저기 눈길을 빼앗겨 버리고, 그래서 기분이 산만해진다.

　정신 건강을 위해서 작은 방이 알맞다.

　고급스런 물건이 없어도 단순미가 살아나는 인테리어라면 좋을 것이다.

젊음의 황금 시절

힘들면, 왜 이렇게 나만 힘드나, 하고 한탄한다. 모두가 귀찮을 때에는 그저 숨어 버리고 싶은 마음이다. 옛사람은 말한다.

"뒷날 이게 다 밑거름이 되어 피가 되고 살이 되는 자양분임을 철들어 안다."

몇 가지 비유

자동차의 타이어와 길 표면인 노면露面은 서로 강한 마찰을 작용한다. 이 마찰이 아니면 자동차가 운행할 수가 없는 이치. 미끄러운 빙판이 노면으로 덮이면 큰일이다. 잘 나가는 게, 꼭 잘 나가는 게 아니라는 이야기이다. 강한 마찰이 자동차 운행에 기본이라는 사실은 시사하는 바가 크다.

헬리콥터는 공기의 저항으로 해서 잘 날아갈 수가 있다. 만일 공기의 저항이 없는 지구의 무중력 상태 같은 곳에서는 비행할 수가 없는 이치. 공기의 저항은 대단한 역할을 하고 있는 것이다.

이렇게 볼 때, 마찰과 저항은 반드시 장애의 요인이 아니고 자동차의 운행을 돕고 헬리콥터 비행의 바탕이 됨을 알 수가 있다.

사람은 젊어서 사서라도 고생을 하라, 하는 교훈이 있다. 고생을 하더라도 젊어서 해야 인생의 값진 체험을 할 수가 있기 때문이다.

나는 철이 들어서 노숙자, 엿장수, 막노동자, 파트타임 아르바이트를 하고…… 말을 많이 늘어놓으면 너스레 해질까 줄인다. 그래도 이것은 진짜 고생한 사람에 비해, 스스로 한 것이니 고생이랄 게 없다.

실제로는 철부지 어린 시절에 배고픈 서러움이 일기장 한쪽에 적혀 있다.

끝나지 않은 동가숙 서가식東家宿 西家食 생활 가운데, 몸 하나 건강한 것
이 다행이다. 한때는 산중 절에 푹 묻혀서 잠적할 날을 기다린 적이 있다.

지금도 어린 시절에 본 산수 풍경화 한 폭이 눈 안에 어른거린다. 노송老
松 아래 흰 수염발을 날리면서 앉아 있는 신선 같은 노인네가 그렇게 보기
에 좋다. 어서 호호백발의 시절이 내게 왔으면 싶다.

내가 선방에 앉아 정진이 될 때에는 몇 가지가 있다.

우선, 어리석어서 마음이 부글부글 끓는 분심忿心으로 주체할 수가 없는
시간이다. 다른 사람들은 더욱 정진이 힘들고 정신이 분산된다는데 나는
이와는 반대. 이럴 때에는 희한하게 차분해진다. 극과 극이다.

또 며칠 정진이 고른 뒤에는 바위덩이 같이 견고한 시간이다. 한 시간,
두 시간, 세 시간 이어진다.

주의하는 대목은 분심忿心이 날 때이다. 분한 마음이 공부의 추진력이라
는 사실이다.

대의심大疑心, 대분심大忿心, 대용맹심大勇猛心 등, 이 세 가지가 정진의
큰 마음가짐이라는 옛사람의 가르침에 걸맞다. 이 가운데서 대분심大忿心
이 큰 힘이 되어 대의심과 대용맹심을 차례로 강하게 일으키지 않나 생각
한다.

뜻대로 잘 안 되는 게 세상의 이치. 마찰과 저항이 생기면 주저앉지 않고
일어서는 계기를 만드는 건 하나의 기술이다. 마음이 열린 사람은 고난을
이렇게 받아들인다고 한다.

"너 고난苦難아, 어서 오너라!"

허나 아직 그럴 용기가 내게는 있지 않고 다만, 마이너스에서 플러스로
바꾸는 불보살의 길을 잊지 않으려고 생각한다.

초가을 길목에

점심은 그냥 방 안에서 찰 강냉이 한 개, 호박죽 한 컵으로 때웠다. 차는 일회용 녹차 잔에 녹차 한 잔을 마신다.

창밖에는 여름 내내 자란 칙칙한 플라타너스 아래 장독대가 있고 그 곁에 선 대추나무는 엄지손가락만큼 풋대추가 여물었다. 너무 많이 열려서 나무가 한쪽으로 쏠린 게 언제 비바람 치는 날이면 탈이 날까 싶을 정도이다.

"찌르르, 찌르르……."

온종일 매미 소리가 이어지고 있다.

승복 빨래를 하고 풀은 밥으로 짓이긴 걸로 먹여서 대추나무 아래 널어 놓았다. 지금은 한 시간 정도 기다리는 중이다. 너무 바짝 말라도 재미가 적고 어느 정도 마른빨래를 손질해야 편하다.

달력을 보니 절후는 입추, 말복을 지났고 처서가 낼 모래. 칠석 날도 사나흘 남았다. 조석 기운은 여름과는 완연히 달라졌지만, 아직 가을을 말하기는 이르다. 옛날 중국 중원을 중심으로 쓰던 24절후를 그대로 우리가 가져다가 쓴 까닭에 며칠씩 절후가 늦은 건 당연하다.

이맘때가 되면 떠오르는 생각이 있다. 고향 생각이다. 불현듯 어린 시절을 보낸 고향 초가집과 초가을 마당에 내리쬐는 가을 햇살이다. 그 햇살은 한없는 그리움을 불러일으킨다. 멀리 길을 떠나고 싶은 생각이다.

수삼 년 전의 일이다. 프랑스 빠리 근교 길상사에서 두 번 가을을 맞이한 경험이 있다. 그렇게도 그리운 고향의 산천이었다. 정말이지, 그 뒤로 중국 어느 산사 성지 참배 길에 가을을 맞이하였을 때에도 같은 생각이었다. 불현듯 초가을 향수에 젖어 가슴이 저려옴을 느꼈다. 이때에는 무척 초라해지는 자신을 발견한다. 한편으로 서글픔도 따른다. 철부지 어린애가 된 기분이다. 스님, 한국 사람, 어른 하는 수식어가 다 떨어져 나가는 기분이다. 그냥 사람이지 다른 게 없다. 묵은 꺼풀을 다 벗어 버린 시원하고 자유로운 느낌이다.

교외 들녘에 나가 가을 마른 풀 향기를 맡고 싶다.

나는 어려서 서당에 다니는 외에, 돼지 먹이 풀 꼴 베기, 소먹이 구정물 걷기 등을 하면서 시골 분위기에 한껏 젖어 지낸 탓인지, 아직도 쉰이 넘은 지금에 와서도 에누리 없이 농촌 아이이다.

옛집을 돌아본 바로는, 그 옛집이 아니다. 보일러 시설을 갖춘 현대 양옥으로 변해 있고 주위 과실나무도 사라진 지 오래다. 배나무, 포도나무, 앵두나무, 감나무 등 내 추억 속에 남아 있을 뿐이다. 장독대 곁의 모란은 탐스럽다. 비 온 날 물을 잔뜩 먹은 모란꽃이 고개를 푹 숙인 모습이 장관이었다.

이젠 별수 없이 세월의 흐름을 따르기 마련. 울렁거리는 소년의 감상도 묻어 두고 목석같이 단단한 '스님, 한국 사람, 어른'의 모습이다.

풀을 해서 널어 둔 빨래가 이젠 좀 물기가 걷혔겠지. 빨래 손질로 오늘 오후는 시간이 잘 간다.

칼국수

　수년 전 산동 연대山東 烟台에서 선종禪宗 답사차 배낭여행을 하려고 중국어를 배우며 지낼 때의 일이다. 그날은 일요일이었다. 학교 기숙사에서 나와 버스를 잘못 타서 개발구開發區 입구 48번 종점에 가 닿았다.

　배가 고픈 김에 시장 한쪽 칼국수 가게에 가서 한 끼니를 때울 때였다.

　세 모녀母女가 손 노릇이 아주 빠르게 만두를 만들고 있는 중이었다. 어머니 되는 사람은 수건을 머리에 쓰고 있다. 56세란다. 내가,

　"젊어요!"

　하니,

　"어디! 어디!"

　하며 늙었다고 한다. 성격이 화통하고 말씨가 투박해서 재미가 있다. 다시 보니 그녀는 주름살이 곱게 쳐져 있는 초로에 접어든 얼굴. 그 옆에는 키가 나지막한 사람이 큰딸이고, 흰 주방 복장을 한, 키가 훤칠하게 큰 사람이 작은딸라고 소개를 한다. 다 결혼해서 지내는데 이웃에 살아서 일손을 돕고 있는 중이다. 세 모녀가 오손도손 정답다.

　칼국수를 어머니 되는 사람이 세 그릇을 끓여 주었다. 내가 차례차례로 먹고 또 먹으니 아주 좋아라고 한다. 처음 주문을 할 때에 미리 삼 인분으로 세 그릇을 시켰을 때에,

　"혼자서?"

　하고 놀랐다. 세 그릇을 남김없이 다 먹었다. 분식을 좋아하는 건 예나 지금이나 마찬가지. 몸을 생각해서 요즘은 두 그릇으로 정량을 삼긴 해도…….

맛이 괜찮은 우룡차烏龍茶를 정성스럽게 따라 주었다. 차 값은 안 받는
단다.

칼국수 세 그릇 값은 5콰이어. 한 그릇 값이 2콰이어인데 세 그릇이라
고 깎아 준 셈이다. 찻값을 내도 마구 돌려주며,

"안 돼!"

하고 소리를 꽉 지른다. 처음 본 대로 성격이 화통하고 재미가 있다.

"돼요!"

하고 나도 따라서 큰소리로 꽉 질렀다. 세 모녀가 만두를 만들다 말고,
와아! 하고 크게 웃었다. 하는 수가 없이 그녀들의 거친 손을 보고는 옆 화
장품 가게에 가서 밀크 크림 하나를 사서 건네주고 나왔다.

내가 시장 밖으로 천천히 걸어 나올 때였다. 내 모습이 아주 사라질 때까
지 어머니 되는 사람은 밖으로 나와 밀가루가 묻은 손을 흔들며 한참을 그
대로 서 있었다.

"아미타불!"

처음 만난 사람이지만 구면이나 다름이 없다. 고맙고 정이 넘치는 사람
들이다.

그 이후 세 모녀 칼국수 가게를 찾아갈 기회가 다시 없었다. 버스 48번
종점에 따로 볼일이 있는 것도 아니고 해서, 한번 가서 칼국수를 먹어야지,
하면서도 기회를 놓치고 말았다. 조용한 시간에 칼국수 생각을 하면서 이
글을 쓰자니, 문득 마음 착하고 아름다운 분들의 얼굴이 주마등 같이 하나
하나 떠오른다.

인연 있는 사람들이 다 소중하게 느껴진다. 어머니의 품 안과 같이 감싸
오는 다사로움. 거리는 추운 날씨인데도 훈훈하다.

멋지고 아름다운 만남이다.

터졌어 터져

그때가 벌써 10년쯤 지난 것 같다. 겨울 안거를 봉암사에서 지낼 때였으니까. '방통'으로 통하던 수좌가 간염으로 용맹 정진 도중 쓰러져서 병원으로 실려 갔다. 바로 내 옆자리 좌복에 앉은 방통은 그 뒤로 영 일어나 보지를 못하고 두세 달이 지나 차가운 병실에서 열반에 들고 말았다. 그때 임종을 지켜보던 간호 보살은 비구니로 입산 출가해서 어느 산중에서 수행 중이라고 한다.

삼국지에서 제갈양과 맞먹는 뛰어난 재사才士가 바로 방통이다. 그는 방통으로 부를 만큼 해박한 재사였다. 군대에서는 사역을 갔다 와서도 배가 고파도 라면을 손을 대지 않을 정도의 철저한 율사律師였다. 고기 기름으로 만든 라면이었기 때문이다.

세상을 떠나기 전까지만 해도 평소 생사를 하나로 보고 본분 납자本分衲子의 길을 가던 방통. 그도 의사가 권하는 전복죽은 하루 세 끼 빠지지 않고 먹었다. 한번은 생전에 약 값을 새 누더기로 해 입고는,

"어때? 괜찮아? 가벼우니까 좋아."

하고 가벼운 명주 천으로 속을 한 새 누더기를 입고 어린애처럼 좋아하였다. 병마가 깊이 간에 자리하였을 때에는 방통도 인내력의 한계를 느낀 탓인지 음식을 가리지 않고 잘 먹었다. 살려는 의지력을 강하게 보인 데에 약간 의아심을 낳기도 하였다. 참으로 사람의 본심이란 저런 것이구나, 하는 걸 보여 준 것도 같았다.

정월 보름날 해제가 되었다. 그러나 방통이 차가운 병실에서 병마와 씨름하는데 차마 뿔뿔이 흩어질 수가 없어서 그대로 무기한 용맹 정진에 들

어갔다. 도반의 영결식도 있고 해서 병원의 소식만을 기다리며 그렇게 무기한 용맹 정진을 감행했다. 이때 대낮에 일이 터졌다. 무슨 일인가 하면 선방 부엌의 보일러가 물의 뜨거운 압력을 받고 꽝 하고 터진 것이다. 내가 선방 시계를 올려다보니 정확히 오후 세 시 반 무렵이었다.

모두 반수면 상태에 빠져 있었다. 아니면 선정 삼매에 들었을까. 점심을 먹고 나른한 심신에 대개 이 시간에는 '잠선'이 많다. 헌데 이 시간대에 글쓴이는 망상이 있었는지 깨어서 꽝 하는 소리를 역력히 들었다. 큰일 났구나, 하는 생각이 퍼뜩 들었다. 누구 하나 눈치를 챈 이가 없이 그대로 잠잠했다. 선방 안은 긴 침묵 속에 이어졌다. 이때였다. 글쓴이가 느닷없이 방바닥을 손바닥으로 딱 치고 자리에서 일어났다.

"터졌어, 터져!"

이렇게 큰소리로 외치자, 한 스님이 아직 잠이 덜 깬 상태에서, 도道가 터졌어, 터져! 하는 줄로 알고,

"그럼, 우리가 어떻게 해야지요?"

한다. 다른 이들도 글쓴이를 주시한다.

"문을 열어야지요, 문을! 다 뭣들 하는 거요?"

한 스님이 문을 열고 또 묻는다.

"이젠 어떻게 하지요?"

"어떻게 하긴? 부엌으로 빨리 나가야지요!"

계속 소리를 치자, 사람들은, 도가 터진 이의 의기양양한 모습을 처음 보고 놀랐다고 한다. 몸에서는 광채가 나고 더구나 방문을 열자 부엌에서 밀려오는 수증기가 마루 쪽으로 쌓여서 무슨 길상사吉祥事가 이런가 싶어 잠시 착각에 빠지기도 하였다고 한다. 하하하. 지금도 별 탈 없이 잘 지내는 건 어쩌면 그때 그 의기양양했던 힘이 아닐는지 모르겠다.

광훈 스님의 냉방

다섯 해 전의 일이다. 프랑스 빠리에서 돌아오던 그해 겨울은 몹시 추웠다. 눈이 내리는 밤에는 그래도 덜 추웠다. 대문간 방에 외풍 바람막이가 없는 게 안 됐다. 언제 불을 피웠는지 모를 아궁이는 이제 다시 불길을 넣기 어렵게 되어 버렸다. 애초 연탄 아궁이 보일러였으나 없는 거나 다름이 없었다. 이 냉방에서 사람이 불을 때고 지내기는 아마 십 년도 더 넘었을 터이니까.

이런 날 밤에는 달이 밝아 산에 짐승처럼 오르내렸다. 본의 아니게 조계산 구경을 참 많이 하였다. 산을 피부로 가까이 해 보기는 이번이 처음이었다. 흐르는 개울물에 냉수욕을 하고 난 다음에는 그래도 악, 하고 고함 소리가 터져 나왔다. 감기가 걸리지 않는 게 천만다행이었다.

왜 그 불을 안 땐 냉방이 내 차례가 됐나.

처음에는 광훈廣薰 스님이 재무 일을 볼 때에 제 골방으로 만들어서 자질구레한 소지품을 넣어 두는 방이었다. 대문간 한쪽은 장작을 쌓아 두는 광이고 다른 한쪽이 이 대문간 문간방이다.

스님은 내가 절에 처음 왔을 때에 행자실 중강 스님. 내게는 초발심자경문 중강 스님으로 스승인 셈이다. 그는 절 아랫동네 오봉리 사람. 동진 출가하여 보조국사 이하 십육국사의 뒤를 이은 분으로 사석에서 부를 만큼 애사자愛寺者였다. 도서관 목록, 화엄전 경판 목록을 처음 만든 이가 바로 광훈 스님이다.

무자생으로 스님은 나와 동갑. 평소 지병이 있는 스님은 한약을 먹을 때에 부자를 많이 넣어 먹은 탓으로 그 이튿날 입적을 한 모습으로 발견되었다. 사십을 넘기고 저세상 사람이 되고 말았다.

입적을 하기 전의 일이 기억난다. 스님은 이상스럽게 함께 워커힐 사우나에 가서 목욕을 하고 여의도 63빌딩 꼭대기에 올라가 보자고 청했다. 물론 아이맥스 영화도 보았다. 그날 63빌딩 꼭대기에서 저녁을 하면서 라이브로 들었던 아바Abba의 노래가 기억에 새롭다. 죽음의 그림자가 아바의 노랫가락 속에 묻어 있을 줄이야! 경쾌하면서도 가벼운데 듣는 이에 따라서는 그날따라 더욱 시니컬했다니! 이것이 광훈 스님과의 마지막이었다.

입적을 하고 빈방으로 그냥 남아 있을 때였다. 냉방 안에 헌 주전자를 넣어 두고 열쇠를 채워 둔 노장님이 있었다. 노장님은 장작을 때서 쓰는 온돌방으로 방이 네 개인데도. 이 까닭은 아마 방보다도 딴 게 문제인 듯 했다.

주위에 다른 이가 얼씬거리면 신경이 쓰이는 듯.

한번은 내가 쓰는 방을 둘러보다 말고,

"여긴 잠을 자는 방이 아닌데……."

한다. 냉방이니까 잠을 잘 수가 없는 건 당연하다.

도감 스님이 말리는 말로 한다.

"참, 미안한 말이지만, 이번 겨울은 여기서 지내면 안 되겠어요."

냉방 생활은 그리 오래 걸리지 않았다. 보성 대원사 절 뒤 명적대 토굴로 거처가 정해졌으니까. 그래도 문간방을 내가 쓰고 있는 건 지금도 마찬가지다.

산에 가서 노천탕에 뛰어들어 냉수욕을 해도 감기는 없다. 게을러서 해이해지는 마음은 가고 강한 마음이 잠시라도 굳게 선다. 빠리에서 2년 가까이 지내고 본사에 돌아온 나는 광훈 스님 방에서 이런 겨울을 맞이했다.

최초의 직업

나의 최초의 직업은 고무신점 점원이었다. 주위에서 꽤 큰 고무신점이었다. 겨울날 새벽에 트럭으로 배달된 고무신 짐을, 창고에 쌓아 두고 정리하다 보면 어느새 짧은 하루해가 다 간다.

시린 손을 호호 불며 하루 종일을 그렇게 보낸다. 먹는 건 김장 김치 가운데서 윗두께 배추로 냄새가 몹시 나서 비위가 좋은 나도 역겨웠다.

"엄마, 김씨는 일도 잘하고 공부를 썩 잘하는데요. 김치는 우리가 먹는 걸 좀 줘요."

아파서 휴학 중인 딸아이가 조른다. 이 아이는 고1에 있다가 쉬는데 영어를 내게 배운다. 약간 몸이 약하다는 것밖에 별다른 병세는 없어 보였다. 어디가 아픈 줄은 모르나 병가로 휴학중이라는 말을 들었다. 특성이 없는 얼굴이나 밉상은 아니다. 마음씨도 착하다. 그래도 그의 어머니는,

"뭐, 한두 사람이냐? 김씨 말고 이씨, 정씨는 어떻게 하고?"

"아이이, 차암……."

저녁에는 난롯가에서 군고구마를 구워서 내게 준다. 가게 안에는 아무도 없고 도란도란 이야기를 나누다가 영어책을 펴 본다. 영어 공부보다는 둘이서 시간을 보내는 게 재미있다.

하루는 일을 하다가 내 바지 엉덩이가 터졌다. 딸아이가 그걸 꿰매 줘서 다시 일을 하였다. 이 일로 해서 우리는 좀 친해졌으나, 옆집 사람이 무심코 하는 말로, 나를 두고 '데릴사위'라고 하기에 그 소리를 듣기가 몹시 싫어서 그냥 나왔다. 까닭 모르게 그게 비위에 거슬렸다. 자수성가를 해야지 데릴사위는 무슨 데릴사위냐 하고, 달밤에 눈길을 걸으면서 나는 주먹을

불끈 쥐었다.

내 성격은 이렇게 쥐뿔도 없는 주제에 콧대가 세었다. 고교 진학을 그만 둔 게 이런 연장선에서였다. 어느 정원 미달 학교에서 장학생으로 오라는 연락이 왔으나 들은 체도 안 했다. 독학생으로 서 보려는 생각이었다.

기억나는 직업 가운데 엿장수와 노가다 잡역부는 지금도 아련한 추억을 실어 온다. 길을 가다가도 엿장수와 잡역부를 만나면 남의 일처럼 보이지 않는다.

돌을 캐내는 채석장에서도 일을 했다. 다이너마이트가 터질 때에 부상자가 생겨서 운반한 일도 있다. 모진 목숨을 이끌고 이날까지 살아온 것은 그 쥐뿔도 없는 자존심 덕분이었다.

내가 비지땀을 흘리며 일을 해서 길을 낸 곳으로 지날 때였다. 차마 그냥 지나치지 못한다. 내가 일을 했던 장소에는 아스팔트 길이 길게 뻗쳐 있다. 내려서 잠시 회상에 잠겨 본다.

그때는 정말 죽을 지경이었지…… 세월이 무상하다. 그 노가다 잡역부는 이렇게 서 있다. 내가 왜 이럴까. 과거는 말하지 않고 묻지 않는 게 출가의 길인데 말이다. 50살이 넘어가면서 나는 옛집에도 가 보았다. 탯자리를 묻은 곳으로 수십 년 만이다.

처사님과 보살님도 뵙고 식사 대접을 올린다. 낳아 주신 공덕을 크게 생각한다. 인연법으로 8천세 인연이 부모 자식 간에 인연이라고 한다.

부부는 7천세 인연, 형제자매는 9천세 인연이다. 옷깃 한 번 스친 인연이 5백세 인연인데 그렇게 소중하다.

여름 수련회 기간 중에 빠리에서 신도 분이 왔다가 떠나면서,

"지묵 스님이 고무신점에서 일을 하셨다고 하기에 고향 고무신점을 다 돌아보고 왔어요."

한다. 김 처사와 보살은 동향인이다. 한번은 법정 큰스님이 내 과거를 아

시고,

"김 처사, 지묵 스님과 고향이 같아."

하면서 고무신 점원 이야기를 꺼내셨다고 한다.

법정 큰스님은 내 첫 직업 이야기 끝에, 약간 흐린 눈빛을 감추는 듯 손등으로 눈물을 닦으면서,

"보살의 과거 인행忍行 이야기야. 그걸 토대로 정진 잘해요."

하신 적이 있다. 불일암에서 법정 큰스님의 공양주 시절 이야기이다.

법정法頂 큰스님

정좌처 다반향초靜坐處 茶半香初

고요한 좌선실에 차 맛은 반잔의 맛 향기는 첫 향기

묘용시 수류화개妙用時 水流花開

묘용을 쓰는 시간에 물이 흐르고 꽃이 피나니.

불일암佛日庵 다실 벽에 걸린 족자의 한 구절이다. 붓 대롱이 닿게 꾹꾹 눌러쓴 추사秋史 선생의 글씨로, 어린애 솜씨 같은 치졸한 맛이 있다. 스님은 철 따라 족자를 바꿔 거시는데 어느 것이나 다 스님의 인품에서 풍기는 그런 아취가 느껴진다.

나그네가 조계산 송광사 산내 암자 불일암을 처음 참배하였을 때에는 지금의 불일암 주위 모습과는 다르다. 출입하는 문과 공양간 위치가 바뀌었고 곁에 딸린 서전西殿을 아직 짓기 이전이었다. 광원암廣遠庵도 복원되기 전이었다. 25년 전 처음 그때는 아담하고 조촐한 작은 암자였다. 지금도 외형은 그대로인 것 같다.

찰밥을 싸 들고 도반 행자님들과 함께 법정法頂 큰스님께 인사차 갔다. 큰절에서는 보름마다 하는 삭발 목욕일 날에 항상 찰밥을 한다. 송광사 찰밥하면 또 알아준다. 그때 보현심 보살이 채공 보살로 있을 때였는데 솜씨가 아깝다 할 정도로 뛰어났다. 입 안에서 살살 녹는다. 미역국하고 찰밥은 음식궁합으로 잘 맞아 미역국도 따라서 끓인다. 국을 끓이는 소임은 나그네 몫이다. 먼저 솥 바닥에 기름을 바르고 물에 불린 미역을 약간 볶았다가 끓이면 담박하면서도 구수하다. 다 상上행자님으로부터 전수받은 요리법이다.

불일암 외에도 고개 넘어 오도암悟道庵 과수원에 간다. 그때 효봉曉峰 노스님의 속가 아드님 거사가 말년에 머물고 계셨다. 사진첩을 보여 주며 옛 이야기도 들려 주셨다.

불일암 스님의 은사는 효봉 노스님이신데 말하자면 서산 대사의 법맥인 셈이다. 그 이전 송광사는 서산 대사와 쌍벽을 이룬 부휴 대사 선수善修의 후손 풍암 스님의 법손이었다. 약 400년 동안을 풍암 스님 법맥이 유지되었으니 송광사는 효봉 노스님이 주석하는 시점에서 판도가 크게 바뀐 것이다. 무상한 일이 한두 가지가 아니다. 지금은 효봉 문도의 일색이지만 또 언제 법력 높은 분이 새 회상을 차리게 될지 예측 불허하다. 세상사 인연 따라 오고 간다.

오도암 아드님 거사로부터 전해 들은 일화가 있다. 사실 그때는 오도암이 아니고 구산九山 스님이 거사를 위해 과수원을 인수해 토굴로 그냥 쓰도록 하였을 뿐이니 암자랄 것도 없이 오두막 같은 토굴집이었다.

"평양 집에서는 '효 자, 봉 자' 노스님이 가출한 날을 제삿날로 삼았지요. 그날을 잡아 제상을 차려서 절을 올렸는데, 놀랍게도 노스님은 그날 밤 꿈에, 자식들이 걸게 음식을 차려서 놓고는 절을 하더라는 거예요."

거사님은 화순 경찰서장을 역임한 바가 있다. 헌데도 지척에 아버지를 두고도 생전에는 뵐 기회가 다시 없었다. 신혼여행 때에는 오대산 선원 앞을 지나쳤을 때에 효봉 노스님이 이를 알아보고 앉은자리에서 돌아앉았으니 부자 간의 인연치고는 묘하다.

스님의 차가운 눈빛은 퍽 이지적이면서도 단호하다고나 할까. 한번은 불일암에서 공양주로 지낼 때에 이런 일이 있었다. 광주에 호미, 돌 망치, 돌 뜨는 대꽂 등 연장을 사러 갔다와서 잔돈을 다 내놓지 않으니, 두세 차례나,

"연장을 잘 샀어?"

하고 넌지시 잔돈을 다 내놓으라는 뜻으로 말씀을 하셨다. 10만 원을 가져가서 6만 몇 천 몇 백 몇 십 원을 썼다. 그렇게 말씀하신 것은 나그네가 끝돈은 버리고 그냥 만 원 권만 3장을 내놓았기 때문이었다. 하는 수가 없이 잔돈을 깡그리 털어놓을 수밖에.

다른 이야기지만, 담을 허술하게 해 두면 도둑질을 가르친다고, 하여 만장도교慢墙盗教란 치문緇門 말씀을 들려주신 적이 있다. 스님은 매사에 투철하여 빈틈이 없으신 줄을 짐작하였지만 정작 모시고 보니 수긍이 가는 이야기였다.

직설적이고 단순하다는 점도 빼놓을 수가 없다. 좋든지 궂든지 분명하지 우물쭈물 머뭇거리는 법이 없으시다.

스님의 반응을 보려고 일부러 스님 밥그릇 안에 나그네가 고기 몇 점을 넣어 두었을 때였다. 스님은 몇 술을 들다 말고 밥 속에 묻힌 고깃점을 보더니,

"옛날 노처녀가 있었지. 맘에 든 신랑이 없는 탓이야. 헌데 이번에는 정작 신랑감이 나타났는데 역시 결혼을 포기하고 말았다네. 왜 그러냐 하면 지금까지 지켜온 정조가 아까워서 그랬지."

"……?"

고기를 보고는 느닷없이 노처녀 이야기를 꺼내신다. 나그네는 스님의 깊은 속뜻을 모르고 다만 그저 그러려니 하고 생각하였다. 지금까지 지켜온 정조 때문이야.

♣

"집을 떠나오기 전에 내가 망설였던 일은 책 때문이었다. 넉넉지 못한 집

안에서 자랐지만 독자獨子인 나는 하고 싶은 일을 내 마음대로 하면서 비교적 자유롭게 자랄 수 있었다. 할머니의 사랑이 나를 그렇게 길러 주었을 것이다. 평소에 애지중지하던 책더미 앞에서 나는 또 생나무 가지를 찢는 아픔을 겪지 않을 수 없었다. 그것이 내 유일한 소유물이었기 때문이었다. 서너 권쯤은 몸에 지니고 싶어 이 책을 뽑았다가 다시 꽂아 놓기를 꼬박 사흘 밤을 되풀이했었다. 그것은 지독한 집착이었다.

책 몇 권을 가지고도 이러는데, 정든 처자권속을 두고 나오는 사람들의 심정은 어떨까. 능히 이해할 만한 일이다. 결국 세 권을 뽑아 짐을 꾸렸지만 산에 들어와 보니 모두가 시시하고 별로 도움이 되지 않는 것들이었다."

출가기出家記에 나오는 스님의 담담한 회고담이다.

스님은 임신생으로 음력 2월 15일생이니 금년 춘추는 69세이시다. 한번은,

"2월 15일이, 부처님의 열반재일 날인데 스님 생신이십니다."

하고 말씀 올렸을 때에,

"그건, 호적상으로만 그래."

하셨는데 춘추도 호적상으로는 몇 살 적다. 스님은 전라남도 해남 땅에서 박씨 가문에 외동아들로 태어나, 일찍 부친을 여의고 목포에서 지내다가 23세 때에 충무 미륵산 미래사에 출가하셨고 지리산 쌍계사에서 은사 효봉 노스님을 모시고 탁발을 해 가며 공부를 한 바가 있으시다.

초대 역경원장을 지내신 운허耘虛 대강백을 모시고 해인 강원에서 수학한 바가 있으시고 운수납자의 길에 올라 선원 대중생활을 한때가 있으시다. 처음은 무자無字 화두로 정진을 하다가 두 번째에는 관법觀法을 통해 스님의 입지立地를 튼튼히 하신 것으로 헤아려진다. 일화逸話가 많다.

언제 들은 이야기이지 잘 모른다. 한번은 스님이,

"나도, 도적질을 한 적이 있었어."

하고 말씀하셨다. 학교 앞 장소에서 상이군인인지 다리가 부자유스러운

사내가 잉크지우개, 콘사이스, 문방구, 책 등을 길바닥에 늘어놓고 학생들에게 팔아서 그걸로 살아가는 가난한 노점상. 스님이 별 내용이 없는 책인데도 그냥 호기심으로 펴 들고 넘겨 보는 순간이었다. 학생들이 한꺼번에 몰려와 스님이 그들에게 밀려서 주인 사내와 약간 멀어져 버렸다. 주인 사내는 다리가 부자유스러워 쉽게 일어서고 앉고 할 형편이 아닌지 그냥 앉아서 학생들과 흥정을 하며 팔고 있었다. 순간, 스님은 책을 슬쩍 가방 안에 넣어 집으로 돌아오고 말았다.

"다리나 성한 사람 것 같으면 덜 미안한데……."

하신다. 이때 나그네는 스님이 진심으로 미안해 하는 모습을 보고 무척 큰 기쁨을 맛보았다. 의외로 재미있으시다.

또 이런 일도 있다. 스님이 목욕 빨래를 하신 날이었다. 아궁이에 장작불을 많이 모아 두고 빨래를 방바닥에 널어놓고는 그냥 쓰러져서 살풋 잠이 들으셨나 보다. 밤중이었다. 잠이 깨었다. 문득 밤중에 세상 사람들은 무엇을 하나 궁금해서 일제 내셔널 소형 라디오를 켰다. 이때 이런 말이 막 흘러나와 귀를 기울였다.

"안녕하십니까? 한밤의 음악 편지 시간입니다. 오늘 밤은 법정 스님의 무소유를 낭송하면서 진행해 보도록 하겠습니다."

스님은 다락에 가서 옛 책을 꺼내와 오랜만에 무소유 책을 펼쳐서 라디오 진행에 따라 함께 읽어 보셨다고. 차를 마시면서 "참, 오랜만에 무소유 읽었네. 하하하." 하고 웃으신다.

산을 탈 때에는 젊은 우리보다 더 힘있게 앞장서신다. 비결은 발바닥 중간쯤에 위치한 용천혈湧泉穴을 자극하는 법을 터득하셨기 때문이다. 그냥 돌을 피해 걷는 게 아니라 용천혈을 자극하면서 발바닥 중간으로 밟고 가신다. 건강도 의외로 좋으시다. 이 연세에 자취 생활이라니! 혼자 지어 잡수시는 건 아무나 흉내 낼 정도가 아니다.

나그네가 글을 쓰게 된 연유는 이렇다. 하루는 제목으로 〈여름날 돌계단 쌓기〉를 주면서 원고지에 10장 가량 써 오라는 말씀이시다. 스님이 불일회보 〈불일탑佛日塔〉 고정란에 매월 연재를 하는데 그 자리에 대신 실으려고 하신 것이다. 두어 차례 말씀 끝에 쓴 글이 〈법보의 소중함〉이었다. 사람들이 이 글을 보고는,

"아니, 이제 중이 된 아이 아니야?"

"지묵이가, 벌써 불일탑에 글이 실려?"

하는가 하면 찬탄하는 쪽에서는,

"송광사는 물이 그래서 그런가? 글을 쓰는 이가 많아."

"괜찮군. 앞으로 유망해 보여."

하고 격려를 보낸 이도 있었다. 이 한차례 글이 불일탑에 실림으로 해서 말하면 일종의 추천이랄까 인정을 받는 자리가 된 셈이다. 그 이후 나그네는 10권의 책을 엮어 내면서 생활 불교와 선 수련 이야기를 하는 데에 초점을 맞추려고 노력해 왔다. 의도적으로는 스님의 책을 잘 펼치지 않는데 그 이유는 문체 스타일 등이 스님을 닮아 갈 것을 염려한 까닭이다.

"장부에게는 충천의 기상이 넘치는데, 어찌 여래如來가 가신 길을 따라갈 것이냐?"

스님의 교훈이시다.

♣

스님의 필치는 물 흐르듯이 유연하고 능숙하시다. 나그네가 편지를 받아 보고 글을 쓴 이의 체격과 성격을 판단함에 어느 정도 자리가 잡힌 듯한데, 글씨 모양에 따라 신장이 드러난다. 키가 훌쩍 큰 이는 의외로 깨알 같은 작은 글씨를 쓰고 반대로 키가 작은 이는 큼직하게 글씨를 쓴다. 또한 한

분야에 일가를 이룬 대가大家의 글씨는 유연하다. 말하자면 스님의 필치도 여기에 속한다. 스님은 대체로 작은 글씨를 유연하게 쓰신다.

이런 글씨를 받아 보는 이는 평생 잊지 못하는 듯하다. 그래서 스님의 옥서玉書에 사인을 받으려고,

"스님, 한 말씀 써 주셔요."

할 때에는, '한 말씀' 하고 쓰신다. 붓을 들고 가서는, 점 하나라도 좋으니 찍어 달라고 조르면서 종이와 붓을 준비해 가면, 정말 '점 하나' 만을 찍고 멈추신다. 또 어떤 육덕이 좋은 노 보살님이 불명을 지어 달라고 부탁을 올리니, 즉석에서 이렇게 작명을 하신다.

"우량모優良母 보살!"

체격이 튼튼한 아이의 튼튼한 어머니로 적합하기에 '우량모'로 지으신 것이다.

한번은 엽서 한 장을 보냈는데 그 엽서를 받은 보살님이 돌아가실 때에 이런 유언을 하였다고.

"부탁이 있소. 내 위패 옆에는 큰스님이 친필로 써서 보내 주신 엽서를 놓아다오."

스님은 이 사실을 아시고부터 다른 이의 편지를 받고 답장을 쓸 때에 더욱 조심스러워졌다고 하신다.

외국 여행을 하실 때에 합장주나 조그만 기념품을 챙겨서 간혹 나눠 드리는 일도 스님의 심경 변화가 있은 이후의 일이다. 특히 인도 여행에서 불자들을 만날 때에 나눠 드린 조그마한 보시품이 받는 이에게 마음의 큰 선물로 오래 기억되는 경우가 있기 때문이었다.

함께 모시고 떠났을 때의 일화.

휴게소가 가까워졌을 때였다. 스님이 말씀을 꺼내신다.

"지묵 수좌, 초콜릿 먹고 싶지 않어?"

나그네는 영문을 모르고 대답한다.

"아니오. 먹고 싶지 않아요."

또 스님이 다른 말씀을 하실 때가 있다.

"아이스크림을 먹고 싶지 않어?"

"아니오. 먹고 싶지 않아요."

그러나 나중에 안 사실이지만, 스님이 잡수시고 싶을 때에 물으신 것이다. 그래서 나그네는 흔연히 대답한다.

"네에. 먹구 싶어요."

이러면 스님은 사 오라고 해서 함께 잡수신다. 옛이야기에 자기가 노래를 부르고 싶은데 누가 시키지 않으면 자기가 나서서 이런 말을 먼저 하였다고 한다.

"동서, 노래해."

하고 옆의 동서 옆구리를 찔벅거렸다나.

마을에서는 할아버지가 떡을 자시고 싶을 때에,

"애들아, 너희들 떡을 먹구 싶지 않니?"

하고 괜히 손자들에게 물으신다. 이게 옛날 어르신네가 점잖게 처신하는 방법의 하나였다. 어르신이 채신머리 없이,

"무엇 무엇이 먹구 싶다."

하지는 않았는데 은근하면서도 점잖은 표현법이다.

또 하나 재미있는 일이 있었다.

불일암에서 공양주로 지낼 때였다. 객이 와 있을 때에 저녁밥을 지을지 말지 망설여진다. 차를 마시는 시간이 길어지고 객은 떠나지 않고 해서 어떨까 싶어 스님의 눈과 마주친다. 이때였다. 스님은 정말 전광석화처럼 눈치를 번쩍 채고 한 말씀을 하신다.

"여기, 오늘 밤에 달이 뜨면 달맞이꽃이 보기 좋아."

이 말씀은 객이 저녁을 드신다는 사인이시다.

"가만있자, 불일암까지 오는데 몇 시간 걸렸어요?"

이 말씀은 객을 보고 묻지만 실은 나그네에게,

"이 객은 곧 내려갈거야."

하는 말씀이시다. 아니나 다를까,

"한 3,40분 걸렸어요."

하고 객이 차를 훌쩍 마시고 떠날 채비를 한다. 그래도 객이 눈치가 없을 때에는,

"큰절루 내려가는 길에 이 책을 잊지 말구 가져가."

한다거나 혹은,

"아, 주차장까지 3,40분 걸리지요?"

하며 떠나는 이야기로 계속 화제를 올리신다. 나그네는 이런 대화를 통해 금방 알 수가 있었다.

♣

茶禪一味 茶禪一味 頭印 落款 꽝
빛과 향기와 맛을 온전히 할지어다.
지묵 아사리를 위해
불일암 佛日 佛日 落款 꽝

어느 해 단오 무렵, 합죽선 부채에 스님이 먹물 글씨로 이런 말씀을 써서 주신 적이 있다. 스님의 낙관은 석정 스님, 무용 거사, 수안 스님, 여기에 나그네가 판 것까지 합해서 백여 과顆가 된다. 나그네는 초기에 20여 과 정도

를 파 드린 것인데 여기에 찍힌 〈불일〉도 그 중의 하나이다. 〈불일〉 낙관의
글씨 도안은 스님이 하시고 나그네가 칼질만을 하였다. 스님의 미적 감각이
랄까 보시는 눈은 가히 전문가의 수준을 넘는다. 새 낙관을 보여 드리면,
　"이건, 약간 힘이 빠졌어. 다시　해 와."
　"좋군. 균형이 잡혔어. 약간 옆으로 삐쳐 나와서 멋이 있지 않아?"
　"날 일日 자는 그냥 해를 그려봐. 원 안에 점만 찍고……."
　나그네는 스님의 칭찬에 신이 나서 일에 피곤을 모르고 하였다.
　불일암에서 모시고 지낼 때에 스님은 목공 일을 맡으시고 나그네는 석공
일을 맡았다. 일이 생기면 자기 취미에 따라 일을 하였다. 스님은 세속에서
직업을 택하였다면, '목수' 나 '청소부' 를 택하였을 것이라고 술회하신 바
가 있다.
　"내가 만약 시끄러운 세상에 살면서 직업을 선택하게 됐다면, 청소차를
몰거나 가구를 만드는 목수 일을 하게 됐을 것이다."
　목공 도구가 한 살림을 해도 좋을 만큼 많다. 이런 것 저런 것 여러 가지
다. 웬만한 목수 연장을 다 갖추고 있는 셈이다.

살어리
살어리랏다
청산애
살어리랏다
멀위랑
ㄷ래랑 먹고
청산애
살어리랏다

지금도 이 청산별곡이 새겨진 목각 현판은 불일암 부엌 입구쯤에 걸려있다. 물론 스님의 초기 솜씨이다. 서울 봉은사 시절에는 〈다래헌茶來軒〉, 조계산 불일암 시절 이후에는 〈수류화개실水流花開室〉〈수류산방水流山房〉으로 거처를 나타내시는데, 낙관도 여기 이름에 따라 바뀐다.

"지묵 수좌한테 세 가지가 안 되겠어. 낙관도 못 따라가고 수제비도 못 따라가고 이야기에도 못 따라가.

이이 야야, 차암, 지묵 수좌가 오래 이야기를 하는 데는 손을 들었어. 장장 일곱 시간이야. 학교 다닐 적은 선생님 말씀에 귀 기울였고 그 이후론 처음이야. 남의 이야기에 경청하고 오래 듣기는."

스님을 모시고 이야기를 한나절 하고 저녁 먹고 하고 해서 일곱 시간 가까이 흘렀다. 스님이 이야기가 끝나면,

"그래? 뒷 이야기가 궁금한데……."

"재밌어. 또 해 봐."

이렇게 치켜세워 주시는데 나그네도 그만둘 재간이 없었다. 이야기는 산을 넘고 강을 건너고 큰 마을 작은 마을, 이 마을 저 마을에 들어가고 천하 덮기를 계속한다. 참 신바람 나서 며칠을 해도 끝이 없어 보였을 때에,

"아, 재밌다. 낼 법회로 일찍 떠나지만 않는다면…… 아깝네. 자야 하니까."

이래서 이야기가 종막을 내렸다. 진지하면서 재미있어 하시는 얼굴 표정과 모습을 나그네는 두고두고 잊지 못한다. 나그네를 작은 이야기꾼으로 키워주신 이는 다른 분이 아닌 스님이시다. 나그네는 멀리 떠나 있는 시간에 아침으로는 예불 후에 절을 올린다. 여러 스승에게 차례차례 올린다. 물론 스님께도 큰절을 올린다. 외국 생활이 6년, 그동안 좌절하지 않고 매일 국내에서처럼 지낼 수 있는 힘은 곁에서 지켜봐 주신 스승이 계셨기 때문이 아닌가 여겨진다.

미국 LA 고려사 시절. 1985년, 86년 그 무렵이었다. 운전 면허증을 필

기시험 100점 만점으로 땄을 때에 스님이,

"어떻게 땄어?"

하시기에 문제집을 보고 공부를 했다고 말씀을 드리고 또 몇 말씀 드렸을 때에 스님도 100점 만점 합격이셨다. 그 뒤로 차 뒷자리에 앉으시면,

"어, 속도 줄여. 좀 천천히."

하고 말씀을 하시는데 가만히 계시질 않으신다. 엄한 운전 교사이시다. 정면 주차를 잘못해도,

"차를 바로 세워. 비틀어졌지 않아?"

하신다. 들을 때에는 별로 좋지 않지만 다음날 회고해 볼 때에는 가슴 뭉클해지는 무엇이 있다. 갑자기,

"회초리 매를 좀 때려 주시지 않으시고……."

하는 간절한 정이 솟곤 한다. 스님의 손때가 묻은 〈신채호 전집〉 상·하 권을 건네주시면서,

"외국에 나가 있으면, 모국에 대한 생각을 잊지 말아요."

하셨는데 이럴 때에는 엄하고 냉정한 스님은 어디 가고 자애로우신 스승의 모습으로 붉게 각인刻印 되어 남는다.

1980년에 불일암 공양방에서 시자를 한 일을 시작으로 1998년 성북동 길상사 명월암에서 한주閑主로 지낼 때까지 나는 법정 스님의 직접 혹은 간접 가르침을 받을 수 있는 선근인연善根因緣이 있었다.

이런 까닭에 스님에 관한 글을 쓰는 동안 당시 생활 모습이 생생히 떠올라서 스승을 모시는 즐거움과 간절함이 더하였다.

한번은 이런 일이 있었다.

시골 사진관에 법정 스님의 사진이 걸려 있었다. 아마 볼일이 있어서 마을에 내려왔다가 사진관에 들러 필요한 사진을 찍으신 모양이다. 시골은 좁아서 금방 소문이 난다. 법정 스님 사진이 시골 사진관에 걸려 서울에까지 알려졌다.

"하하, 사진이 그런데 실물 현품이면 어떻겠어요?"

"유명세도 대단할 건데요."

사실 불일암에서 그런 일이 있었다.

책을 보고 찾아온 한 사람이, 법정 스님께 여쭈었다.

"스님, 법정 스님을 뵈러 왔는데요. 스님이 꼭 법정 스님 같습니다."

법정 스님이 대답하였다.

"아 그래요? 더러 법정 스님과 비슷하다는 말을 들어요."

그 사람이 다시 혼잣말처럼 중얼거렸다.

"법정 스님을 뵈러 왔는데……어디 계실까?"

그러다가 불일암을 내려가는 편백나무 숲길에서 한 스님을 만났다.

"스님, 불일암에 법정 스님 안 계셔요?"

볼일을 보려고 산에 오르는 송광사 스님이 대답하였다.

"아니? 계실건데요."

그 사람은 갸우뚱하고 말하였다.

"키가 큰 스님 한 분만 계시구 아무도 없어요."

"하하, 그분이십니다.."

"네? 그 분이?…… 하하하."

강원도 평창 생활에서는 죽을 뻔한 일이 있었다. 갑자기 미끄러져서 뒤로 벌떡 넘어져 뒷골을 다치신 것이다. 법정 스님이 미끄러운 냇가의 돌 위를 잘 못 딛다가 그만 실족을 하고 만 것이다.

"아, 사람이 이렇게 해서 죽는 것이구나!"

스님은 쓰러져서 한참을 누워 있다가 정신이 들자 이런 생각을 하였다고
회고하였다.

"마을에 약을 사러 가려다가 그만두었어. 웬 중이 미끄러져 넘어졌다고
할 것 같아서……."

국민 스님은 약 하나 사기도 힘들다.

유명하다는 점은 어쩌면 수행자에게 크게 짐이 되는 일일 것이다. 바람
처럼, 물 흐름처럼, 흐르는 구름처럼 지내려고 해도 그냥 내버려 두지를 않
는다. 발이 닿는 데까지 찾아와서 처음에는 좋으나 나중에는 피해를 입히
는 사례가 한둘 아니다.

스님을 위해 약을 가져왔다. 귀한 웅담이란다. 그는 큰스님네 문턱을 드
나들면서 가짜 웅담을 올리고 용돈이며, 글씨 등을 받아 챙기곤 하는 전문
직 사람이다. 간이 나쁜 사람에게 특효약이라니 더욱 고마울 수가 없다.

그가 떠나간 후에 스님은 그것이 가짜 웅담인 것을 알았다.

스님네는 이런 어처구니없는 일을 당하고는 웃을 수밖에 없다.

다른 이야기인데, 나는 스님께 늘 이런 생각이 든다.

송광사 원주로 여름 안거 용상방에 올랐을 때였다. 그때가 불일암 공양
주를 마친 뒤였던가. 스님이 대중 공양비로 네게 봉투를 건네주고 가셨다.
찰밥 등 맛있는 공양을 송광사 대중 스님네께 지어 드리고, 또한 절 살림에
도 보태 쓰라고 하신다.

그러나 나는 그 적지 않은 돈을 잃어 버렸다. 지금도 그 일을 생각하면
마음이 찡하다. 스님이 위로의 말씀을 하셨다.

"그래, 전생 빚 잘 갚고 대중 공양도 잘했어."

돈에 관련된 일화가 있다.

광주에 나가 연장을 사 가지고 들어왔을 때였다. 석공의 돌 일에 필요한

연장들이다. 잔돈을 그냥 만 원짜리에서 끊고 드렸다. 만 원 아래 천 단위의 숫자는 반올림하듯 한 셈이다.

"뭘 샀어?"

저녁에 물으신다.

"네, 오함마, 대꽂, 호미를 하나씩 샀지요. 나머지는 여비와 밥값이었어요."

다음날 아침이다. 스님이 또 물으신다.

"뭘 샀어?"

저녁에 대답한 것과 같이 대답한다.

"네, 오함마, 대꽂, 호미를 하나씩 샀지요. 나머지는 여비와 밥값이었어요."

그 뒤 세 번째로 점심때에 물으셔서 노트에 잘 적어서 올리자 더 말이 없으셨다. 계산을 우물쩍 넘기면 용서치 않는 성품이신 줄 뒷날 알았다.

물은 건너 봐야 깊이를 알고 사람은 지내 봐야 속을 안다고 한다.

쪼개면 짝 소리를 내고 갈라지는 대쪽의 성품, 이것이 스님의 성품으로 기억에 남는다.

번다한 일에서는 도저히 참지를 못하신다. 그래서 혼자 산속 토굴 아란야에서 평생을 지내신 것 같다.

중학교 국어 교과서에 실린 스님의 〈어린 누이에게〉란 글이 요즘은 빠져 있다.

〈어린 누이에게〉 혹은 〈무소유〉 등의 글을 읽고 불일암에 찾아온 사람이 있었다.

또한 신문 잡지에 실린 스님의 글, 수필집이나 경전 번역, 해설서 등의 책을 읽고 찾아온 사람이 있었다.

이런 여름날에는 수제비를 만들어서 멍석을 깔고 풀밭에서 참배객들과 먹는 재미도 있었다. 물론 수제비를 만드는 일은 내 몫이다.

스님은 목공 도구를 잘 갖추고 계신다.

전각도 100여 점 가지고 계신다. 대개가 석정石鼎 스님, 수안殊眼 스님, 무용無用 거사, 그리고 내가 해 드린 스님의 전각 작품들이다. 스님의 심미안審美眼은 예사롭지 않다. 내 전각을 완성해서 보여 드리면 차를 마시면서 평을 하신다.

"여긴, 공간 처리가 어색해. 칼 맛은 나는구먼!"

그리고는 밑그림 디자인도 직접 해 보이실 때도 있다.

"불일암 전각은 부처, 해, 암자를 그림으로 그려 넣고 해 봐요."

그러고 보니 불佛 일日 암庵이다.

길이 세 치 크기의 이 불일암 낙관은 나의 인보印譜에 들어 있다.

불일암 한쪽 벽에 걸려 있는 살어리 살어리랏다 현판은 스님이 직접 목각한 작품이다. 문인화 전시장에서 스님이 감상하면서 살펴보시는 눈은 높았는데 한때 부채에 그려 주신 그림들은 그런 수준에서 나왔을 것이다.

차 도구, 죽비 등도 스님이 손수 만드신다.

이제 스님이 내 자랑을 말씀하신 이야기를 할 차례다. 중생은 입을 열면 남의 험담이 아니면 제 자랑뿐이다.

"지묵 수좌에게는 내가 못 따라가는 세 가지가 있어!"

"지묵 수좌는 칭찬을 하면 물불을 가리지 않고 뛰어들어. 그래서 일을 시키기가 간단해."

라고 하신다.

칭찬을 받으면 의기양양해져서 잠시 몸을 잊는다. 하하. 팔풍八風이 불어도 끄떡 않아야 하는 처지에 칭찬에 흔들리다니.

스님이 말씀하시는 세 가지는 다음과 같다.

첫째는, 전각이다.

스님도 전각을 조금 하시지만 보는 눈만 있으신 편이다. 내가 처음에는 백석白石옹 풍의 쓱쓱 밀어붙이기식 칼질을 즐겼다가 오창석吳昌錫 풍으로 돌아오기까지 스님은 곁에서 지켜보시고 늘 칭찬을 해 주셨다.

둘째는, 수제비이다.

수제비를 시키기 전에 스님은 말씀하신다.

소금과 밀가루 단 두 가지로 수제비를 만들라고 해도 거뜬히 해내는 건 지묵 수좌뿐이라는 말씀이시다.

셋째는, 돌계단 쌓기이다.

규격 돌을 쌓기보다 잡석을 쌓기가 힘들다. 스님은 나의 돌 쌓는 일에 이름을 붙인다.

"지묵 수좌의 특수공법이야!"

이십여 년이 지나도 불일암을 올라가는 층계 돌이 그대로 남아 있었다. 맨 위의 16 계단은 길이 바뀌지면서 사라졌고 그 나머지는 여전하다.

어느 날이었다. 돌을 쌓는 일에 빠져 있을 때에 나는 경험하였다. 밤낮으로 나는 돌을 쌓는 것이다. 눈을 감고 누워도 여전히 돌을 쌓았다. 피곤했지만 돌 지게를 지고 일을 쉼 없이 하였다.

눈을 떠도 눈을 감아도 돌을 쌓았다.

만일 내게 돌 쌓는 일을 누가 그만두게 했더라도 불가능했을 것이다. 돌 쌓기와 나는 하나가 되어 있었던 것이다.

뒷날 생각해 보니 그게 삼매三昧였으며, 마치 화두 공부에서 화두와 수행자가 하나인 것과 같다는 사실을 알았다.

이미 열반한 휴암休庵 스님이 돌 쌓기에 여념이 없는 나를 두고 스님께 말하였다.

"하, 처음 봤어요. 밤에 불까지 켜 놓고 산길에서 돌을 쌓는 사람이 어디 있어요? 일에 재미 붙인 지묵 수좌 외에는."

세월이 무상하다.

이야기를 꺼내다가 문득 휴암 스님 이야기에 와서 찡해 온다. 불일암에서 수제비를 먹고 크게 웃으시던 모습이 생생하다.

수선사 선방 열중 스님인 휴암 스님은 선적禪寂 여가에 불일암에 올라와 스님과 담론하기를 즐겼다. 스님 역시 지인知人의 한 사람으로 맞아들여 오가는 세상사며 선사 일화들을 조용히 나누는 모습이 그대로 한 폭의 신선도神仙圖였다.

낮에는 앞산 산색山色에 눈을 씻는다. 꽃이 피고 녹음이 짙어지고 있다. 아, 시원해라.

밤에는 불일암 대밭을 뒤흔들고 지나가는 바람 소리에 귀를 씻는다. 때로는 우우우 처녀 귀신 울음 소리, 흐흐흐 총각 귀신 울음 소리가 들리는 듯하다. 비를 몰고 오는 바람은 파도가 되어 밤새 철썩철썩 소리를 내기도 한다.

고요한 달밤에는 내소사 해안(海眼,1901~1974, 74세)스님의 시를 읽는다.

고요한 달밤에 거문고를 안고 오는 벗이나
단소를 쥐고 오는 벗이 있다면
굳이 줄을 골라 곡조를 아니 들어도 좋다.

이른 새벽에 홀로 앉아 향좁을 사르고

산창山窓에 스며드는 달빛을 볼 줄 아는 이라면
굳이 불경佛經을 아니 배워도 좋다.

저문 봄날 지는 꽃잎을 보고
귀촉도 울음 소리를 들을 줄 아는 이라면
굳이 시인詩人이 아니라도 좋다.

구름을 찾아가다가 바랑을 베고
바위에 기대어 잠든 스님을 보거든
굳이 도道에 대한 이야기를 하지 않아도 좋다.

해 저문 산야山野에서 나그네를 만나거든
어디서 온 누구인지 물을 것이 없이
굳이 오고가는 세상사를 들추지 않아도 좋다.

이 시는 절 객실에서 하룻밤을 보내면서 스님이 윤문을 하시고 나그네가
이를 받아쓰셨다. 원문을 쓴 분은 물론 금강경 해설의 삼대 법사의 한 분이신
해안 스님이시다. 금강경 해설의 삼대 법사가 어느 분이시냐 하면, 해안 스
님, 백성욱 박사, 석해탈 스님.
처음 이 시의 원문을 접한 곳은 선운사 객실. 낯선 산사의 객실에 들면
시간이 퍽 한가해진다. 읽을거리도 없고 일거리도 없다. 그냥 밥 때 밥 먹
고 잘 때면 자는 것이다. 세상 편하고 걸림이 없다.
스님이 이 시를 보고,
"너무 한문 투야. 시를 좀 손질하는 게 어때?"
하시기에, 나그네가 우선 소리내어 읽었다. 스님은 한 구절이 떨어질 때

마다 수정를 하셨다. 윤문을 이런 식으로 하고 나서 다른 이에게 보여 주니 깜짝 놀란다.

"이 시를 신문에 실어요."

불일회보에는 당시 편집 일을 맡고 있던 현장 스님의 눈에 띄어서 실었는데 크게 호평을 받은 셈이다. 여기저기서 수천 장씩 찍어 나눠 가지며 출격出格장부의 풍류 시를 함께 음미하였다고나 할까.

지금은 수도를 놓고 있지만, 그때는 우물물을 썼다. 국수를 삶아서 구시통에서 씻다가 몇 가래를 입 안에 넣고 쭉 빨아 먹으면서,

"국수 맛은 막 씻어서 이렇게 먹는 맛이 제일이야!"

하고 스님이 시범을 보이시면 나그네도 따라서 국수 몇 가래를 입 안에 넣고 쭉쭉 빨아 먹었다.

돗자리를 깔고 둥근 상을 펴 놓고 국수를 먹는다. 저녁 식단은 대개 분식 종류. 그리고 나서 따끈한 홍차를 마신다. 커피도 마신다. 녹차는 대개 오전과 점심때에 마신다.

이하 다 쓰지 못하고 이름만 쓴다. 공양주 초대는 노보살님, 비가 오는 밤 '대밭 귀신 소리'에 무서워서 밤중에 스님에게 하소연을 하였다가 꾸중만 듣고 울며 떠났고, 다음이 영명 스님, 역시 비가 오는 밤에 불일암 주위에서 음독 자살을 기도한 젊은이 한 쌍 때문에 고생고생 하였고, 그 이후 공양주로 현장 스님, 산매화 보살로 내려왔다.

나그네가 그 다음 공양주였는데 1980년 광주 민주 항쟁이 있던 그해 여름이었다. 사복형사가 간혹 불일암 주위를 배회하고 몸을 사리는 젊은이들도 외부의 눈길을 피해 오고 갔다. 스님은 당시 여름 이야기를 〈한줌의 재〉란 글에서 이렇게 쓰셨다.

"어제도 나는 부엌 바닥에 앉아 손 칼로 대를 깎아 차 수저를 만들며 하

루를 보냈다."

　"어저께는 땅거미가 짙게 내릴 때까지 개울가에 흩어져 있는 돌을 주워 다가 우리 불일佛日로 오는 가파른 길목에 층계를 놓기도 했었다. 요즘 아 래 절에서 올라와 있는 지묵 수좌와 함께였다. 단순한 노동은 육신의 건강 보다도 쾌적한 정신 상태를 위해서 필요한 동작이다. 이 여름은 줄곧 이런 일로 고통스러운 내출혈을 다스릴 것이다."

인암 스님

보기에 따라서는, 인암忍庵 스님을 애사愛寺 스님, 혹은 그 반대 스님이라고 할 수가 있을 것이다.

종단 정화淨化 후, 효봉曉峰 스님의 제자 구산九山 스님이 송광사 삼일암三日庵 조실로 모셔질 때였다. 반대측에서 맨 앞에 나선 스님으로 인암 스님을 꼽는다고 전해 들었다.

허나 송광사의 정화 대중은 전혀 다툼이 없이 한 절 안에서 동주同住하여 정화의 모범적인 사례 사찰로 손꼽힌다.

이것은 당시 송광사 어른이신 취봉翠峰 스님의 공과로 알려져 있다. 왜나하면, 취봉 스님이 부휴浮休 선사 이후 풍암風巖 스님 문도가 송광사를 400여 년 간 지켜온 문중의 수장이신데 그냥 말없이 타 문중을 받아들여 삼일암 조실로 모셨기 때문이다.

취봉 스님은 풍암 스님의 후손이다.

법정法頂 스님은 풍암 스님 후손의 수장인 취봉 스님을 일컬어서 가장 훌륭한 스님의 한 분으로 칭송하는데 붓을 아끼지 않으셨다. 참으로 요즘에 보기 힘든 스님의 청정한 자취라고.

나는 취봉 스님의 호수와 같이 평온하고 조용한 모습을 지금도 기억하며, 이것이 늘 큰 즐거움임을 느낀다.

예나 지금이나 '송광사 스님은 매가리가 없는 스님'이라고 한다. 외부에서 기백이 없어 보이는 송광사 스님들을 평한 말이다.

보조국사의 목우牧牛 가풍 때문일까, 혹은 조계산 산수山水 때문일까. 송광사에 들어오면 팔팔 날뛰는 장정壯丁도 순한 양이 되어 버린다.

그렇지만 인암 스님의 경우는 예외로 대단한 정열이 불타고 있었다.

송광사 스님은 염불도 썩 잘한 편이 못되어 제방에서, 염불을 못하는 스님은 송광사 스님이라고 할 정도이다.

염불을 잘한 스님이 왜 드물까. 그것은 송광사 분위기가 선禪 수행 위주 도량이다 보니, 행자 때부터 염불을 뒷전에 두었기 때문이라고 하였다.

스무 해 전의 일이다. 방장 구산 스님 당시에는 창법으로 조금 길게 빼어 소리를 내어 예불을 올려도 꾸중을 들었다.

"왜 그렇게 길게 염불 소리를 빼냐? 아——어—하고 소리만 빼는 건 뜻을 생각 안 한 게야. 염불은 그냥 뜻만 생각하고 간절히 하면 되고 그렇게 길게 늘바리느림보의 사투리로 염불 소리를 뺄 필요가 있느냐?"

이런 법문이 있는 날에는 조석 예불의 속도가 더욱 빨라졌다. 지금도 보면 해인사 예불보다 빠른 것이 송광사 예불이다.

염불을 못한다는 송광사 스님의 경우와 달리 인암 스님의 범성梵聲도 좋았다고 기억한다.

인암 스님을 처음 뵌 것은 행자 시절 노스님의 방에 장작불을 지피러 다닐 무렵이었다.

인암 스님의 거처는 도량의 서쪽 도성당道成堂 가운데 방이었다.

당시 송광사 공양방 아랫목 어간 자리에는 노스님이 꽉 찼다.

임경당臨鏡堂에는 향봉香峰 스님과 취봉 스님이 계셨고, 차안당遮眼堂의 학산鶴山 스님, 법성료의 해월海月 스님, 도성당의 성공性空 스님 등 방장 구산 스님을 비롯해서 여섯 일곱 분이었다. 물론 다 같이 한 산중에 계신 게 아니고 이 스님이 출타하였을 때에는 저 스님이 들어오시고 저 스님이 들어오시면 이 스님이 출타하고 한 것이다.

그 아래로 지금 방장이신 보성菩成 스님, 회주이신 법흥法興 스님의 자리였으니, 웬만한 스님은 어간御間 자리에 발을 붙이지 못할 정도였다.

인암 스님은 다리 한쪽이 좀 불편하신 탓으로 지팡이를 짚었는데 마지막 열반하실 때까지 그러하였다.

스님은 기력이 좋고 공양도 아주 잘하신 편이었다. 특히 말을 재미있게 잘하셨다. 송광사 안내라면 인암 스님이 으뜸일 것이다.

마지막 열반에 드신 **78**세 무렵까지 안내를 빼놓지 않았다. 아마 득음得 音의 경지가 아니신가 할 정도였다. 누가 스님의 방문 밖에서,

"스님, 안내해 주십시오."

하는 이 말이 떨어지기가 무섭게, 누워 있다가도 곧 아픈 노구老軀를 털고 일어나 지팡이를 짚고 안내를 신나게 하신 것을 자주 보았다.

어떤 참배객은 이런 경우가 있다. 아예 송광사를 올 때에는 인암 스님의 안내를 받기로 작정하였다. 이럴 때에 만약 스님이 출타하고 자리에 계시지 않으면 큰 낭패였다. 다른 사람이 성의껏 안내를 해도 스님의 안내를 받지 못해 참배객은 약간 김빠진 모습이었다.

내 책상 위에는 스님이 열반한 이듬해, 곧 **1987**년에 출간된 인암 시조선 한 권이 놓여 있다. 부제는 송광사 순례 시조란 이름을 달고 있다.

이 책이 나오기 이전에는 복사한 시조집 노트를 송광사 대중 스님 몇몇은 이미 가지고 있었다.

줄잡아 **300**수가 넘는 시조는 투박한 사투리가 구수한 숭늉 맛과 같이 깊다. 맞춤법도 옛 어투가 많다.

내가 보관한 스님의 육필본은 어디에 두었는지 지금은 잘 알 수가 없다. 이 글은 활자본을 참고로 하여 쓴다.

또한 스님의 육성 녹음 테이프도 많이 있었다. 살아생전에 사중 젊은 스

님들이 녹음을 한 귀한 원본 테이프는 지금도 송광사 도서관에 잘 보관되어 있을 것이다.

시조 가운데서 노산 이은상 시인이 참배 왔을 때의 이야기를 정리해 본다. 이때 지어진 시조 제목은 고향수枯香樹이다.

송광사 일주문 부근, 곧 우화각羽化閣과 세월각洗月閣 사이에는 바짝 마른 고목 기둥 같은 고향수枯香樹 하나가 서 있다. 이 향나무의 내력을 살펴보면, 보조 국사의 기념 식수인데, 1200년에 이 도량에 오셔서 불교 중흥의 기치를 높이 세울 당시에 보조 국사가 친히 심으신 것이다.

그 후 세월이 흘렀다.

1210년 3월 27일 이른 아침이었다. 보조 국사가 세속과 인연을 다 하였을 때였다. 이때 스님의 훌륭한 제자는 주위에 많았으나 함께 따라 죽겠다는 사람은 아무도 없었다.

헌데 기특한 일이 생겼다. 잘 자라던 향나무가 말라죽어서 사람들은 입을 모아,

"정말 놀랍구나. 이 향나무는 효자 나무여. 뛰어난 제자들이 많아도 그보다 훨씬 나아."

하는 칭찬을 아끼지 않았다. 향나무는 썩지 않고 오랜 세월이 흘러 지금에 와서도 옛 모습을 잃지 않고 우뚝 서 있다.

그 사이 사람들에게는 하나의 믿음이 생겼다. 보조 국사가 살면 향나무가 살고 보조 국사가 죽으면 향나무도 죽는다는 믿음이다.

"이 나무가 살아나는 날이면 보조 국사도 환생하여 다시 이 도량에 오실 것이다."

이렇게 보조 국사와 향나무를 하나로 보아서 송광사 대중 스님들 사이에는 끔찍이 아끼는 편이다. 외부의 눈에는 별 볼품 없는 마른 나무 기둥에 지나지 않지만…… 이런 안내를 인암 스님이 하곤 하셨다.

그때가 어느 해 가을이었던가. 귀한 객손은 노산 이은상 선생 일행이었다.

스님은 평소대로 송광사 안내를 하면서 간간이 자작 시조도 읊었다. 전각 하나하나에 한 시조가 있어서 흥겨운 분위기였다.

고향수 전설을 소개하고 났을 때였다.

인암 스님이 먼저 시조 한 수를 청하자 노산 선생이 읊었다. 소개하는 시조는 노산 선생이 인암 스님의 시조를 약간 수정해서 보여 준 내용이다.

"어디메 계시나요 언제 오시나요

말세 창생을 뉘 있어 건지리까

기다려 애타는 마음 임도 하마 아시리."

이렇게 노산 선생이 즉석에서 읊었다. 스님도 솜씨를 발휘하여 예사롭지 않게 화답하였다.

"살아서 푸른 잎도 떨어지는 가을인데

마른 나무 앞에 산 잎 찾는 이 마음

아신 듯 모르시오니 못내 야속합니다."

그 후로 송광사 안내를 하면서 이 시조를 읊을 때에는 신명이 나서 스님의 목소리가 달라지신다. 스님의 힘과 노련미가 정점에 와서 넘치는 듯하였고 무언가 삶의 체취랄까 향기로움, 생기발랄한 기운이 물씬 풍기는 것이었다.

이 세상과 저 세상의 낙樂이 다 모인 듯하였고 사람은 저마다 이런 크고 작은 면이 있어서 에너지를 샘솟게 하는 것임을 확인시켜 주었다.

영결식 때에 소개한 스님의 행장에는 다음과 같은 말이 나온다.

인암 스님은 사하촌寺下村 낙수리에서 태어나 열여덟에 송광사에 출가를 하여 1967년 송광사 주지를 역임한 후에는 송광사 말사 주지 혹은 송광사 대중으로 지내셨다고 소개하면서,

"1960년대에 송광사를 다녀간 여행객들은 어떤 승려의 위트와 해학과

정열이 넘치는 안내를 기억할 것입니다.

구수한 목소리에 속사포처럼 쏟아지는 인암 스님의 송광사 안내는 서울의 5대 일간지가 지면을 할애하여 보도할 만큼 유명했습니다."

라고 하였다.

♣

"공부 좀 한 스님이구먼!"

이 말이 재미가 있다. 스님의 경험담에서 나온 말이다.

송광사 강당講堂의 종업식終業式이 있던 날 전야였다. 학인 스님과 사중 노스님이 자리를 같이 하며 다과를 나누는 자리였다. 사중 스님네의 그동안 노고에 감사 드리면서 노스님의 소참법문을 부담 없이 듣는 시간이었다.

해청당 공양방에는 다과회 준비가 다 무르익었고 시간이 흐르자 일부 노스님네는 자기 뒷방 처소로 하나 둘 떠난 뒤였다.

그때는 인암 스님만 마지막 자리를 지킨 시간이었다.

"스님, 공부하실 때에 있었던 재미있는 이야기를 들려주십시오."

학인 스님들이 청하자, 스님이 입을 떼었다.

"뭐, 공부한 게 있어야지……."

그런 서두로 구수한 스님의 이야기가 터져 나왔다. 배꼽을 잡고 웃지 않는 스님들이 없었다. 배가 아파 죽을 지경이었다.

"그날은 초파일 저녁이었지. 나는 소임이 원주였고."

스님의 이야기는 시작되었다.

그때, 대부분 스님들은 대웅전 앞마당으로 나가서 후원이 텅 비어 있었다. 초저녁에 연등에 불을 켜고 밤이 깊어지면 연등 행렬로 마감을 한다. 불자들 역시 연등 행사에 동참하여 후원은 한적하기 짝이 없다.

원주는 후원의 주인이란 뜻이다. 원주인 스님이 후원에 남아서 여기저기 아궁이 화재 조심도 살펴볼 겸 객실을 삥 둘러보러 다닐 때였다.

마루 끝에는 한 비구니 선방 스님이 있었다. 그녀는 혼자 화두를 챙기고 있는 것인지, 아니면 다른 생각을 하고 있는지 모르나 원주가 가도 끄덕 않고 앉아서 허리를 펴고 있었다.

어두컴컴한 분위기가 용기를 주었다.

홀연, 스님은 비구니의 양쪽 어깨를 만졌다.

이 대목에 와서 큰방 대중이 박장대소하였다.

"하하, 하하하."

"아이구 죽겠네."

다행히 다른 큰스님네가 안 계셔서 문제가 없었다. 자칫하다가는 총림에서 말이 나오면 난처해지기 마련이다.

더구나 율사 스님이 알면 큰 문제이다.

대중이 눈물이 나올 지경으로 크게 웃고 있는데 갑자기 큰방 문이 열렸다. 웃음 소리가 커지자, 큰방 앞을 지나가는 한 노스님이 들어오시는 것이다. 큰방 안을 둘러보고 불청객 노스님은 의아해 하신다.

"……?"

내가 말했다.

"스님, 앉으십시오. 인암 노스님께서 지금 초파일 법문을 해 주셔요."

"아, 그래? 초파일 법문이 그렇게 재미있는 법문인가?"

노스님은 그냥 나갔고 이야기는 다시 이어졌다.

그 비구니가 양쪽 어깨를 만져도 가만히 있었다.

이때 스님이 손을 떼면서 비구니에게 큰소리로 말하였다.

"공부 좀 한 스님이구먼!"

여기서 더욱 웃음 소리가 높아졌다.

"하하, 하하하."

학인 스님네가 데굴데굴 구르는 정도였다.

모두가 너무 솔직하고 구수한 스님의 말솜씨에 반하였다.

"공부 좀 한 스님이구먼!"

이 말은 마치 큰스님이 선방 수좌의 공부를 점검할 때 쓰는 말투였다.

인암 스님은 그 외에도 비화秘話를 많이 들려주었다.

다른 스님의 이야기가 대낮의 법문이라면 인암 스님의 이야기는 밤의 법문이다.

점점 더 솔직해지는 것이 노인의 모습인가.

스님은 과거 허물에 참회한 일들을 들려주셨다. 그때는 절에 전기가 들어오기 전이었다. 어두컴컴한 큰방 안에서 밤 9시까지 경을 펴고 읽는 게 큰 고역이었다.

그리하여, 조계산에 불이 나 끄고 났을 때에는 자청해서 하루 이틀 동안 산감山監이 되어 조계산 중턱에서 지내기를 좋아하였다. 절에서 밥을 가져다 주는 사람이 있어서 더욱 좋았다.

산불을 지키는 게 좋다기보다는 어두운 방 안에서 경을 읽는 게 지루한 탓이다. 한번은 산에서 내려가기 싫어서 꾀를 부렸다. 살그머니 불을 놓아서 스스로 끄고 보고를 하였다.

"스님, 아직 내려갈 때가 아니구먼요."

절에서 승낙이 떨어졌다.

"그래, 하루 더 지내거라. 산불이 재발되면 안 된다."

정화正和 스님

목무소견 무분별 目無所見 無分別
눈으로 봐도 본 바가 없어 분별심을 내지 않고
이청무음 절시비 耳聽無音 絶是非
귀로 들어도 들은 바가 없어 시비심이 끊어졌다.

내가 아는 정화 스님은 그런 스님이다. 눈으로 봐도 본 바가 없어 분별심을 내지 않고 귀로 들어도 들은 바가 없어 시비심이 끊어진 스님.

송광사 행자실에서 만난 바가 있고 해인사 강원 도반으로 함께 수학한 인연으로 이 글을 쓴다. 정화당正和堂이 이 글을 읽고 혹 '미친 짓이여!' 할지 모르겠다. 화를 내지 않는 그이니까 이 점에 대해서도 너그러이 넘겨주리라 믿는다.

그는 내가 아는 도반 가운데서 또 괴짜이고 무소유 실천자이다. 거지 수행자가 세계 각국에 있을 정도로 드물지 않지만 그는 진짜 거지 수행자이다.

버스를 탈 적에는 그냥 500원 잔돈이 있어도 태연해 한다. 그때는 버스 여차장이 있어서 버스표를 끊어 주곤 하였다.

"저어, 돈이 없어서…… 500원밖에 없습니다. 500원어치만 타고 갈 수가 없습니까?"

대구에서 해인사를 가려는데 무일푼이라 500원 주머니 돈을 다 털어서 사정할 수밖에 없다는 생각 자체가 어린애답다. 여차장은 버스에서 내려 해인사로 가려는 그를 불러 세우고는,

"스님, 돈이 다 떨어졌나 보지요. 여기 돈이 있으니 담에 노자로 보태 쓰

세요."

그가 건넨 500원과 함께 몇 장의 지폐가 그의 손안에 쥐어진다. 하도 딱해 보인 까닭에 여차장이 보시를 한 것이다.

출가 전, 교사였던 그는 학생을 구타한 사건으로 출가의 길을 걸었다고 들었다. 뭐 대단한 구타 사건이라기보다 평생 눈 한번 크게 떠 보지 않는 그요, 소리 한번 크게 지르지 않는 그인데 무슨 대단한 사건이겠는가. 말을 하도 듣지 않으니 손찌검 질을 가볍게 나마 한 것이 그의 양심에는 큰못이 박히듯이 부담스러웠다. 선량한 그의 모습이다.

"내가 이래서는 안 되지. 수행이 먼저야. 내 수행이 되지 않는 상태에서 어찌 학생들 앞에 설 수가 있느냐?"

그는 잠시 산중 생활을 하면서 학생들 앞에 설 만한 자격을 갖춘 스승이 되어 보겠다는 생각이 그만 종신 수행 길에 들어서고 말았다. 수행은 이렇듯이 끝이 없는 것인가.

정화 스님으로 계를 받기까지도 이 절 저 절을 오고 갔다. 걸어서 송광사에서 해인사까지 털레털레 걸어서 갔다. 행자로서 아직 부족하기에 여섯 달이 지난 행자는 계를 받고 예비 스님의 길을 걷는데도 사양하였다. 그는 그런 스님의 과정을 겪으면서 자괴심自愧心 때문에 잠 못 이룬 나날이 있었다.

덩치가 큰 편인 그는 부엌일을 잘해 냈다. 무엇이나 잘 소화시키는 그를 두고,

"스님들이 다 됐기에 쓸 만한 남자가 없어요. 하하하."

하고 한 처녀는 우스개 이야기를 했다. 공부라면…… 글쎄 눈 높이가 같아야 알아보겠는데…… 그는 수준이 퍽 범상치 않은 걸로 알고 있다. 화두선에서 보다 남방 비파사나 수행을 통해 유식唯識을 강의할 수준으로 끌어올린 그는 요즘도 여기저기서 법문을 청하는 이들로 소란스럽다 할 정도이

다. 그래도 꼭 자기를 누르고 소리 없이 사는 스님이 정화 스님이다.

화를 못내는 이는 바보이고 화를 안 내는 이는 현자라고 말한다. 스무 해 이상을 지켜보아 왔으나 정화당이 화를 내는 모습을 아직 본 바가 없다. 실제 그는 바보가 아니니 아무래도 현자 쪽이 아닐는지. 강원 하반 시절에 상반의 시집 등쌀이 얼마나 센지 고추보다 매웠다. 그가 반장을 하면서 공사가 벌어졌을 때에 아주 점잖게 상반의 체면도 세워 주고 하반의 입장도 살려주었다. 공손한 말씨 하나가 일품인데 극한 상황에서도 요지부동이다. 소 눈방울로 멀뚱멀뚱 뜬 그의 눈매에 참으로 존경이 간다.

〈삶의 모습을 있는 그대로-생활 속의 유식 30송〉 외에 재작년에 〈함께 사는 아름다움〉이란 제목으로 책이 나왔다. 그가 쓴 게 아니고 그의 금강경, 반야심경 강의를 청강한 이들이 녹음해 두었다가 테이프 내용을 채록해서 책으로 엮은 것이다. 그를 따르는 이들도 무척 존경하는 눈치이다.

그의 이야기를 듣노라면 사람이 참, 진실하구나, 하는 느낌이 오는 모양이다. 하나같이 정화당을 마음속으로 믿고 존경하는 마음이 지극하니 말이다.

누가 이 시대에 공부하는 스님이 적다고 할 것인가. 정화당 같은 이를 만난다면 생각이 크게 달라질 것이다. 어떤 경우에도 마음이 흔들리지 않는 구도자의 진실한 모습을 보여 주는 정화당이고 무소유無所有 거지 수행자가 가능하다는 사실을 실제 보여 주고 있는 정화당이다.

그는 공원 앞에서 엿장수를 한 경험이 있다. 엿장수 이야기는 선대의 노스님이 출가하시기 전에 몇 해 한 일, 또 만행 삼아 엿장수를 심심치 않게 한 다른 스님의 일 등이 있다. 나도 엿장수라면 빠질 수가 없는데……하하하 엿장수 가풍이라 할 수가 없는가 보다.

지금은 등에 지고 다니는 엿장수가 없다. 짤랑짤랑 하늘을 향해 몇 차례 큰소리 내는 가위질이라야 제격인데…… 손수레에 끌고 다니는 엿장수도 드물다. 포터 짐차나 소형차를 엿장수로 쓰는 경우가 있을 정도로 바뀌었다.

고물상을 겸한 엿 집, 그게 이삼 십 년 전까지 엿장수들의 풍속도이다. 함께 잠도 잔다. 엿을 고는 새벽에는 신참들이 나무 불을 지핀다. 침을 손에 발라서 엿을 늘인다는 이야기는 엿을 늘이는 방 안에 들어가 보고 사실이 아니라는 걸 알았다. 엿을 늘일 때에는 벽에 달린 지게작대기 같은 나무에 엿을 휘감는다. 몇 차례고 늘이기를 계속하면 노란 핀 엿이 흰 엿이 된다. 삼각으로 엿을 모으기 때문에 그 틈에 공기 구멍이 생긴다.

엿장수를 하는 이는 방랑 기질이 좀 있다. 늙은 엿장수들의 한 섞인 이야기 속에 그런 말이 들어 있다.

"자네들, 젊어서 착실하게 잘 살게. 늙어지면 나처럼 외로워. 엿장수는 천생 역마로 사주팔자가 나왔어. 허허허."

정화당이 왜 엿장수를 했는지 모르나, 공원 입구에서 작업복 차림으로 엿장수를 하다가 학교 시절 은사를 만나게 되었다.

"아니? 지난번 듣자니 입산 출가를 했다더니만…… 이제 엿장수를 시작했어?"

"예."

정화당이 이때에도 아무 부끄러움이 없이 넘겼다.

한 스님은 지금 주유소에서 아르바이트생이 되어 일을 한다. 돈을 버는 게 목적이 아니다. 하심下心하고 인욕忍辱하는 걸 익히기 위해서이다. 택시 기사로도 있다. 아마 보살의 가지가지 모습인 것 같다.

정화당은 한군데 오래 머무는 법이 없이 이곳저곳 옮아 다니면서 제 모습을 잃지 않고 산다.

사경寫經을 통해서 유식을 공부하는 계기가 되었다고 한다. 강원에서 신심이 나서 사경을 하다 보니 알고 싶은 게 생겼다. 유식은 원효 기신론 소元曉 起信論 疎를 사경을 하다가 빠져들었다.

10년 동안 구사론 유식론을 한다는 정설을 깨고 독학으로 구사 유식의 산맥을 파헤쳤다. 그리고는 금강 광맥을 찾았다. 지금 유식을 강의할 만한 스님은 많지 않지만 정화당은 확신이 선 목소리로 강의한다. 막힘이 없이 어느 부분이나 자세하게 설명하고 또 한다. 그의 이야기를 듣다 보면 자신도 모르게 발심發心해서 도를 성취해야겠다는 생각이 난다.

그의 학교 선후배로 스님 된 이가 몇 사람이 된다. 물론 좋은 전통으로 정하지 않았어도 내려온 셈이다. 한 선배는 학교 졸업식 무렵 찾아간다. 교실에 들어가서 모이라고 해 놓고는,

"여러분, 제가 정말 좋은 진로를 말해 주겠소. 출가 입산들을 하시오. 세상에 할 일은 이 일뿐이오."

그렇게 권하기도 한다. 후배들과 묻고 대답하고 하면서 입산 출가를 이야기하는 데 뒷날 생각이 있는 이는 선배의 뒤를 따른다.

맨발의 청춘! 영화의 제목만이 아니다. 정화당은 맨발의 청춘으로 산다. 양말 신기를 거부한다.

그의 거친 발은 맨발의 청춘 탓이다.

양말을 신지 않으면 좋은 점이 많다. 무좀 예방이 된다. 양말을 빨지 않아서 비누를 쓸 필요가 없다. 땅바닥과 감촉이 좋다. 양말을 부지런히 신는 스님은 우리나라밖에 없다. 정말 예의를 지키기 위해서인지 모르나 부지런히들 신는다. 중국 대만의 경우를 보면, 비구니들도 겨울에 양말을 잘 신지 않는다.

더운 인도 태국 스리랑카 등은 물론이고, 중국 일본도 우리만큼 양말을 잘 신지 않는다. 우리는 획일성 그대로다. 양말을 신지 않는 이가 있을 때

에 인사를 받기가 바쁘다.

"아니, 양말을 왜 안 신지요?"

나도 요즘은 그런 인사가 싫어서 신고 지낸다. 한때는 맨발의 청춘 한 회원?이었다. 톡 튀는 게 싫어서 여름에도 양말을 신는다. 무좀이 있어도 신고 지낸다.

정화당은 그렇게 하거나 말거나 양말을 신지 않는 배짱이 좋다. 다른 일도 마찬가지로 초지일관 밀고 나간다. 뜻이 굳으니 그럴 수밖에 없다.

그에게 주지나 상좌 이야기는 꺼내지도 못하게 한다.

"그렇지요."

하고 싶지 않은 표현을 하나 하룻밤을 자고 나면 어느새 사라지고 만다. 잘 도망치는 게 특기라면 특기다. 욕심이 없는 정화당 같은 이가 그런 건 어쩌면 당연한 일인지도 모른다. 송충이가 솔잎을 떠나서 살 수가 없듯이 자유를 떠나서 정화당이 어찌 하루인들 지낼 것인가.

지유知有 큰스님

심심심난가심心·心·心難可尋
마음 마음 한 마음은 정말 찾기 어렵네.
관시 변법계寬時 遍法界
쫙 펼치면 호호탕탕하여 법계에 충만하고
착야 불용침搾也 不容針
좁게 접으면 현현밀밀하여 바늘 하나도 용납치 아니하네.
아본구심 불구불我本求心 不求佛
내 본래 구하는 마음으로 부처를 구하지 말지니
요지삼계 공무물了知三界 空無物
삼계는 공하여 한 물건도 없다는 걸 알아야 하느니라.

이 법문은 달마의 혈맥론血脈論 한 부분이다. 나그네는 그때 정말 어려운 시기였다. 강원 생활을 중도 하차하고 방황하던 때였으니까. 홀연 발길 닿는 대로 인연 따라 간 곳이 금정산 원효암元曉庵이었다. 여기서 겨울 한철을 지내면서 밤으로는 저녁 예불 후에 지유知有 큰스님으로부터 선문촬요禪門撮要 앞 부분을 배웠는데 달마의 혈맥론 이 부분이 기억에 남는다.

원효암 주불 관세음보살상에 대한 영험 있는 이야기는 지금도 구전으로 전해지고 있다.

일제시대 때의 일이다. 관세음보살상이 뛰어나서 당시 고위직에 있던 이가 일본으로 모셔가서 집 안에 모셔 두었는데 불이 나 버렸다. 다시 딴 집으로 옮겼으나 역시 불이 났다. 불보살님을 경우에 맞지 않게 모셔갔기 때문에 과보를 받는 것이라고 생각하고 이들은 다시 원래 위치로 모셔 두게 되었다. 그리하여 원효암 주불 자리를 되찾은 것이다.

스님은 6.25 때 이야기를 들려주셨다. 해인사 치문반 때에 6.25를 만났다고 하셨다.

동진 출가를 하고 동산東山 선사를 은사로 계를 받은 후에 강원에 입방하신 것이다.

농구화를 신은 괴뢰군은 관음전에 책상을 놓고 임시 사무실을 차려서 스님네의 신분과 성분을 점검하였다. 줄을 세워서 하나하나 심문 비슷하게 신상을 조사할 때에 어떤 이들은 어름하게 대답해서 따귀를 얻어맞기도 하였다. 스님 차례가 되었다.

"왜 출가를 했는가?"

심문자가 물었다.

"네, 세상사가 무상하기 때문에 출가를 하였소."

스님이 대답하자, 별말을 않고 대열에서 다음 차례로 넘어갔다. 스님은 그들에게 끌려 다니면서 고생고생을 하다가 문득 밤중에 꿈을 꾸고 죽자살자 어둠 속을 토끼 뛰어 구사일생 탈출극에서 성공하였다. 그때 쌀을 잘 일어서 돌이 없이 밥을 잘 짓는다고 칭찬을 받았는데 피곤한 중에 잠을 자다가,

"어서 일어나서 도망쳐라!"

하는 공청空聽 소리에 무조건하고 깨어 일어나 뛰었다. 이 일은 수행자에게 내려진 불보살님의 큰 가피가 아닐까 생각해 본다.

일화逸話 하나를 소개한다. 운전이 미숙한 이의 승용차를 타고 가다가 교통사고가 나서 크게 부상을 입었을 당시.

그리 오래된 일은 아닌데 언제였는지 잘 모른다. 어디서 생긴 일인가 하면, 외과 수술을 하는 수술실에서였다. 의사가 마취제를 주사하고 배를 열어 내장 수술을 하려고 할 때에, 스님은 거절을 하면서,

"괜찮으니 그냥 수술을 하시오."

하고 침대 위에 누워서 수술을 기다렸다.

옛날 인욕선인은 아상我相이 없는 까닭에 몸이 토막토막 잘리는 극한 상황에서도 끄떡없이 인욕 하였다는 이야기가 금강경 법문으로 나온다. 우리 범부 중생은 자존심인 '나'라고 하는 상이 있는 까닭에 바늘이 닿아도 아픈 것이다. 선정삼매禪定三昧에 들어서 아상이 사라져 버리면 아프다고 호소할 내가 없고 호소를 받을 나도 없어진다. 석가모니 부처님이 보리수 아래서 깨달음을 성취하셨을 때의 삼매는 해인海印삼매였다. 염불삼매, 독경삼매, 주력삼매 등등도 많고 8만 4천 삼매 무량묘의를 우리는 외면하고 있기 때문에 시비와 이해타산이 앞선 것이다. 쉬우면서도 어렵다.

그리하여, 스님은 마취제 없이 수술을 성공적으로 마치고 더구나 실밥이 아물기 전에는 침대 위에서 거동도 삼가해야 하는데 그대로 걸어 다녔으니!

스님은 우리나라에서 선문촬요 일인자라고 해도 과언이 아닐 것이다. 주석을 어떻게 꼼꼼하게 달아서 강의하시는지 모른다. 길지 않은 시간에 스님을 모시고 지낼 수가 있었다는 데에 대해서 나그네는 감사한다.

20년 가까이 장좌불와長坐不臥에 오후불식午後不食을 하신 스님 곁에서 겨울을 나면서 어느 날 밤중에는 아무 할 일이 없이 그냥 부산 서면 거리에까지 내려가서 다시 절에 온 적도 있었다. 지금도 여행을 즐기는 편이긴 한데 그때에는 몽유병 환자처럼 밤새 산이고 거리고 헤맸으니 방황치고는 길었다. 마음 마음 한 마음이여, 정말 찾기 어렵네.

막축유연莫逐有緣　　세속 인연을 따르지 말고
물주공인勿住空忍　　출세간의 공에도 머물지 말지니라.

이 법문은 삼조三祖 승찬僧瓚 대사의 신심명信心銘 한 부분이다. 스님은 이 법문대로 사시는 분으로 믿어졌다.

스님을 보면 공양을 아침과 점심만 하고 저녁은 하지 않으신다. 울력을 한 날, 시내에 볼일을 보러 갔다가 온 날 역시 두 끼니로 정해져 있다. 그래도 평상시대로 일을 다하신다. 어떤 때에는 공양주가 방편을 써서,

"스님, 국수예요."

하고 권할 때에는 마지못해 조금 드신다. 나그네가 처음 이 모습을 보고 저녁은 '오후 불식'에서 '오후 불밥'이란 말을 생각하였다. '불식不食'은 전혀 안 먹지만 '불不 밥'은 밥 이외에 국수 등은 먹는다.

흉내 내어 오후 불식을 하거나 오후 불밥을 한다고 하더라도 쉽지 않다. 나그네는 어떤 때에는 밥만 안 먹고 미숫가루를 한 대접 먹은 일도 있다. 또 절 밖에 나와서는 자장면으로도 채웠다. 원칙을 말한다면 반칙임에 틀림이 없는 일이다.

먹을 때 먹고 잘 때 자는 자유인. 스님은 그런 분이시다. 장좌를 하시는 곁에서 밤을 지샌 적이 있다. 정말 졸지도 않으신다. 헌데 특이한 방편이 있다.

사람마다 잠이 오는 시간대가 다르다. 초저녁, 한밤중, 새벽녘 등 제각기 잠이 쏟아져 오는 때가 다른데, 스님은 한밤중 견디기 어려울 때쯤이면 좌선하는 자세를 풀고 일을 시작하셨다.

공구가 많기도 하다. 시계 카메라 같은 걸 다루는 정밀기구가 있는가 하면, 라디오 TV를 다루는 기구 등 별별 공구가 다 있다. 물건을 뜯었다가 맞추고 또 손볼 것이 있는 걸 손보신다. 처음에는 뜯었다가 맞추기를 실패하는 경우도 있으나 책을 통해서 혹은 전문가에게 알아보고는 원상대로 조립해 내는 기술이 있으시다.

흰 종이 위에 차근차근 나사못을 늘어놓고 순서대로 해체시키시는 모습

을 보면 재미가 있어 보인다. 일에 열중하시는 동안 잠은 어느새 달아나 버리는 것이다.

잠은 올 때 죽어라고 쏟아졌다가 그 순간이 지나면 말짱 개운해진다. 감각은 대개 그렇게 집중되어 있다. 배도 고프다가 한동안이 지나면 그 배고픔이 사라지는 것과 같은 이치이다.

하여간 스님은 별난 취미로 잠을 물리치는 비결을 가지고 있으시다. 춘성 스님은 밤중에 걷는 걸로 잠을 물리치셨다는 이야기를 들었다. 앉아만 있으면 졸음에 지기 때문이다. 어떤 스님은 송곳을 턱 아래에 바로 세워 두고 잠에서 벗어나고자 했다는 이야기도 있다. 처음에는 송곳 때문에 앞으로 꾸벅거리지 않다가 며칠이 지나서는 좌우로 꾸벅거렸다나.

잠에서 이기는 사람은 장사도 그런 장사가 없다. 백두장사 한라장사에 비할 바가 아니다. 나그네는 앉으면 졸음에 빠진다. 전생에 무슨 연을 지었기에 공부는 뒷전에 가고 그렇게 잘 조는 것인지 한심스럽다. 오후불식을 하면 졸음이 적으나 또 허리 힘이 없어 자꾸만 허리가 굽어지는 게 탈이다. 이래저래 힘들다.

한번은 신도 분의 따님이 와서 주지실에 누워 지낸 적이 있었다. 대학생인데 어딘가 몸이 좀 안 좋아서 쉬는 모양 같았다. 물론 방사가 비좁아서 그런 탓도 있었겠지만 스님은 그런저런 것에 신경을 쓰지 않으셨다. 남자 여자하고 가리는 일도 별 무리 없이 넘기셨다. 평소 약간 끼가 있을 양이면 소문이 파다하게 날 터인데 말이다.

"주지실에 여자 애가 자고 있다."

"큰일이다. 문란해진 주지실을 그대로 둘 것인가?"

어쩌고 저쩌고 하고 비아냥거리는 소리가 높을 법한데 역시 법력 탓인지 아무 탈이 없었다. 혹 이 이야기는 나그네가 오해를 하고 있는지도 모른다. 속가 친척의 조카애 정도 되는 딸아이였는지도 모른다. 하지만 어디 통하는 이야기인가. 자칫하면 방 앞에 남녀의 신발이 나란히 놓여만 있어도 말이 많은 세상이 아닌가? 초연해졌다고는 해도 그렇게 하기는 보통이 아니다.

스님의 생활에서 나그네는 어떤 승보의 표준이랄까 불제자로서 스님의 전형적인 모습이 잡혀서 나름대로 정리가 되었다. 방황도 이 이후 다소 잡힌 셈이다.

"스님, 선방을 가려면 어느 선방을 갈까요?"

스님은 이 질문에,

"요즘 새로 개원한 불국사가 좋을 것이오."

하고 추천하셨다. 불국사 선원에서는 중국식 단壇 위에서 좌선을 한다는 이야기가 퍽 호기심을 끌었다. 개원한 지 몇 년밖에 되지 않아 일타 큰스님 등 쟁쟁한 스님네가 계신다는데 나그네도 동참하고 싶었다.

스님의 개안開眼은 희양산 봉암사 조실 서암西庵 큰스님과 함께 정진을 할 때에 한 스님은 산에서 내려오고 한 스님은 산으로 올라가는데 눈이 서로 마주치자 이미 과거의 그 범부 중생이 아님을 간파하고 서로 인가를 하였다는 일화가 선방 지대방에 전해 온다. 불불상견佛佛相見이라, 부처가 부처를 알아본다는 법문 말씀 그대로인 것이다.

진관 스님

스님이라고 해도 모두 다 같은 길을 가는 것이 아니다. 네거리에서 목탁을 치며 인권운동, 환경운동에 뛰어든 스님이 있는가 하면, 산중에서 소나무와 벗하며 피나는 정진을 하는 스님 등, 스님네가 각각 다르다.

진관 스님은 잊혀질 만하면 나타나곤 한다. 바람같이 왔다가 바람같이 사라지는 바람 같은 스님이다. 실제로 만나 보지 않으면 TV로 잠깐 모습을 나타낸다. 늘 목탁과 주황색 가사, 검은 승복이다.

깡마른 체구에 당찬 기세는 어디서 오는 것일까. 약사여래藥師如來의 후신이라고 그러는 것일까. 그는 말한다.

거리에서 하는 정근精勤은 약왕藥王 보살이다.

"이 세상 중생의 병고를 낫게 해 주시는 대의왕大醫王 부처님, 약사藥師 보살이 절실하게 필요해요."

죽음을 두려워하지 않는 투사의 길을 걷지만 마음은 소년 소녀같이 여리디 여리다. 이런 추세라면 앞으로는 매월 8일인 약사재일이 더 잘 알려질 전망이다.

오늘은 웬 목탁 소리가 나서 절 밖으로 나가봤더니 아니나 다를까 가랑비 속에서 황색 가사를 수하고 목탁을 치는 스님이 이쪽으로 오고 있다. 모자와 상하 동방은 검은색이고 유독 하얀 구두가 눈에 띈다.

스님이 광화문 쪽 방향에서 오는 걸 보아 미대사관 앞에서, 양키 고우 홈 뜻으로, 나무 약왕 보살 정근을 하다가 저녁 밥 때에 한 끼 먹으려고 오는 성싶다.

절 입구 쪽에서 모시로 깔끔하게 차려입은 한 비구니 스님에게, 느닷없이 말을 던진다.

"스님, 목탁 치고 다닙시다."

비구니 스님은 움찔하고 피한다.

지하 식당에는 저녁을 이미 하고 있는 서너 명의 대중 스님이 있었다.

식탁 한쪽에 자리를 잡고 앉자마자 쉼 없는 무용담이 쏟아진다. 이렇게 진관 스님과 함께 있으면 이야기 삼매에 쉽게 빠지는 것 같다.

저녁 후였다. 배웅 인사를 하다 말고 현관에서 그만 한 시간 반 넘게 이야기는 계속되었다. 그저 어정쩡한 자리에 서서 오래 이야기가 계속되다 보니 옆의 의자에 앉았다가 서서 듣기도 하였다. 정말 대중을 휘어잡는 힘이 있는 것은 체험에서 우러나오는 진실한 이야기 때문일 것이다.

오대산 월정사에서 밤늦게 내려오다가 까치 밥이 될 뻔했다는 이야기는 실감이 났다. 그때 운전은 법주사 스님이 하셨는데 약간 마음이 상기된 상태에서 운전을 하다가 사고를 친 것이라고 한다.

사고 충격으로 순간 앞 유리를 머리로 받았는데, 이때 유리창 밖으로 빠져나간 머리가 피범벅이었으나 그냥 손으로 머리에 묻은 유리 조각을 쓸어내리고 몇 시간 후에 병원에 갔다는 것이다.

후유증은 일 년이 지나서 왔다. 머리가 띵하게 아프고 어지러우며 이대로 가다가는 등뼈까지 아플 것이란다.

이 모두가 개인의 영달을 위한 것이 아니고 다른 사람의 인권을 위해 밤낮으로 날뛰다가 그런 것이다.

어디서나 진관 스님은 자유자재하다. 최근에는 삼 년 동안 국립 선원 격인 교도소에서 있다가 나와서, 사형 폐지 운동에 열을 올린다.

밥을 주고 옷을 주고 독방을 주니 교도소는 아주 좋은 선방이고 좋은 기도처다. 누가 찾아오는 사람이 적어서 더욱 좋다.

진관 스님은 8·15 범민족대회에 참석한 것과 비전향 장기수 북 송환 운동을 벌인 것이 결국 국가보안법을 위반했다 하여 96년 이후 두 차례 구속 수감되기도 했다.

다음은 일간지에 난 기사 내용이다.

"인권 운동으로 수행하고 시로 법문하는 스님은 〈지나간 세월〉을 펴냈다.

수행과 삶이 단절돼 있지 않듯이 삶과 시 역시 떨어질 수 없음을 보여 주려는 듯 스님의 시는 모두 민주화와 인권 운동이라는 역사의 현장을 지키며 잉태됐다.

이번 시집은 비전향 장기수 송환운동 참여로 구속됐다가 대통령 특별사면으로 출소한 때로부터, 다시 긴급 체포되기까지 1년 6개월 동안에 쏟아 낸 시어들이다."

그의 열정은 뜨겁다. 누가 시켜서 그렇게 할 것인가. 목숨을 떼어 놓고 사는 사람과 같다. 언제 봐도 열정적인 사람, 그 모습이다.

다른 사람은 스님 더러, 실속을 차리라고 하지만 그게 잘 안 된단다. 성격상 그런 모양이다. 북한 돕기에 누가 손을 뻗치지 않아도 끝까지 노력한다. 평양 시민의 발이 될 자전거를 100대 기증한 일도 그렇다.

진관 스님의 인권 법당이란 별명이 붙은 절은 이웃 동네 안국동에 있다. 명함을 보고 알았으나 가 보지는 못하였다.

얼른 보면 진관 스님이 동진 출가해서 얻은 것은 아무것도 없어 보인다. 그래도 세상 사람이 편하게 살고 좋아하는 쪽으로는 눈을 돌리지 않았다. 한때 인권 운동 대신 전통 사찰 큰절 주지로 권유받기까지 하였으나 스스로 거부하였다.

"나를 바보라고 손가락질하는 사람이 있어요. 하하."

그래도 그늘진 데라곤 없다. 좋아서 하는 일이라 힘이 들어도 더욱 힘이 솟는다.

이 길 역시 윤회를 면하는 길이다. 적어도 그는 산에서 얼마를 지냈다고 훈장처럼 달고 다니는 그런 속 좁은 사람이 아니다. 남을 위해 일하고 제 자신의 윤회를 면하는 길이면 어느 길인들 마다하랴.

죽어도 인권, 살아도 인권, 금생에 죽어 내생에 다시 태어난다고 해도 아마 이 길을 멈추지 않을 스님이다.

진관 스님은 희곡을 쓴 적이 있다. 그게 금년 5월 명동 창고극장에서 20년 만에 무대에 올랐다. 연극 제목은 〈염화미소〉이다.

이 작품은 희곡문학지에 실렸고 신인희곡상 수상작이다. 내용은 한 수행자가 장님 어머니를 모시면서 깨달음을 향해 나아간다는 불교 희곡이다.

어제 저녁이다. 배웅을 하면서 그의 뒷모습을 보고 있자니, 홀연 눈물이 배어 나올 뻔하였다. 무엇이 한스러워 그러는 것일까. 무엇이 그를 산중에서 끌어내 거리로 나서게 하는 것일까.

나는 잠시 생각을 해 보았다.

이 시대의 아픔을 온몸으로 감싸안고 가는 스님이다.

천재天才 스님

스님을 알게 된 때는 치문반 시절이었으니까 한 스무 해가 넘는다. 그가 천재가 되기까지 내력은 잘 알 수가 없다. 처음 태어나면서부터 천재였는지 아니면 후천적인 천재인지는 잘 알 수가 없다. 다만, 단식을 두세 차례 성공하고부터 라고 하는 이야기를 들은 바가 있다.

물만 매일 마시고 지내면서 맑은 정신을 유지한 결과 놀랍게도 불망지不 忘智에 가까운 기억력이 되살아났다는 것이다. 보통 일주일에서 보름정도 단식을 마친 그는 얼굴에서 환희심에 찬 미소를 잃지 않게 되었다. 번뇌라 고는 한 티끌도 없는 모습이었다.

TV 프로에서 천재 소년 등을 본 적이 있으나 실제로 함께 지내보기는 처음이었다. 책을 한 권 외우는 것이 예사였다. 서장書狀을 한 권 끝내는 날에는 서장을 천수경 염불하는 속도로 무척 빠르게 외우기 시작한다. 아침부터 그렇게 부지런히 외운다. 옆에서 보기에도 놀라울 정도였다.

얼굴도 준수하게 생겼고 체격도 건장한 편이었다. 군산에서 학교를 다닐 때에는 야구 선수였다고 한다.

무슨 마군魔軍의 시샘이 그리도 많았는가. 착하고 천재인 그에게 마군이 늘 대기하고 있는 듯하였다.

무위법無爲法에 들려는 찰나, 그때마다 길을 가로막고 방해하는 마군중 魔軍衆이 나타났다는 불보살의 본생담 이야기와 비슷했다.

그가 어느 날 가야산으로 아무 생각 없이 사라진 때에는 대중들이 산을 헤매고 찾느라고 부산스러웠다. 수색작업을 하다가 한 스님은 바위에서 미끄러져서 부상을 입고 등에 업혀서 절로 내려왔다. 그는 산속으로 들어

가고 싶은 생각이 들면 그저 아무 생각이 없이 이렇게 떠났다. 시계를 책상 위에 풀어 놓은 채로 그냥 떠났다. 이틀 후 그를 발견하였을 때에는 바위 아래서 좌선을 하고 묵묵히 앉아 있는 도심道心으로 가득 찬 그의 모습이었다.

이제 보니 대중이 괜히 소란을 피운 것인지도 모른다. 공부를 하려는 순수한 생각밖에 없는 그를 세속법으로 이러니저러니 하고 왈가왈부 야단친 셈이다.

그게 그의 특성이었다. 막힘이라곤 전혀 없었다. 옳으니 그르니 하고 따지는 걸 떠난 게 천재의 머리인가 보다. 시시비비는 이미 그의 마음에서 사라져 버렸는지도 모른다.

"순천 송광사 보조국사의 도량에 가서 참선을 해야 하겠다."

이런 생각이 들자 이번에는 웃옷과 신발을 벗은 채 걸어서 출발을 하였다. 미친 스님이 아닌가 하고 비구니 스님이 버스를 타고 가다가 버스에서 내려서 신발과 웃옷을 갖추어 주었으나 그는 또 그걸 오래 유지하지 못하였다. 러닝셔츠 바람에 맨발로 걸어갔다. 아마 부처님께서 살아생전에 맨발로 걸어다니신 걸 생각한 것일까. 세상을 걸림 없이 사는 법을 어느새 익힌 그는 그렇게 지냈다.

"중이 가사 장삼도 갖추지 않고 제 발우도 없이 방부를 드릴려구 왔어?"

송광사 주지 스님으로부터 불호령이 떨어졌다. 그는 할 수 없이 다시 해인사로 되돌아올 수밖에 없었다. 이 일로 해서 강원 생활을 계속하지 못할 뻔하였다. 은사 스님이 맛있는 음식을 준비해서 대중 공양을 내고 대장경을 한 질 기증하고 해서 간신히 넘겼다.

강원을 마치고 바로 중강仲講 스님이 되어 명강의를 하게 되었다. 학인들로부터 스승인 강주講主 스님에 못지않다는 평을 받았다. 뛰어난 머리가 주위를 놀라게 한 적이 적지 않았다.

이번에는 도서관에서 일본어를 독학으로 공부하여 동경대학에 거뜬히 입학하였다. 모두가 혀를 내두르고 한동안 입을 다물 줄 몰랐다. 실력이 남달리 우수해서 장래가 촉망되는 그런 스님이었다. 하나같이 찬탄을 해 마지않았다.

법상 위에서 상단 법문을 하신 성철 스님께,

"법문을 하신 분은 누구십니까?"

하고 법담을 던진 이가 바로 이 천재 스님이다.

"왜? 이성철이다, 이놈아. 몰랐냐?"

하고 성철 스님이 급히 이 말을 던지고 법상 위에서 내려오신 적이 있다.

천재 스님에게 왜 그리 마군중이 많았을까. 그가 장학생으로 박사 과정을 거뜬히 마치고 귀국할 때에는 이미 양복이 그의 어깨 위에 드리워져 있었다. 독일 아내를 둔 거사의 모습이다. 동양 문화에 흠뻑 빠진 그의 아내 역시 일본에 유학 온 독일 여학생이었는데 경제적으로 천재 스님에게 스폰서 역할을 하였다나 어쨌다나 그랬다.

종립 대학 강단에 설 때에는 너무 일찍 빠른 출세 길에서 역시 왕따를 당하는 격이 되었다. 지금은 독일에서 지낸다던가 어떻다던가 하는데 하여간 아까운 인물 가운데 한 사람으로 기억된다.

현장玄藏 스님

재미있는 이야기로 남에게 웃음을 선사하는 비법은 천생 타고나는 것일까. 하여간 스님과 함께 있다보면 배꼽이 빠져서 달아날 지경이다. 승가에 몸을 담아오면서 긴 시간 동안 서로 어울려 지낸 것 같다. 현장玄藏 스님과 늘 그렇게 지낸 편이었다.

강원 도반인 까닭인지 해인지 창건 당시 편집 일을 하거나 불일회보 편집 일을 함께 해 오면서 대체로 손발이 잘 맞는 편이었다.

1982년 초의 일이다. 해인海印지를 창건할 당시에는 아무도 컬러로 내리라고는 생각을 하지 못했다.

경반 때에 가야 중고등부 학생회 지도법사로 현장 스님이 나갔다가 뜻밖에 일을 저질렀다. 그때 나는 강원 회계 일을 보고 있었는데 홀연 내 거처로 뛰어들어,

"이번에는 컬러로 회보가 나와요. 경비는 한 80만 원 정도 들고요."

한다. 나는 머리가 좀 어떻게 된 사람이 아닌가 하고,

"아니? 뭐요?"

하고 버럭 소리를 질렀다. 10만 원 미만인 사중 보조로 학생회가 지탱해 나가는데 80만 원이라니!

"다 수가 있지요."

현장 스님이 하도 여유 만만하기에 다소 안심은 되었다.

"수는 무슨 수요?"

"아, 장경각에서 한 부에 100원씩 보급하면 돼요. 참배객들이 좋아라고 할 것이니 두고 보시오."

의외로 간단하다. 그의 예상은 적중했다. 초판이 하루 이틀 만에 품절이 되고 해인지는 날개 돋친 듯이 전국에 퍼져 나갔다. 어디서 그런 아이디어 가 나온 것인지 알 수가 없다.

첫 장에는 〈가야산의 메아리〉를 싣는다. 이 원고가 들어오는 백련암에서 는 원고료 대신 게재료조로 금일봉이 들어왔다. 지족암 일타 큰스님께서도 매월 게재료조로 금일봉씩을 하사하셨다.

"누가 이렇게 잘 내나?"

백련암에 원고를 받으러 올라갔을 때에 성철 큰스님께서 환하게 웃으시 면서 칭찬해 주셨다. 큰스님의 법문이 한글로 일반인에게 널리 보급되는 길이 해인지를 통해서 열렸다고 봐도 큰 무리는 아닐 것이다. 그때까지는 성철 큰스님의 법문이 그렇게 쉽게 한글로 알려지지 않았으니 말이다.

해인지 뒷면은 컬러판 벽화 이야기. 해인사 벽화를 소재로 전등록 등에 서 전거를 모아 노트 한 권에 정리한 걸 다시 쉽게 풀어서 연재하였다. 말 사 주지 스님네가 내 노트를 하도 많이 복사해 가서 노트가 닳았다. 내가 처음 정리한 노트는 한문 투였으나 해인지 편집위원으로 나 외에 홍제암의 종묵宗默 스님과 직지사의 홍선興善 스님 등이 명문장으로 시원스레 실었 다. 특히 이 두 스님은 탁월한 문재文才가 있어 사람들을 놀라게 하였다.

"누가 이런 명문장을 썼어요?"

독자들로부터 문의가 쏟아져 들어왔다. 이때가 불교계 최초의 컬러판 회 보가 나와 관심을 모은 때였는데 밤새 원고 정리를 하고 낮에는 왜관에 있 는 분도출판사를 다녀와도 피곤한 줄을 몰랐다. 베네딕도 수도회 수사들과 친해진 것도 이 해인지 편집일 때문이었다. 그때에 대구 시내에서 고급 컬 러 인쇄로 분도출판사를 따라가는 데가 없었다.

매달 해인지 발송작업으로 강원 울력이 있었다. 스님들이 하나같이 좋아 해서 신바람이 일었다. 그때 큰방 가운데에 잉크 냄새가 나는 해인지를 산더미같이 풀어 놓고 해인지의 반을 꼭꼭 접어 띠를 두르고 풀을 붙여서 하는 발송작업에 동참했던 도반들은 다 어디에 있을까. 한번 만나 보고 싶다.

지금은 대원사와 송광사가 지척 간에 있어 매일은 아니더라도 자주 차를 마시러 다니는 편이다.

대원사가 한 사람으로 해서 크게 번창한 예가 있다. 고려 때였다. 송광사 16국사의 한 분이 대원사에 주석하면서 크게 번창한 것이다. 한 작은 말사 대원사가 큰절 송광사와 비견할 만한 사세寺勢였다고 하니 대단했던 모양이다.

이제 현장 스님이 들어가서 대원사가 고려 때의 융성함을 되찾는 듯하다. 10년 가까이 주지를 하면서 엄청나게 불사 일을 벌려 놀라게 하였다.

대원사는 별다르게 자연학습체험 현장이 학생들의 관심거리다. 인근 학교 교사들이 끊임없이 학생들을 데리고 방문하는 새로운 명소. 불교가 아니더라도 학생들이 쉽게 절과 친해지는 통로가 열려 있다.

제철에는 연꽃이 참 볼거리다.

하루아침에는 연꽃 사이를 거닐 때였다. 주위 신심 깊은 불자 한 떼가 동행하였다. 현장 스님이 물었다.

"아침에 가장 먼저 꽃피고 일어나는 연蓮이 어느 나라 연입니까?"

"……?"

대답이 없자 말하는 폼이 현장 스님답다.

"조선년이라니까요!"

"하하하, 호호호."

"조선의 연이 가장 먼저 꽃피지요. 서양년은 늦게 일어나 늦게 꽃피지요."

"하하하, 호호호."

오래 사귀는 도반은 장단점조차 잊는 것일까. 누가 단점을 말해도 홍홍 그렇고 장점을 말하여도 흥흥 그렇다는 생각이 들 뿐이지 별다른 감상이 일지 않는다.

길상사 주지를 단 하루 한 일에 대해서 말해야 하겠다. 성북동 골짜기에 길상사가 들어서서 현장 스님이 주지로 추대되었을 때였다. 그때 현장 스님은 회주 법정 큰스님의 부탁에 못 이겨 주지로 승낙을 하였으나 하루를 지나 곧 사임을 하고 말았다.

창건주 김영한 노보살 역시 의아해서,

"스님들은 밥상을 잘 차려 올려도 수저를 잡지 못해요."

하고 평하였다.

대원사에 가서 현장 스님과 대좌하고 앉아서 주지를 사임한 내력을 듣는 자리에서였다.

"현장 일일 체험"

앞뒤가 없이 이렇게 말해서 나도 따라 크게 웃고 말았다. TV 프로에서 인기 연예인의 '현장 일일 체험'이 인기를 모으고 있는 모양인데 어떻게 이런 기발한 생각이 떠오른 것인지 알 수가 없다.

가장 기억나는 일이 있다. 한번은 현장 스님과 인사를 나누고 막 차를 마실 때였다.

옆의 한 스님이 현장 스님에게 말하였다.

"스님, 나는 이 세상에 중생을 구제하려고 오지 않았소. 모든 선지식들을 구제하려고 왔소."

우스갯소리처럼 들릴지 모르지만 실제 상황에서는 심각했다. 그렇게 살려고 하는 진지한 태도였다.

이때였다. 현장 스님이 느닷없이 자리에서 일어나 그 스님 앞에 고두레를 올리며,

"스님, 제발 선지식들을 용서해 주시오."

하고 예를 올렸다.

"하하."

약간 웃음을 웃자, 심각한 분위기가 다소 가라앉았다.

'불착不着현장 불리不離현장' 현장에 집착하지도 않고 그렇다고 현장을 떠나지도 않는다. 그는 사실 그렇게 살고 계시는 스님이다.

모모某某 스님

　법명 밝히기를 꺼려 하여 그냥 모모 스님이라고 해 둔다. 이름이 중요한 게 아니고 이야기의 내용이 중요하다. 나는 모모 스님의 언행을 통해서 그를 닮아 가고 있지 않나 하는 생각이 들 정도인데 간혹 밤중에 산길을 가다가도 생각이 떠오르곤 한다. 마음속으로 존경심이 대단한 것인지 모르겠다.

　처음 뵌 것은 내가 해인사 율원에 몸을 담은 시절이었고, 모모 스님은 선원장 스님으로 계셨을 때였다. 인간적이라는 게 마음에 와 닿았다. 정말 나는 그런 스님이 좋았다.

　"지묵 스님, 전등록에 이런 말씀은…… 내 가방 끈이 짧아서 잘 몰라요. 하하하."

　모른다고 쉽게 말씀하신다. 어른 티를 내지 않는 것만으로도 좋았다. 백련암 방장 스님을 뵙고 대화한 내용을 들려주는 등 늘 솔직한 말을 해 주셨다. 참선공부에 관해서도 스님이 아는 건 대체로 드문드문 들려주셨다. 문답한 내용이 잘 생각나지 않는데 그때 당시는 실감이 나서 두 귀가 쫑긋 섰다.

　한번은 산행山行을 선방에서 가는 날이었다. 결제 후 한 달 보름이 지난 날로 반 살림 날이면 으레 가고 7일 용맹 정진 후에는 꼭 산행을 한다. 내용은 말을 하지 않겠다. 이때 일이 터졌다.

　"안 된다면 안 돼!"

　선원장 스님의 마지막 카드는 끝이 보이지 않는다. 완강하게 말을 꺼내면 일단 밀어붙이는데 그게 참 묘하다. 다른 스님이 밀어붙였다가는 소동이 날 일인데도 모두 쥐 죽은 듯이 잠잠해진다. 주위 분위기를 아주 엄숙하게 끌고 가는 나름대로의 노하우가 있는 탓일까.

그래도 이런 완강한 말을 한철 90일 중에서 한두 번 있을까 말까 한다.

모모 스님의 주위 좌우보처左右補處로 든든한 스님들이 턱 버티고 있다. 말하자면 삼국지에서 유비 덕인德人 곁의 관우 장비 같은 중량급 장수가 옹호하고 있는 셈이다. 그게 다 통솔력이고 덕화德化가 아닌가 한다. 모모 스님을 모시고 살기를 바랬지만 그 이후로는 한번도 뵐 수가 없었다.

모모 스님은 내게 당신의 약점을 드러내 보여서 신뢰가 간다. 몸이 아픈 기색이 보이면 약으로 산해진미 공양을 시켜 주신다.

아아, 그런 형 같으신 모모 스님이 쉽질 않은데…… 후배 앞에서 당신의 약점을 내보이기가 어디 쉬운 일인가.

선원 방함록 최초 창간이랄까 출발은 모모 스님이 주축이 된 걸로 안다. 총무원이 주관해서 발행해 오던 결제 방함록은 그때부터 해인총림 선원으로 그 발행처가 옮겨졌다. 당시 소란스런 총무원을 싫어해서 결제 수좌 만의 방함록이 독립되어 나오게 된 것이다.

또 한번은 모모 스님을 저울질할 수 있는 기회가 왔다. 소란스런 총무원이 넘어지고 수좌만의 가풍을 살린다고 해서 총무원장, 그 이하 요직 부장이 조계사 주지를 포함해서 선방 스님의 소임을 산 때가 있었다. 모모 스님도 총무부장으로 무슨 일을 하게 되었다.

여름에 물에 헤엄치러 들어갔다가 빠져서 입적을 한 휴암 스님은 그때 조계사 주지 겸 재무부장이었다.

그러나 어이없게도 오래가지 않았다.

"총무원에서 일하시는 스님네가 정말 존경스럽다."

하야下野의 변辯치고는 의외였다. 법문 중의 이사불이理事不二 세계는 공염불空念佛인가. 누구나 현상계에서는 역시 약할 수밖에 없었는 걸 다시 확인시켜 준 셈이다. 총무원 스님들을 다시 보게 되었다는 이야기이다. 선

방에서 우습게 여기고,

"총무원이 썩어 빠졌어!"

"사판승은 무엇을 하는 작자들이야!"

때로는 지대방 안에서 이렇게 입방아를 찧는다. 그러나 정작 맡아서 해 보니 그게 아니었다. 모모 스님 역시 스스로 부족함을 인정할 수밖에 없었다.

"이사理事는 정말 하나 되기가 힘들구나."

행정 능력은 기초부터 다져진 이가 아니면 안 된다. 평생 수좌로 참선만 하고 지낸 이는 도장 하나도 제대로 찍지 못한다. 다 그런 건 아니지만 사리분별력이 떨어져서 그야말로 대충대충 총무원 업무를 본다.

공부인은 공부만이 능사能事이다.

모모 스님을 기억하면 역시 요지부동한 자세이다. 앉은 자세, 선 자세, 걷는 자세 등 모두가 위엄이 있다. 공양을 할 때에는 시선이 밥 하나에만 집중되어 있다. 목석 같다.

나도 그런 자세를 유지하려고 하면서 모모 스님을 생각한 때가 있었다. 큰방 발우 공양 시간에 모모 스님이 늘 머리에 떠오른다. 인상이 깊은 탓일 게다.

숲 속에 들어서도 모모 스님의 향기가 있다. 20년 가까운 세월, 모모 스님의 훌륭한 인품은 늘 내 곁에서 그림자처럼 따랐다. 하여튼 모모 스님은 마음으로 존경하는 선덕禪德의 한 분임에 틀림이 없다.